Avec ses épais cheveux châtains indisciplinés, ses yeux dorés, son corps élancé et son image de playboy, Charles Macquarrie était exactement le genre d'homme dont Jon rêvait…

…durant les rares moments où il se permettait de rêver. M. Macquarrie était le genre d'homme qu'il voulait être un jour et le type d'homme qu'il désirait férocement. Il ignorait si c'était une bonne ou une mauvaise chose, mais il n'y avait rien qu'il puisse y faire pour changer cela. Il devrait simplement se mettre les points sur les I et les barres aux T, comme aimait dire Sœur Grace. Jon n'avait aucune idée de ce que les I avaient à voir avec les T, mais il savait qu'il devrait bien se tenir quand il rencontrerait M. Macquarrie. Il ne pourrait pas se pâmer devant lui.

Après avoir regardé quelques autres photos, Jon ferma sa session et alla se coucher. Sa dernière pensée, avant de s'endormir, fut une prière ardente pour qu'il ne fasse ni ne dise rien de stupide devant l'homme très attirant pour qui il allait travailler.

Connie Bailey

À LA RECHERCHE D'UNE FAMILLE

DREAMSPUN DESIRES

DREAMSPINNER
PRESS

Publié par

DREAMSPINNER PRESS

5032 Capital Circle SW, Suite 2, PMB# 279, Tallahassee, FL 32305-7886 USA
www.dreamspinnerpress.com

À la recherche d'une famille
Copyright de l'édition française © 2017 Dreamspinner Press.
Titre original : Finding Family
© 2016 Connie Bailey.
Première édition : juin 2016
Traduit de l'anglais par Myriam Abbas.

Illustration de la couverture :
© 2016 Bree Archer.
http://www.breearcher.com
Les éléments de la couverture ne sont utilisés qu'à des fins d'illustration et toute personne qui y est représentée est un modèle

Édition e-book en français : 978-1-64080-470-8
Édition imprimée en français : 978-1-64080-471-5
Première édition française : décembre 2017
v 1.0

Édité aux États-Unis d'Amérique.

CONNIE BAILEY est technophobe mais ne peut pas vivre sans son ordinateur. Bien qu'elle souffre d'acrophobie, elle adore voler, c'est une pessimiste qui critique tout qui, néanmoins, est toujours surprise quand quelque chose de mal arrive, et une antisociale qui aime ses amis comme une famille. Elle a occupé un certain nombre d'emplois dans des domaines très disparates pour pouvoir manger, mais c'est l'écriture qui nourrit son âme.

Avec son mari – designer pour l'aviation légère – et Ickle le Fantastique Lévrier, Connie vit sur un petit aérodrome à piste gazonnée à mi-chemin entre Disney World et les Busch Gardens. La logique et la réalité n'ont pas grand-chose à voir avec sa vie, et ça lui plaît comme ça.

Blog : baileymoyes.livejournal.com

Pour Poppy.

Chaptire Un

— **JO-NA-THAN** ! Jonathan Lamb ! appela Sœur Grace.

Elle n'eut pas de réponse et reprit sa montée sur la colline herbeuse. Elle était en bonne condition physique, mais elle avait soixante-douze ans, et la randonnée depuis l'orphelinat du Nord de l'état de New York dans la chaleur du soleil de midi avait été longue. Quand elle rejoignit le sommet, elle s'arrêta pour reprendre son souffle et regarder autour d'elle.

Dans la vallée peu profonde, un ruisseau décrivait des méandres sur son chemin vers Ox Creek. Un jeune homme se tenait dans l'eau froide, le pantalon retroussé jusqu'aux genoux. Il se tenait parfaitement immobile, un bras tendu devant lui. Alors que Sœur Grace le regardait, une libellule descendit en piqué et atterrit sur son index. Charmée comme toujours par son sourire, elle attendit encore quelques instants avant de l'appeler.

— Jon !

Il leva les yeux et la vit.

— Ma Sœur !

Il sourit en agitant la main vers elle et la libellule s'envola.

Sœur Grace agita la main en retour et fit signe à Jon de la rejoindre.

— As-tu oublié ton rendez-vous avec M. Anthony ? dit-elle. Il est presque seize heures ! Tu dois avoir l'air professionnel, et te voilà à vagabonder à travers champs et à patauger dans des cours d'eau. Parfois, j'ai l'impression que tu as dix ans au lieu de vingt. Où sont tes chaussures ?

— Mes chaussures sont dans ma chambre, répondit Jon. Je suis sorti marcher pour me calmer les nerfs. Je suppose que je me suis aventuré plus loin que je ne le pensais. Je suis désolé.

— Qu'allons-nous faire de toi ? Je suppose que tu ne veux pas vraiment quitter l'orphelinat.

Jon passa un bras autour de la vieille dame.

— Pourquoi voudrais-je partir ? demanda-t-il. Tu sais que je suis amoureux de toi.

— Arrête de faire l'imbécile et va te changer. Ne m'attends pas. Je vais y aller doucement sur le chemin du retour.

— Est-ce que tu vas bien ?

— Je vais bien. Je suis juste un peu essoufflée. Pars devant.

— Je n'aime pas te laisser toute seule.

— Je m'en suis bien sortie sans toi pendant cinquante ans. Vas-y ! Cet entretien est important.

— Tu en es sûre ?

— Ça devient insultant. Je ne suis pas infirme. Vas-y. Vingt ans, c'est trop long pour être dans un orphelinat.

— J'aime bien être ici.

— Vas-y avant que je ne te lance un mauvais sort irlandais.

Jon sourit, l'embrassa sur la joue et fila en courant.

JON revint au Foyer pour enfants du Sang de l'Agneau. Il se doucha rapidement et s'habilla avec la chemise blanche et le pantalon noir qu'il portait pour la messe. Il attendait seul dans le bureau de la Mère Supérieure quand Albert Anthony, le représentant de Charles Macquarrie, arriva pour l'entretien. Sœur Michael introduisit le visiteur et partit après avoir fait un clin d'œil discret à Jon. Même si M. Anthony était jeune, probablement dans la petite vingtaine, Jon pouvait voir à son costume et à son maintien qu'il était quelqu'un d'important. Il était grand, avait de longues jambes et était vêtu avec élégance. Il avait les cheveux coupés courts et lissés, et les ongles discrètement manucurés. Il lui faisait penser à un chat siamois qui avait été récemment pomponné.

— Vous devez être Jonathan Lamb, commença Albert en lui tendant la main. Je suis Albert Anthony.

Jon lui serra la main et attendit qu'Albert s'assoie en premier.

— Cet entretien n'est pas la garantie d'un travail, dit Albert en s'asseyant derrière le bureau inoccupé. Mon employeur, M. Macquarrie, est très exigeant, surtout en ce qui concerne cette fonction.

— Je comprends, répondit Jon. Bien sûr qu'il se doit d'être extrêmement prudent sur la personne qu'il engage.

— Je suis content que vous soyez de cet avis.

Albert sortit un mince ordinateur portable de sa serviette de travail.

— J'ai parlé de vous avec les sœurs, dit-il en installant l'ordinateur sur le bureau puis l'ouvrant. Cependant, j'aimerais reprendre certaines choses à propos de votre vie personnelle.

— Je n'en ai pas vraiment.

Albert regarda Jon par-dessus le couvercle de l'ordinateur. Son visage était inexpressif, mais sa désapprobation sur la remarque de Jon était évidente.

— L'humour n'a aucune place dans cet entretien.

— Je ne…

Jon marqua une pause.

— Je m'excuse, mais honnêtement, tout ce que je fais, c'est travailler et dormir.

— Nous y reviendrons. (Albert baissa les yeux vers l'écran.) Vous avez été abandonné à l'église quand vous étiez nourrisson.

Jon était confus. Albert n'avait pas posé de question, mais il avait marqué une pause comme s'il s'attendait à une réponse. Timidement, Jon hocha la tête.

— Donc vous avez vécu ici toute votre vie.

— Oui. (Jon s'éclaircit la voix.) Puis-je vous poser une question ?

— Allez-y.

— Devrais-je vous appeler monsieur ? Cela me rend nerveux de ne pas savoir comment vous appeler.

— Si vous obtenez ce travail, je serai votre supérieur, dit Albert. Pensez-vous que vous devriez m'appeler monsieur ?

— Oui, monsieur, répondit Jon.

Albert déplaça ses doigts sur le clavier.

— Vous n'avez jamais été adopté, dit-il en jetant un nouveau coup d'œil à Jon. Vous avez l'air d'avoir été un gamin mignon, mais personne ne vous a choisi.

— À cause de ça.

Jon défit les deux boutons du haut de sa chemise et écarta le col sur le côté pour qu'Albert puisse voir la tache de vin qui remontait à mi-chemin sur son cou.

— J'étais souvent malade aussi.

Albert ne fit pas de commentaire sur la tache de naissance de Jon.

— Mais vous êtes en bonne santé maintenant.

— Je suis en très bonne santé. Je mange bien et je fais de l'exercice tous les jours.

— Bien. Cette position requiert quelqu'un avec de l'endurance, dit Albert en regardant l'écran. Après votre dix-huitième anniversaire, vous avez pris un travail ici au lieu de partir. Vous travaillez dans la cuisine.

— Je cuisine, nettoie et fais tout ce qui doit être fait ici. Je suis une sorte d'homme à tout faire, je suppose.

— Vous aimez bien être ici.

Jon commençait à s'habituer au style d'Albert d'affirmer ses questions et répondit immédiatement.

— Oui. Les personnes ici sont comme ma famille.

— Mais vous êtes prêt à partir.

— Ce n'était pas mon idée, mais après y avoir réfléchi un moment, je me suis rendu compte que les sœurs avaient raison. Je pourrais toujours revenir si je n'aime pas le reste du monde.

— Ce travail requiert un engagement profond.

Jon se pencha en avant.

— M. Anthony, si je prends cette responsabilité, je m'y dévouerai. Parce que ce n'est pas seulement un travail, n'est-ce pas ? C'est une vie.

Albert marqua une pause avant de parler.

— C'est une très bonne réponse, dit-il. Vous ne buvez pas.

— Pas du tout.

— Bien. Vous fumez ?

— Non. Je n'ai pas le temps pour les mauvaises habitudes.

— Je dois le dire, vous avez l'air parfait pour ce travail. Mais j'ai encore quelques questions.

— Je serai heureux d'y répondre, monsieur.

— Vous n'êtes pas marié et n'avez pas de petite copine.

— Non, monsieur.

— Vous êtes homosexuel.

Jon cligna des yeux et ouvrit grand la bouche, estomaquée.

— Oui, c'est ce que je pensais, dit Albert en fermant son ordinateur. Ne vous inquiétez pas, M. Lamb. Ce n'est pas un inconvénient. Sur mon conseil, mon employeur préfère un homosexuel pour cet emploi.

Jon déglutit.

— Je ne pense pas que ce soient vos affaires si je suis gay, monsieur, mais pourquoi préféreriez-vous un gay ?

Les lèvres d'Albert se retroussèrent en quelque chose qui ressembla à un sourire.

— Moi-même je ne suis pas intéressé par les hommes de cette manière, mais il y a des avantages à engager des homosexuels plutôt que des femmes comme domestiques à domicile. Par exemple, vous n'essaieriez pas de séduire M. Macquarrie. Vous ne partirez pas pour vous marier ou avoir votre propre enfant ou les deux. Et parce que la société désapprouve les marques ouvertes d'affection entre deux hommes, je peux supposer que vous serez discret dans vos liaisons. C'est très important. La réputation de mon employeur ne doit pas être salie par un scandale.

— Je comprends.

— Vous avez lu la documentation que je vous ai envoyée.

— En effet.

— Vous avez compris les responsabilités décrites dans le dossier.

— Oui, monsieur.

— Vous êtes satisfait du salaire.

— Oui, il semble très généreux.

— M. Lamb, vous êtes de loin le meilleur des candidats pour cette fonction. Je me sens confiant en vous disant que le travail est à vous, dit Albert en fermant la sacoche de son ordinateur portable. Je vais faire mon rapport à M. Macquarrie, et s'il approuve — ce qu'il fera parce qu'il n'est pas un homme stupide —, vous serez contacté. Des arrangements seront pris pour votre venue à la résidence de M. Macquarrie.

— Merci.

Albert se leva et Jon en fit autant.

— Je vous dis au revoir, M. Lamb, mais je suis sûr que je vous reverrai très bientôt.

APRÈS l'entretien, Albert rencontra à nouveau la Mère Supérieure. Il passa du temps à observer Jon avec un groupe d'enfants, accepta un cadeau venant de la cuisine et dit au revoir au refuge du Sang de l'Agneau. L'intérieur de sa voiture de luxe louée était confortable et sentait bon, en contraste direct avec le refuge. Avec l'espoir sincère qu'il n'aurait jamais à revenir ici, Albert quitta la zone de Smoke Tree et reprit la route vers la ville. Dès qu'il fut sur l'autoroute, il appela son patron.

— À quel point as-tu foiré ? demanda Charles Macquarrie quand il répondit au téléphone.

Albert prétendit être agacé, mais il adorait quand son patron le taquinait.

— Ça s'est passé de la manière dont ça se passe toujours quand je gère les choses.

Charles émit un petit rire.

— Donc tout est terminé sauf les cris ?

— Tu as un *nounou man*, mon cher.

— Dieu merci ! Et tu es sûr de celui-là ?

— Fais-moi confiance.

— Eh bien, tu ne pourras pas faire pire que l'agence.

— Ta confiance en moi me réchauffe le cœur.

Charles émit un petit rire.

— Parle-moi de lui. De quoi a-t-il l'air ?

— Il est beau… à la manière d'un joli garçon. Cheveux bruns, grands yeux bleus, jolie peau. Il dit qu'il fait de l'exercice et ça se voit. Ce n'est pas un Schwarzenegger, mais il a des muscles bien dessinés. Il mange sainement, ne boit pas ni ne fume.

— Quelle est ton impression sur ses compétences ?

— Je l'ai regardé avec les gamins à l'orphelinat. Il est doué avec eux. Il est joyeux, poli et compétent. Et je peux rapporter personnellement qu'il est bon cuisinier. En passant, j'ai une boîte de cookies faits maison pour toi.

— Tu as réussi à trouver la version mâle de Mary Poppins.

— Oui. Je suppose que ma récompense sera à la hauteur de ma réussite.

— T'ai-je déjà déçu ?

— Pas encore, monsieur.

— Connard.

— Pareil pour toi.

Albert raccrocha et enfonça le pied sur la pédale d'accélérateur. Un voyage de quatre heures l'attendait et il détestait perdre du temps.

QUATRE jours après son entretien, Jon reçut une large enveloppe par FedEx avec un contrat à signer et un classeur contenant davantage d'informations sur le travail. L'enveloppe contenait également un ticket de car et un chèque qu'il devait utiliser pour les dépenses du voyage. Alors, le moment était vraiment venu. Il allait quitter le seul foyer qu'il avait jamais connu et aller dans une grande ville pour vivre parmi des étrangers. Il lui traversa l'esprit qu'il pourrait en apprendre un peu plus sur ces étrangers s'il regardait les brèves biographies dans le classeur, donc il l'ouvrit.

Madeleine était une fille de douze ans qui portait un justaucorps de gymnaste rouge et se tenait sur une poutre sur sa photographie. Ses cheveux châtain-roux clairs étaient coiffés en une natte épaisse enroulée autour de sa tête comme une couronne, et ses sourcils étaient baissés sur ses yeux bleu vif en un froncement de sourcil concentré. Jon remarqua qu'elle collectionnait les figurines de chevaux et était allergique aux noix de coco.

Holland était un garçon de neuf ans dont les résultats des tests le désignaient comme un génie, mais sur sa photo, il ne faisait rien de studieux. Le photographe l'avait saisi alors qu'il était en train de frapper dans un ballon de football. Sa frange auburn collait à son front en sueur, et ses yeux de biche étaient rivés sur son objectif. En plus du football, il s'intéressait à la médecine et aux insectes et il jouait du violon.

Ces deux-là semblaient plutôt extraordinaires à Jon, en se basant sur ses expériences du foyer pour enfants. Madeleine et Holland arboraient une expression têtue qui évoquait une propension à résister à l'autorité. Il avait connu plus d'un enfant qui ne supportait pas qu'on lui dise quoi faire. Sœur Grace disait que parce qu'ils avaient si peu de contrôle sur ce qui leur arrivait, ils contrôlaient ce qu'ils pouvaient et s'irritaient si ce contrôle était menacé.

Au moins, il devrait avoir la vie facile avec le troisième enfant. Juliana avait cinq ans et avait l'air aussi douce que de la barbe à papa, avec des lèvres en bouton de rose, de grands yeux bleus et un visage entouré de boucles d'un blond vénitien. En dehors de la maternelle, elle passait son temps à apprendre le piano.

Arrivé à la fin du classeur, il le referma et le remit dans l'enveloppe avec les autres documents. Il cala l'enveloppe sous son bras et alla chercher Sœur Grace qu'il trouva dans le jardin d'herbes aromatiques.

— J'ai reçu le contrat, dit-il sans préambule en s'agenouillant pour l'aider à arracher les mauvaises herbes.

Il n'était âgé que de quelques jours quand cette femme l'avait connu, elle avait pris soin de lui durant d'innombrables nuits, et il n'y avait jamais eu de faux semblants entre eux. Ils parlaient honnêtement sans peur de la critique, comme les gens le font quand ils s'aiment.

— Tu as dit que tu avais pris ta décision. Est-ce que tu as quelques doutes ?

— Plutôt quelques dizaines, soupira Jon en agrippant une mauvaise herbe résistante près de la racine et en l'arrachant. Mes amis m'ont donné beaucoup de bonnes raisons de quitter mon cocon – comme le dit la Mère Supérieure – et je suis d'accord avec eux. Mais j'ai toujours…

— Peur ?

Sœur Grace tendit le bras par-dessus la rangée de basilic et posa la main sur celui de Jon.

— Bien sûr que tu as peur. Tu n'as jamais été à plus de cent trente kilomètres d'ici, et seulement une seule fois. C'est effrayant d'aller dans un endroit nouveau et de ne pas savoir où sont les choses ou si les gens vont t'apprécier. (Elle sourit et écarta la frange qui retombait dans les yeux de Jon.) Ne t'inquiète pas trop. Ils t'apprécieront, et tu apprendras bientôt à te repérer. Tu as un vrai don avec les enfants. Tu t'en sortiras.

Jon inspira profondément puis expira lentement, gonflant les joues.

— Tu ne m'as jamais menti avant, commenta-t-il. Si tu dis que ça ira, je dois te croire.

— Tu es un bon garçon, Jon. Je suis fière de toi, dit Sœur Grace avant de se lever puis d'épousseter sa jupe. Quand pars-tu ?

— Demain matin. J'ai dit à M. Anthony que j'étais prêt à partir à tout moment. Je suppose qu'il m'a pris au mot.

— Va faire tes valises alors, et je te verrai au dîner.

— Ne sois pas en retard. Il y a du pudding à la banane en dessert.

Sœur Grace sourit lorsque Jon s'éloigna. Elle savait qu'il mettrait un bol de pudding de côté pour elle. C'était un garçon très prévenant. Même bébé, il avait été attentionné. Il ne pleurait que lorsque quelque chose n'allait pas du tout et passait l'essentiel de son temps à dormir, sourire et gazouiller. Plus tard, il avait eu plusieurs problèmes médicaux handicapants, mais il n'avait jamais fait d'histoires. Il avait passé un temps considérable dans des hôpitaux jusqu'à l'adolescence, lorsque son corps avait miraculeusement cessé de se détraquer. À ce moment-là, il était habitué à manger une alimentation saine et il avait commencé à faire davantage d'exercice pour rendre son corps plus fort. Sœur Grace était sincèrement fière de lui et de la manière dont il s'était battu si durement à un aussi jeune âge. Il allait lui manquer, mais elle sentait que ce ne serait pas juste envers lui ou le reste du monde de le garder caché ici.

Après que les enfants eurent dîné dans la grande salle et furent partis étudier avant l'heure du coucher, le personnel du refuge fit une fête d'adieu pour Jon. Tous ses amis étaient là pour manger du gâteau et de la glace avec lui et lui souhaiter le meilleur. La Mère Supérieure et les sœurs l'étreignirent chacune à leur tour avant de s'écarter avec les larmes aux yeux.

— Merci pour tout, les amis, leur dit Jon. Je ne pourrais jamais vous dire à tous combien vous comptez pour moi. J'appellerai et je vous enverrai des e-mails, et je reviendrai vous voir.

— Assure-toi de le faire, dit la Mère Supérieure. Je suis désolée d'interrompre la fête, mais j'ai encore une tonne de paperasse sur mon bureau, et il est temps pour les enfants d'aller faire leur toilette et de se mettre au lit.

Jon se remit à dire au revoir à tout le monde et attendit qu'ils soient tous partis pour emballer le reste du gâteau. Il le mit dans le réfrigérateur avec son chèque de salaire auquel il renoncé au profit du foyer des enfants. Il n'avait pas besoin de l'argent, mais le refuge, sûrement que si. Avec un dernier regard autour de lui dans la cuisine ordonnée, il se dirigea vers la bibliothèque pour utiliser un des ordinateurs.

Jon n'avait fait aucune recherche sur son nouvel employeur avant d'obtenir le travail parce qu'il ne voulait pas risquer de se porter la poisse. Maintenant qu'il connaissait les noms et quelques informations sur les enfants dont il s'occuperait, il décida de donner libre cours à sa curiosité. Dès qu'il eut une connexion, il tapa Charles Macquarrie et attendit les réponses que Google lui fournirait. Quand elles arrivèrent, il fut stupéfait par le nombre d'entrées contenant les mots-clés. Il cliqua sur la première et obtint une biographie miniature.

Charles Macquarrie avait trente-deux ans et était le chef d'une société de vêtements de sport prospère dont il avait hérité. À l'âge de vingt-deux ans, il avait perdu ses deux parents quand l'avion que son père pilotait s'était écrasé dans les Montagnes Rocheuses. Sept ans plus tard, le yacht de sa tante et de son oncle avait coulé au large de la côte grecque, prenant les vies de tous ceux à bord. Il était maintenant le seul propriétaire de l'affaire et responsable de ses trois cousins orphelins. Ils vivaient dans un appartement-terrasse à New York et semblaient profiter de tous les avantages qu'offrait la grande richesse.

Jon regarda longtemps la photo de Charles qui apparaissait avec le bref article, puis chercha d'autres photos. Il y en avait un certain nombre de disponibles : le beau et élégant Charles semblait attirer les paparazzis. Il y avait des photos de Charles vêtu de costumes sur-mesure et se rendant à des galas ou quittant des boîtes de nuit select avec des femmes qui ressemblaient à des mannequins. Il y avait des photos de Charles skiant à Snowmass [1], d'autres où il naviguait son yacht sur le Lac Supérieur, d'autres encore qui le montraient sur la selle d'un pur-sang s'envolant au-dessus d'un obstacle.

Avec ses épais cheveux châtains indisciplinés, ses yeux dorés, son corps élancé et son image de play-boy, Charles Macquarrie était exactement le genre d'homme dont Jon rêvait... durant les rares moments où il se permettait de rêver. M. Macquarrie était le genre d'homme qu'il voulait être un jour et le type d'homme qu'il désirait férocement. Il ignorait si c'était une bonne ou une mauvaise chose, mais il n'y avait rien qu'il puisse faire pour changer cela. Il devrait simplement se mettre les points sur les I et les barres aux T, comme aimait dire Sœur Grace. Jon n'avait aucune idée de ce que les I avaient à voir avec les T, mais il savait qu'il devrait bien se tenir quand il rencontrerait M. Macquarrie. Il ne pourrait pas se pâmer devant lui.

Après avoir regardé quelques autres photos, Jon ferma sa session et alla se coucher. Sa dernière pensée, avant de s'endormir, fut une prière ardente qu'il ne ferait ni ne dirait rien de stupide devant l'homme très attirant pour qui il allait travailler.

À sept heures le matin suivant, portant la même chemise blanche et le pantalon noir qu'il avait porté lors de son entretien, Jon mit son sac à dos, sa valise et son sac de courses fait main dans un taxi qui l'amena jusqu'à l'arrêt de bus le plus proche. Il changea de bus à Syracuse et prit un express à destination de Manhattan.

1 Station de ski très connue, à proximité d'Aspen dans le Colorado.

Le voyage prit un peu moins de six heures et il apprécia cette expérience. Espérant que c'était de bon augure, il inclina son siège et regarda le paysage jusqu'à ce qu'ils arrivent en ville.

Chaptire Deux

JON n'eut aucune difficulté à trouver un taxi devant la gare routière de Port Anthony. Il donna au chauffeur la bonne adresse à Manhattan puis attacha sa ceinture. Le trajet à travers Manhattan fut exaltant, avec des merveilles de chaque côté. Jon fut stupéfait par le nombre de voitures et de gens alors qu'ils circulaient dans les avenues du centre-ville. Et il fut très impressionné par l'extérieur en briques rouges aménagé du Monterey Building. Il trouvait difficile de croire que ce serait là qu'il vivrait.

Un homme en livrée rouge ouvrit la porte à Jon et l'orienta vers le bureau du concierge. Après que Jon eut montré sa pièce d'identité et une lettre de M. Anthony, le concierge le conduisit au-delà d'une rangée de trois ascenseurs vers un autre plus petit, dans sa propre alcôve. Jon savait que son employeur était riche, mais pas au point d'imaginer qu'il avait un ascenseur privé. Le concierge se pencha et glissa une carte magnétique dans une fente du panneau de contrôle. Il fit un sourire professionnel à Jon et recula lorsque les portes se fermèrent.

En montant, Jon fantasma sur l'idée de rester dans l'ascenseur, de redescendre et de héler un taxi pour le ramener chez lui. Deux choses l'arrêtèrent : il n'avait pas de carte magnétique et il ne voulait pas décevoir Sœur Grace. Quand les portes s'ouvrirent, il sortit et s'arrêta net pour regarder. On aurait dit qu'il était entré dans un jardin miniature d'intérieur avec un plafond en verre, un feuillage luxuriant de chaque côté et une fontaine.

— Waouh, dit-il dans sa barbe.

Une des doubles portes s'ouvrit à l'extrémité du grand vestibule.

— Jon, dit Albert. Bienvenue à Manhattan. Entrez.

Jon passa la porte et entra dans le genre d'appartement qu'il n'avait vu que dans les films sur des héritières excentriques avec des problèmes d'amour-propre.

— Cet endroit est vraiment grand.

— Eh bien, il occupe tout l'étage supérieur du bâtiment.

— Waouh.

— Waouh, en effet. Comment s'est passé votre voyage ?

— Je l'ai apprécié.

— Bien.

Albert s'arrêta et fit un geste vers la porte sur sa droite.

— La salle de bain, dit-il. Prenez une minute pour vous rafraîchir, comme on dit, et je reviens tout de suite pour vous présenter à M. Macquarrie.

— Merci.

Jon alla dans la salle de bain et ferma la porte.

— **LE** *nounou man* est là, dit Albert lorsqu'il entra dans la pièce dans laquelle Charles travaillait quand il était chez lui.

— Tu aimes ce mot, n'est-ce pas ? dit Charles.

— Ça m'amuse, répondit Albert en s'asseyant sur le coin du bureau. Mais j'ai raison en ce qui le concerne. Il est parfait pour le job.

— Eh bien, Albert, je pourrais presque croire que tu l'apprécies.

Albert pencha la tête sur le côté comme s'il y réfléchissait.

— Je dois le dire, on ne voit pas de bonnes manières comme les siennes tous les jours.

— Tu es tellement romantique, dit Charles. Où est ce modèle de politesse ?

— En train de soulager sa vessie, j'imagine.

— Si tu en es à *imaginer* ce genre de choses, je m'inquiète pour toi.

Albert lança un regard peiné à Charles et alla chercher Jon. Il le retrouva dans le couloir et lui dit de laisser son sac à dos là où il était. Alors qu'il ouvrait la voie, il parla par-dessus son épaule.

— Quand je vous présenterai, vous l'appellerez monsieur ou M. Macquarrie, à moins qu'il ne vous suggère autre chose.

— Je comprends, dit Jon.

Il se prépara mentalement lorsqu'Albert ouvrit la porte, puis le suivit de l'autre côté.

Charles se leva de derrière son bureau et Jon l'étudia avec curiosité lorsqu'il traversa la pièce. Charles, en personne, ne le déçut pas le moins du monde. Il était aussi beau, en forme et bien habillé que sur les photos que Jon avait étudiées. Ses cheveux châtains élégamment ébouriffés étaient épais et soyeux, et il avait les yeux ambre fumé d'un tigre somnolent.

— Jonathan Lamb, voici Charles Macquarrie, président et propriétaire de Macquarrie Stylisme International.

— Ravi de vous rencontrer, monsieur, dit Jon.

— Je suis ravi de vous rencontrer aussi, dit Charles en souriant. Il est difficile de trouver une nounou qui convienne aux enfants.

— Quand pourrai-je les rencontrer ?

— Bientôt. D'abord, j'aimerais discuter avec vous quelques minutes.

Jon tenta de calmer les papillons qui s'étaient animés dans son ventre juste parce qu'un bel homme lui avait souri. Il aimait les hommes depuis aussi longtemps qu'il s'en souvienne, mais il avait eu que peu d'opportunités de laisser libre cours à son attirance. Il espérait vraiment qu'il ne se ridiculiserait pas.

— Bien sûr, M. Macquarrie.

— Ne soyez pas nerveux. Ce n'est pas un interrogatoire. Je laisse ce genre de choses aux avocats comme Albert, dit Charles en souriant à nouveau. Vous pensez qu'il a l'air trop jeune pour être avocat, n'est-ce pas ? Il a terminé l'université quand il avait quatorze ans. Albert est un véritable génie.

— Et c'est justement pour cette raison que j'ai le droit de te dire quoi faire, dit Albert. Et tu dois y aller. Tu as un rendez-vous pour le déjeuner.

Charles adressa un clin d'œil à Jon, assorti d'un geste signifiant qu'il n'avait d'autre choix que d'obéir.

— Je suppose que nous devrons faire connaissance plus tard. Albert va vous montrer où vous installer pendant que je me prépare pour mon rendez-vous.

Il leva les yeux vers Albert.

— Pas de problème, dit Albert. Porte la chemise rose avec le costume gris. Je te rejoindrai dans le vestibule dans une demi-heure.

Il fit un geste vers Jon.

— Par ici, dit-il en se dirigeant vers la porte.

— C'est un magnifique appartement, dit Jon en suivant Albert dans un large couloir où étaient accrochés des paysages de style impressionniste.

— Oui. M. Macquarrie n'a pas lésiné sur les dépenses. La cuisine est de l'autre côté de ce couloir. Comme convenu, vous êtes responsable du petit-déjeuner et du dîner des enfants. Vous trouverez le garde-manger bien approvisionné avec l'essentiel, et vous pourrez faire des courses pendant que les enfants seront à l'école. La salle de sport et la salle de loisirs sont derrière nous. Vous pourrez les voir plus tard. Voici votre suite.

Albert ouvrit la porte au bout du couloir et entra.

Jon le suivit dans un petit salon. Par la porte dans le mur du fond, il vit une chambre.

— C'est pour moi ?

— Oui. La suite des enfants est à la droite de la vôtre, et leur salle de jeux est sur la gauche. Vos bagages sont dans votre chambre. Des articles de toilette ont été fournis au cas où vous auriez oublié d'emporter quelque chose, dit Albert en prenant une enveloppe dans la poche de sa veste et en la donnant à Jon. Voici votre carte magnétique, carte de crédit et votre téléphone portable. Nous avons un service de transport privé, alors n'hésitez pas à l'utiliser. Il y a une feuille d'instructions à l'intérieur pour vous guider.

— Merci, dit Jon, se sentant un peu abasourdi.

— Je suppose que vous avez la liste de vos responsabilités, les feuilles de votre agenda journalier et vos cartes.

— Tout est dans ma valise.

— Excellent. Dans le placard, vous trouverez des vêtements appropriés à votre emploi. Veuillez les porter pendant que vous êtes en service. Avez-vous des questions ?

— Ça fait beaucoup à assimiler. Je garderai mes questions pour plus tard.

— Bien. Dans ce cas, je n'ai rien d'autre à vous expliquer pour l'instant.

— Non, monsieur.

— Installez-vous. Les enfants ne seront pas rentrés de l'école avant quinze heures, donc vous avez quelques heures pour vous familiariser avec l'appartement.

Après un bref hochement de tête, Albert partit.

Jon retira ses chaussures et s'affala sur le lit. Il étira les bras et écarta les jambes alors qu'il s'enfonçait dans le matelas et l'édredon duveteux.

— Je devrais pouvoir m'y faire, commenta-t-il à l'adresse du plafond.

Quand il se leva, il détailla la suite, incapable de croire que tout cet espace était pour lui. La salle de bain elle-même faisait au moins la moitié de la taille de sa chambre à l'orphelinat et avait une large baignoire ovale en plus d'une cabine de douche vitrée. Il pouvait compter sur les doigts d'une main le nombre de fois où il avait pris un bain, et il avait hâte d'essayer ici. Après qu'il eut examiné la salle de bain, il ressortit dans la chambre pour défaire ses valises et ouvrit le placard.

Comme Albert l'en avait informé, il y avait des vêtements sur les cintres et les étagères. Juste certaines choses – cinq chemises blanches, deux pantalons noirs et cinq tee-shirts blancs –, mais quand il toucha le tissu, il put dire qu'ils étaient de bonne qualité. Quand il regarda les étiquettes, il découvrit que chaque vêtement venait de Macquarrie Stylisme.

Jusqu'à maintenant, sa garde-robe avait consisté en un jean et un pantalon de travail, plus cinq tee-shirts de friperie et un sweat-shirt. Il possédait une paire de baskets, deux de chaussettes et six slips amples. Quand il pensa aux vêtements défraîchis et usés dans sa valise, il fut tenté de les jeter directement dans une poubelle, mais sa prudence naturelle l'en empêcha. S'il perdait ce travail demain, il serait content de les avoir gardés.

Jon ferma la porte du placard et se rendit dans le salon. Un canapé douillet et confortable en daim gris faisait face à une télévision à écran incurvé fixée au mur. De chaque côté du canapé, un fauteuil en cuir noir faisait face à son jumeau avec, entre les deux, une table basse en granit. Il y avait des peintures sur les murs – des originaux, pas des copies – des éclaboussures de rouge, de jaune, de noir et de gris qui suggéraient des chrysanthèmes. Le style de la pièce était un peu austère, mais très accueillant.

Il lui restait encore une heure avant l'heure théorique de retour à la maison des enfants, donc il alla chercher son classeur et l'amena jusqu'à l'étroit bureau sous la fenêtre de sa chambre. Remarquant des charnières à l'arrière, il posa les doigts sous le bord

avant et souleva. Un panneau se leva, révélant un écran.
Une seconde après, Jon trouva le clavier sur l'étagère
coulissante. Il cliqua sur le bouton d'alimentation et
découvrit bientôt qu'il devait entrer un mot de passe.
Il sortit le dossier d'instructions qu'Albert lui avait
donné. Ce dernier s'était révélé si méticuleux jusque-
là que Jon était sûr qu'il trouverait le mot de passe sur
une des feuilles. Après une brève recherche, il le trouva
dans une colonne intitulée « numéros importants ». Il
ouvrit une session, se connecta à Internet et envoya un
e-mail au foyer. Après avoir fait savoir à ses amis qu'il
était bien arrivé, il décrivit rapidement son voyage et
termina avec une promesse de leur écrire bientôt.

À quatorze heures quarante-cinq, Jon éteignit
l'ordinateur et ferma le bureau. Il se changea, enfilant
l'une des chemises blanches et l'un des pantalons noirs
du placard. Il prit une large boîte en étain dans sa valise
et la porta dans le salon. Quand il souleva le couvercle,
les odeurs de vanille, cannelle, noix cuites et chocolat
emplirent l'air. Laissant les cookies sur la table basse,
il quitta sa suite.

D'après les fichiers qu'Albert avait fournis, Jon
savait que les enfants étaient récupérés à l'école par le
service de transport privé et déposés devant la porte du
bâtiment. Le chauffeur attitré devait rester sur le bord du
trottoir jusqu'à ce que les enfants soient accompagnés
par le portier. Celui-ci devait s'assurer que les enfants
montent dans l'ascenseur express vers l'appartement-
terrasse. Jon, lui, voulait attendre leur arrivée devant
l'ascenseur.

UN carillon tinta, et les portes de l'ascenseur s'ouvrirent
sur le vestibule de l'appartement-terrasse. Trois enfants

portant des uniformes scolaires se figèrent de surprise quand ils levèrent les yeux vers Jon. Il s'avança et empêcha les portes de se fermer. Les enfants se remirent de leur stupeur et sortirent de l'ascenseur.

— Est-ce que vous êtes la nouvelle nounou ? demanda la fillette plus âgée.

Jon hocha la tête.

— Je suis Jonathan Lamb. Vous pouvez m'appeler Jon, si vous voulez.

— Vous êtes un mec, dit Holland.

— Holland est un génie, cingla la jeune fille, sarcastique. N'y prêtez pas attention. (Elle leva les yeux vers Jon.) Je suis Madeleine. Voici mon frère, Holland, et ma sœur, Juliana. Nous avons eu douze nounous en cinq ans. Vous êtes le numéro treize. Malchanceux.

Jon ne s'attarda pas sur cette précision.

— Je suis heureux de vous rencontrer, Madeleine, Holland et Juliana. Avez-vous des surnoms ?

— Cousin Charles m'appelle parfois Maddie, dit Madeleine. Je n'aime pas ça.

— J'aimais bien quand mon papa m'appelait Hols, dit Holland.

— OK, va pour Madeleine et Hols, dit Jon.

— Appelez-moi Mads, dit Madeleine.

— Très bien, dit Jon en se mettant sur un genou pour regarder Juliana dans les yeux. Et toi ? demanda-t-il.

— Je suis affamée, dit Juliana.

— Affamée ? répéta Jon. C'est un drôle de nom.

Holland sourit, mais Madeleine garda son comportement méfiant.

— Affamée, est-ce que tu voudrais un cookie et du lait ? demanda Jon.

Juliana hocha solennellement la tête.

— J'aime bien les cookies.

— Est-ce que tu aimes les cookies ? demanda Jon à Madeleine en se relevant.

— Ça dépend, dit-elle.

— OK.

Au lieu de demander de quoi dépendait le penchant de Madeleine pour les cookies, Jon se tourna vers Holland.

— Et toi, est-ce que tu aimes les cookies ? demanda-t-il.

Holland hocha la tête.

— OK, dit Jon. Pourquoi vous ne rangeriez pas vos affaires d'école ? Ensuite, tous ceux qui aiment les cookies pourront venir dans ma chambre.

Holland et Juliana regardèrent Madeleine pour savoir ce qu'ils devaient faire.

— Bien sûr, dit Madeleine. Mais pas longtemps. Nous devons tous répéter avec nos instruments, ce soir.

— À tout à l'heure, alors, dit Jon.

Sans un mot, il se précipita dans le couloir puis dans sa suite.

Les enfants regardèrent fixement derrière lui pendant quelques instants avant que Holland ne parle.

— Ce n'est pas normal, si ?

— Pas du tout, dit Madeleine.

— Je veux un cookie, geignit Juliana.

Madeleine soupira.

— Viens, dit-elle en prenant la main de Juliana et ouvrant la voie vers leurs quartiers. Il est temps de dresser une autre nounou.

JON répondit à la porte au troisième coup. Il l'ouvrit en grand puis s'écarta pour laisser entrer les enfants.

Ils avaient échangé leurs uniformes scolaires par des shorts et des polos pour les deux plus grands, et un tee-shirt et une salopette pour Juliana. Tous trois portaient des mocassins en toile blanche.

— Je suis content que vous ayez pu venir, dit Jon. Asseyez-vous, s'il vous plaît.

Jon servit les cookies et tout le monde en prit un.

— Resservez-vous, je vous en prie, dit-il quand les premiers cookies eurent disparu.

Les enfants tendirent la main avec enthousiasme pour en reprendre. Les cookies étaient croquants à l'extérieur, moelleux à l'intérieur, et contenaient exactement la bonne quantité de pépites de chocolat et de noix.

— Et pour le lait ? demanda Madeleine qui avait mangé la moitié de son second cookie.

— Du lait serait excellent pour ce moment, répondit Jon. Sais-tu où nous pourrions en trouver ?

Madeleine hocha la tête en avalant une autre bouchée.

— Voudrais-tu aller le chercher ? Je t'accompagne pour t'aider à porter les verres.

— Ou nous pourrions nous déplacer à la cuisine, dit Holland.

— Qu'est-ce que vous en dites ? demanda Jon, regardant chaque enfant l'un après l'autre.

Madeleine regarda autour d'elle.

— Je ne suis jamais venue ici avant, dit-elle. C'est bien. Est-ce que nous pourrions revenir une autre fois ?

— Ça me plairait bien, dit Jon.

— Alors, allons à la cuisine.

— Nous emmenons les cookies, pas vrai ? demanda Holland.

— Nous n'avons pas le choix, dit Jon. Ou le lait se sentira bien seul et triste.

—Vous êtes bête, dit Madeleine en ramassant la boîte en étain. Je vais les porter.

Juliana glissa de son siège avec la moitié d'un cookie serré dans son poing potelé. Elle tendit son autre main à Jon, qui la prit alors qu'ils suivaient Madeleine dans le couloir. Holland les dépassa péniblement pour marcher devant, et quand ils rejoignirent la cuisine, il avait ouvert la porte du réfrigérateur.

— Je prends le lait, dit Madeleine en posant les cookies sur le plan de travail.

— Je ne faisais que regarder, dit Holland en faisant le tour du plan de travail pour s'asseoir sur l'un des tabourets.

Jon aida Juliana à monter sur l'un des hauts tabourets et prit quatre verres dans un placard au-dessus d'eux. Madeleine apporta le pichet de lait à table et Jon remplit les verres.

— Maintenant, nous pouvons manger ces cookies correctement, dit-il en levant son verre.

—D'où viennent ces cookies ? demanda Madeleine avant de mordre dans un troisième.

— C'est moi qui les ai faits, dit Jon.

— Pas possible ! Ce sont les meilleurs cookies du monde !

— Ils sont vraiment bons, dit Holland. Vous cuisinez très bien, pour un homme.

— Merci, dit Jon. Savez-vous que certains des meilleurs cuisiniers du monde sont des hommes ?

Il marqua une pause lorsque les enfants secouèrent la tête.

— Vous ne le saviez pas ? Eh bien, un jour nous regarderons *Masterchef* et vous verrez de quoi je parle.

— Nous n'avons pas beaucoup de temps pour regarder la télévision, dit Madeleine.

— Ce sera pédagogique, lui dit Jon.

— Oh. C'est différent, dit Madeleine en regardant son cookie. Est-ce que n'importe qui peut apprendre à les faire ?

— Je ne sais pas, dit Jon. Mais si toi tu veux apprendre, je t'apprendrai.

— Moi aussi, dit Holland.

— Moi aussi. Moi aussi.

Juliana frappa le plan de travail de ses paumes.

— On dirait que nous savons quel sera notre premier projet de science, dit Jon. L'expérience du « point de fusion des pépites de chocolat ».

— Vous êtes sérieux ?

Madeleine fixa Jon avec une incrédulité exagérée.

— Oui. Bon, d'après l'emploi du temps qu'on m'a donné, vous avez tous des devoirs et des répétitions d'instrument à faire avant le dîner. Quand vous aurez terminé, vous pourrez faire ce que vous faites habituellement, ou vous pourrez venir m'aider pour le dîner.

Juliana tira sur le pantalon de Jon, qui baissa les yeux.

— Qu'y a-t-il, Juliana ?

— Je n'ai pas de devoirs ou d'activité aujourd'hui.

— Alors tu peux aller à la salle de jeux ou m'aider.

— Je veux aider.

— OK, dit Jon avant de regarder Madeleine et Holland. Je suppose que je vous verrai plus tard.

Il prit la main de Juliana en se retournant. Il ne regarda pas en arrière en marchant vers le réfrigérateur. Quand il entendit des bruits de pas s'éloigner dans le couloir, il sourit. Jusque-là, pas de rebuffades et ils étaient à l'heure.

— Que devrions-nous faire pour le dîner, Jule ? demanda-t-il. Est-ce que je peux t'appeler Jule ?

Juliana gloussa.

— Jule veut des 'ghettis.

— Bien. C'est une des choses que je sais préparer, mais je vais avoir besoin de beaucoup d'aide de ta part.

— OK.

Tandis que la petite fille s'accrochait à l'un de ses doigts, Jon examina le garde-manger et le réfrigérateur, qui étaient aussi bien approvisionnés qu'Albert l'avait promis. Il fut soulagé de trouver tout ce dont il avait besoin pour faire des spaghettis à la bolognaise, un grand favori au foyer des enfants. Il assit Juliana sur l'îlot central et lui donna un morceau de parmesan. Après lui avoir montré comment utiliser la râpe sans accident, il mit les tomates à bouillir pendant qu'il découpait des oignons et de l'ail pour les faire sauter dans de l'huile d'olive avec une touche de beurre, et quand les tomates furent prêtes, il en retira la peau et les mélangea au reste. Pendant que tout ceci mijotait, il prépara la viande. Alors qu'il s'activait, il ne cessa de parler avec Juliana et vérifia souvent qu'elle se portait bien. Juliana papotait sans discontinuer de ce qui lui traversait l'esprit, et Jon devina qu'elle ne recevait pas beaucoup d'attention de la part de M. Macquarrie ou de ses frère et sœur.

— C'est bon, il y a assez de fromage, dit Jon. Veux-tu m'aider à préparer la salade ?

Juliana hocha la tête avec enthousiasme, donc il lui confia la mission de déchirer des feuilles de laitue romaine pendant qu'il mettait une casserole d'eau à bouillir. Il lui donna ensuite un morceau de feta à émietter dans la salade et alla remuer la sauce.

— Ça sent super bon ! dit Holland lorsqu'il entra dans la cuisine.

— Du pain à l'ail ou juste du pain grillé ? demanda Jon.

— Moi j'aime bien l'ail, dit Madeleine en dépassant son frère.

— Je ne suis pas fan, dit Holland.

— Alors je suppose que nous aurons les deux, dit Jon. Est-ce que quelqu'un sait s'il y a une miche de pain dans le coin qui n'a pas déjà été tranchée ?

La main de Madeleine se leva brusquement, puis elle la redescendit rapidement.

— Je vais la chercher, dit-elle avant de filer vers le garde-manger pour revenir avec une baguette.

— Voudrais-tu étaler du beurre sur le pain quand je l'aurai tranché ? demanda Jon, et elle hocha la tête.

— Qu'est-ce que je peux faire ? demanda Holland.

— Humm… fit Jon, faisant semblant d'y réfléchir pendant qu'il remuait la sauce. Peux-tu me trouver une passoire ?

— Qu'est-ce que c'est ?

— Ça ressemble à un grand bol, mais elle a plein de petits trous dedans. Elle pourrait être en métal ou en plastique.

— Oh, le truc qu'on utilise pour égoutter les pâtes.

Holland alla vers les placards, marmonnant « passoire » dans sa barbe.

— Alors, comment ça se passe ? demanda Jon à la cantonade. Est-ce que j'ai le droit de manger avec vous, ou est-ce que je dois attendre M. Macquarrie ?

— Vous pouvez manger avec nous ou manger plus tard.

Madeleine haussa les épaules.

— Je préférerais manger avec vous, dit Jon.
Maintenant, que pouvons-nous préparer pour le
dessert ?

— Nous avons mangé tous ces cookies, dit
Madeleine. Nous ne devrions probablement pas prendre
d'autres sucreries aujourd'hui.

— Ne me dis pas que tu surveilles ton poids, dit
Jon. Tu es un mince comme un fil de fer.

Il lui donna un faux coup de poing sur l'épaule et
fit semblant de se piquer les doigts.

— Mon entraîneur a défini une fourchette de poids
optimale pour moi, dit Madeleine. J'essaie de rester
dedans.

Il hocha la tête sagement.

— Eh bien, puisque tu t'entraînes pour les Jeux
Olympiques, j'essaierai de ne pas t'imposer trop de
desserts.

Elle renifla.

— Comme si j'avais une chance d'entrer dans
l'équipe olympique. Je ne suis pas aussi douée, mais
la compétition fera bien dans mon dossier quand je
postulerai pour l'université.

— C'est vrai. Ils verront quelle étudiante
accomplie tu es.

Jon éteignit la plaque de cuisson sous les pâtes
et mit une paire de maniques. Soulevant la casserole
de la cuisinière, il dit aux enfants de reculer avant de
verser le contenu dans la passoire. Comme toujours, il
se pencha par-dessus l'évier pour inspirer les nuages de
vapeur qui s'élevaient des pâtes.

— Qu'est-ce que vous faites ? demanda Holland.

— J'aime la sensation, dit Jon.

— Est-ce que je peux essayer ?

— Bien sûr.

Jon attrapa Holland sous les aisselles et le souleva.

Holland mit son visage dans la vapeur, ferma les yeux et inhala profondément comme Jon l'avait fait.

— OK, dit-il, et Jon le posa. C'est agréable.

— Moi aussi ! dit Juliana, et Jon la tint au-dessus de la passoire.

Quand Jon posa Juliana sur ses pieds, il regarda Madeleine.

— Ça va, dit Madeleine avec dédain. Ça fera frisotter mes cheveux.

— Alors est-ce que ça te dirait de couper du céleri pour la salade et d'y ajouter ce que tu aimes d'autre dedans ?

— Vraiment ?

— Pourquoi pas ?

— Cousin Charles a flippé la fois où il m'a vue couper des carottes. Il m'a enlevé le couteau et m'a fait un long discours pour me dire de ne jamais toucher aux trucs pointus, dit Madeleine en levant les yeux au ciel. Je ne suis pas un bébé.

— Non, en effet, mais s'il ne veut pas que tu utilises de couteaux, je ne devrais pas te laisser faire. Je vais lui en parler, OK ?

— Oui, bonne chance pour ça.

Jon ignora le sarcasme.

— Voudrais-tu mettre la table ?

— Bien sûr. Est-ce qu'on peut manger ici au lieu de la salle à manger ?

— Je ne vois pas pourquoi on ne pourrait pas.

— Est-ce qu'on peut manger sur le plan de travail ? demanda Holland.

— À moins qu'il y ait une règle contre, je pense que ce serait amusant de manger sur le plan de travail, dit Jon. Qu'en penses-tu, Madeleine ?

— C'est plus facile pour moi, dit-elle. Je n'aurai pas à porter la vaisselle aussi loin.

Jon coupa un concombre en tranches, qu'il lança dans le saladier.

— Holland, s'il te plaît, emmène ça sur le plan de travail et aide ta sœur, dit-il en tendant le bol au garçon.

Il sortit les grilles du four et glissa le pain grillé sur deux plats.

— Ail. Pas d'ail, indiqua-t-il en les posant sur le plan de travail.

Jon servit la nourriture sous la direction de ses protégés, ajoutant soigneusement la quantité spécifiée de sauce aux spaghettis sur chaque assiette. Juliana demanda seulement du beurre et voulait la sauce sur son pain. Jon versa de l'eau dans des verres pour tout le monde et ils attaquèrent leur dîner. Les enfants mangèrent tellement qu'ils n'eurent plus de place pour le dessert.

— J'aurais vraiment voulu un autre cookie, grogna Holland, mais si je mange autre chose, je vais éclater.

— Je te promets de ne pas manger tous les cookies au milieu de la nuit, dit Jon. Vous pourrez en avoir demain, et quand il n'y en aura plus, nous en ferons d'autres. Maintenant, c'est l'heure du bain, puis vous pourrez regarder un film, passer du temps sur l'ordinateur ou faire ce que vous voulez jusqu'à l'heure du coucher.

Juliana leva les bras et Jon s'accroupit pour l'étreindre.

— Tu as une tache violette sur le cou, dit-elle dans un chuchotement bruyant.

Jon se mit à rire en se redressant.

— Je sais, dit-il. Elle ne s'efface pas.

— Je peux voir ? demanda Holland.

Jon baissa son col.

— Elle descend vers mon épaule et un petit peu dans mon dos, dit-il. Elle ressemble un peu à un dragon.

— Cool ! dit Madeleine.

— C'est une tache de naissance, pas vrai ? dit Holland.

Jon hocha la tête.

— Il y a eu un problème avec la circulation du sang quand je suis né.

— Est-ce que ça fait mal ? demanda Madeleine.

— Non. Il se peut que la peau devienne plus épaisse quand je serai plus âgé, mais pour l'instant, c'est comme un grain de beauté violet géant.

— Vous avez de la chance qu'elle ne soit pas autour de vos yeux ou dans votre bouche, dit Holland. D'après ce que j'ai lu, cela peut poser des problèmes. Vous savez, les lasers...

Madeleine posa une main sur la bouche de son frère.

— Il lit beaucoup, dit-elle pour l'excuser.

— C'est bon, dit Jon. Ça ne me dérange pas d'en parler, mais pour l'instant, c'est l'heure du bain.

Jon rangea les restes et nettoya la cuisine. Après avoir chargé le lave-vaisselle, il fit l'inventaire du garde-manger et du réfrigérateur. Il dut regarder dans tous les tiroirs et les placards, mémorisant l'emplacement des casseroles, des poêles et des appareils ménagers pour ne pas avoir à les chercher quand il en aurait besoin. Quand il jeta un coup d'œil à l'horloge de la cuisinière, une heure et demie s'était écoulée. Les enfants avaient terminé leurs bains maintenant, donc il alla dans le couloir vers leur suite.

Il frappa avant d'entrer et sourit lorsque les enfants se tournèrent pour le regarder. Le large espace avait été divisé en trois zones délimitées par des panneaux gaiement colorés. Les larges boxes étaient ouverts à l'avant, mais donnaient à chaque enfant une certaine intimité. En un coup d'œil, Jon pouvait les voir tous les trois assis à leurs bureaux. Juliana jouait à un jeu de création de monde en ligne. Madeleine chattait avec ses amis d'école et Holland jouait aux échecs. Jon parla avec chacun pendant quelques minutes, souriant à la manière dont leurs visages s'éclairaient alors qu'ils lui expliquaient ce qu'ils faisaient.

Après avoir dit bonne nuit et regardé les enfants se mettre au lit, Jon retourna à la cuisine, se prépara une tasse de thé et pensa aux enfants. Excepté Juliana qui était adorablement enfantine, les cousins Macquarrie avaient un vocabulaire et un comportement qui ne correspondaient pas à leur âge. Jon ne doutait pas que les problèmes surviendraient, mais il était satisfait de la relation qu'il avait commencé à construire avec eux.

Jon but son thé à petites gorgées et jeta un coup d'œil à travers la grande pièce. Il appréciait de cuisiner, et c'était un véritable plaisir dans une cuisine aussi bien équipée. Sa suite était bien au-delà de tout ce à quoi il s'était attendu, et son premier contact avec les enfants s'était bien passé. Il commençait à se sentir optimiste sur ce travail… puis Charles rentra à la maison.

Chaptire Trois

CHARLES traversa le vestibule et tourna machinalement à droite, vers sa moitié de l'appartement-terrasse — aussi appelée ZDM par son meilleur ami, pour « zone dépourvue de mômes ». Comme si cette pensée était un sort d'invocation, le téléphone de Charles sonna et le numéro de Robert Langford apparut à l'écran.

— Bunny ! dit Charles en répondant à l'appel. Je pensais justement à toi.

— Donne-moi une minute pour que je puisse m'imaginer la situation, dit Bunny malicieusement.

Charles émit un petit rire.

— Il n'y a rien de classé X.

— Non ? Comme c'est ennuyeux. C'est une bonne chose que j'ai appelé.

— Je suis content que tu l'aies fait. Ça fait trop longtemps.

— Oui, c'est vrai. Depuis que tu as commencé à diriger la société, je ne te vois jamais.

— Tu dis ça à chaque fois que tu appelles, et tu le fais toujours de quelque part comme la Nouvelle-Zélande, l'Islande ou un autre pays à un million de kilomètres.

— Un million de kilomètres, Pinky ? dit Bunny malicieusement. Je pense que je devrais être sur la Lune, pour être aussi loin.

— Donc pourquoi as-tu appelé, à part pour insulter mes connaissances en géographie ? Et je vais vérifier ça, au fait.

— Fais ça, mon cœur, et pendant que tu y seras, jette un œil à ton emploi du temps pour la semaine. Ou fais-le faire pour toi par ton Albert2000.

Charles émit un autre petit rire.

— Qu'as-tu à l'esprit ?

— J'aimerais un dîner pour bientôt.

— Que dis-tu de demain ?

— Sérieusement ?

— Je n'arrive pas à croire que je t'ai enfin surpris.

— Donc tu plaisantais ?

— Non, j'étais sérieux. Pourquoi tu ne passerais pas vers dix-neuf heures et nous prendrons quelques verres avant de sortir ?

— Je ne suis pas sûr de pouvoir obtenir une réservation où que ce soit dans un délai aussi court.

— Râle, râle, râle. Je vais faire la réservation.

— Bien. Je te verrai demain.

Bunny raccrocha sans dire au revoir, gagnant ainsi un point dans le jeu téléphonique auquel Charles et lui s'adonnaient depuis le lycée privé.

Lorsque Charles rangea son téléphone, il remarqua que la lumière de la cuisine était allumée et se souvint du nounou – le jeune et attirant nounou. Il sourit en se retournant et revint dans le couloir.

— Salut, dit-il quand il vit Jon assis au bar de la cuisine.

Jon leva les yeux de son livre.

— Vous êtes rentré.

— Incontestablement.

— Je peux partir si vous…

— Non. Je voulais juste vous saluer. Tout va bien ? Vous vous adaptez bien ?

Jon hocha la tête.

— Bien, dit Charles en regardant autour de lui. Où sont les enfants ? Je ne les entends pas.

— Il est minuit passé. Ils sont au lit depuis deux heures maintenant.

Charles cligna des yeux.

— Vraiment ? Il faut que je voie ça par moi-même, dit-il en faisant signe à Jon. Venez.

Jon laissa sa tasse de thé et son livre puis le suivit vers la suite des enfants. Charles regarda à l'intérieur les trois enfants profondément endormis dans leurs lits.

— C'est un miracle, dit Charles avant de fermer la porte.

— Vous exagérez… n'est-ce pas ? demanda Jon alors qu'ils repartaient dans le couloir.

Charles secoua la tête.

— Avez-vous déjà vu ce vieux film, Miracle en Alabama sur Helen Keller [2] ?

— J'en ai vu l'essentiel quand j'étais coincé au lit, un été.

---

2 Film américain de 1962 inspiré de l'histoire d'Helen Keller, femme sourde, muette et aveugle.

— Alors vous comprenez.

— Maintenant, je sais que vous exagériez vraiment, dit Jon lorsqu'ils rejoignirent la cuisine.

— Mais non. Ces enfants étaient comme des bêtes sauvages.

Charles marqua une pause.

— Je ne peux pas leur en vouloir. Ma tante et mon oncle les dorlotaient vraiment, puis… enfin, vous savez, ma tante et mon oncle sont morts, donc ça a été vraiment dur pour eux, vraiment traumatisant. Tout ce qu'ils ont maintenant c'est moi. Comme je l'ai dit, je ne peux pas leur en vouloir, mais vous ne croiriez pas le nombre de nounous que nous avons vu passer.

— J'ai entendu dire que c'était environ trente.

Charles s'arrêta et regarda Jon fixement.

— Qui vous a dit ça ?

— En fait, j'exagère. Madeleine a dit que vous en aviez eu douze.

— Ça me semble correct. Alors, comment avez-vous fait ?

— Si vous voulez vraiment le savoir… Je les traite simplement avec respect.

— C'est ça, votre grand secret ?

— C'est simplement que la plupart des gens traitent les enfants comme si leurs opinions n'avaient pas d'importance. Ils ne prennent pas en compte les préférences d'un enfant quand ils décident pour lui.

— Vraisemblablement, les adultes savent mieux que les enfants ce qui est bon pour eux.

— Vraisemblablement.

Jon fut satisfait quand Charles sourit. Il n'avait pas eu l'intention d'être impertinent avec son patron, mais il ne voulait pas non plus être trop cérémonieux.

— D'autres trésors de sagesse ?

— Eh bien, Sœur Grace m'a dit que je ne devrais jamais entrer dans le jeu du comportement négatif d'un enfant.

— Ça a l'air d'être un bon conseil. Jon, je vais prendre un verre. Prenez-en un avec moi.

— Je ne suis pas sûr de…

— J'en suis sûr. Allez. Ce moment mérite un genre de célébration, et je veux vous connaître un peu mieux.

Charles fit un geste vers la porte.

— J'insiste, dit-il.

Il mena Jon au bar dans le salon et lui fit signe de s'asseoir. Charles passa derrière le bar et détailla les alcools qui s'offraient à eux.

— Choisissez votre poison ou je serais ravi de vous préparer ma spécialité.

— Je ne bois pas.

— Du tout ? Vous devez vraiment avoir soif !

Jon émit un petit rire et se détendit un peu.

— Je ne bois pas d'alcool.

— Il est grand temps que vous commenciez. Un spécial, ça arrive.

— Je ne devrais pas.

— Pourquoi pas ? Vous n'avez pas à conduire où quoi que ce soit.

— Et si un des enfants a besoin de moi ?

— Vous n'êtes officiellement plus en service. Si une urgence se produit, je m'en occuperai. D'accord ?

— Vous buvez aussi.

— Oui, mais j'ai eu beaucoup plus d'entraînement.

Charles continua à parler en se penchant pour récupérer les ustensiles dont il avait besoin.

— Et ne faites pas de manières. Je ne suis pas votre patron en ce moment. Je suis un barman. Alors, essayez de vous détendre.

— Je fais de mon mieux.

Charles se redressa et posa plusieurs bouteilles sur le bar.

— C'est la première chose que l'on remarque chez vous, dit-il. Je peux dire, à l'expression sincère sur votre visage, que vous faites toujours de votre mieux.

— J'essaie.

— Je vois ça.

Charles versa diverses boissons sur des glaçons dans un grand verre et remua. Il le tendit à Jon.

— Dites-moi ce que vous en pensez.

Jon prit une gorgée.

— C'est bon.

Il avait l'air surpris.

— Juste bon ?

— J'aime bien. Qu'y a-t-il dedans ?

— De la Vodka, du Cointreau, une larme de crème de cassis et une goutte de jus de citron vert. La plupart des gens pensent que c'est trop sucré, mais j'aime bien.

— Ça a l'air si sophistiqué. Comment ça s'appelle ?

— Il n'a pas de nom. Dites-le-moi si vous en trouvez un.

— D'accord. C'est vraiment bon.

Charles sirota son verre à petites gorgées.

— Si ça vous plaît, un jour vous devrez goûter mon café spécial.

— Je suis un buveur de thé.

— Vous ne buvez jamais de café ?

Jon secoua la tête.

— Et le chocolat chaud ?

— J'adore ça.

— Alors un jour, je vous préparerai mon chocolat chaud spécial.

— Peut-être quand il fera plus froid.

Charles lui fit un clin d'œil.

— C'est exactement ce qu'il faut pour se réchauffer.

Jon se sentait réchauffé, et il était presque sûr qu'il rougissait devant le léger sous-entendu. Content que la luminosité soit faible, il se dit qu'il devait se calmer. Son patron ne flirtait pas avec lui. Selon toute vraisemblance, son patron n'était même pas gay.

— Pourquoi ne me diriez-vous pas quelque chose sur vous ? dit Charles.

— Je croyais que vous saviez déjà tout sur moi.

Charles haussa les sourcils d'un air interrogateur.

— M. Anthony semble être du genre à avoir fait des recherches sur mes antécédents jusque dans le ventre ma mère. Et je pense qu'il a partagé ces informations avec vous.

— C'est judicieux, dit Charles. Albert m'a bien donné un dossier sur vous. (Il sourit.) N'aimez-vous pas ce mot… dossier ? Ça me donne l'impression d'être un espion quand je le dis.

— Vous feriez un excellent James Bond, laissa échapper Jon.

— Vous le pensez ?

— Je suis désolé. Ce doit être la boisson. En temps normal, je n'aurais pas été aussi familier avec…

— C'est bon, dit Charles rapidement. C'est tout l'intérêt de se détendre. Et merci pour le compliment.

Jon posa son verre.

— Je devrais vraiment aller voir…

— Vous n'êtes plus de garde, vous vous rappelez ?

— Je me sens un peu mal à l'aise.

— Pourquoi ?

— Surtout parce que vous êtes mon patron et que je ne peux pas prétendre le contraire.

— OK, ça, je peux le comprendre. Mais j'espère que vous en arriverez à vous sentir comme un membre de la famille.

— C'est vraiment gentil de votre part, dit Jon en se mordillant la lèvre tout en réfléchissant. OK, j'ai pensé à quelque chose que vous pourriez ne pas savoir sur moi.

— Je suis tout ouïe.

— J'aime faire des paniers.

— Des paniers ?

— Oui, je sais que c'est bizarre, mais j'apprécie de tisser des paniers.

— Je ne dirais pas que c'est bizarre. Vous devriez voir à quel prix part un panier artisanal à *Crate and Barrel*[3].

— Artisanal ? Je n'ai jamais entendu parler de ça.

— Vous êtes un artisan, dit Charles. C'est quelqu'un qui fabrique les choses à la main, d'après ce que j'ai compris.

— Oh. Je ne connaissais pas ce mot.

— Et vous n'avez aucun problème à l'admettre.

— Pourquoi est-ce que j'en aurais ?

Charles ne répondit pas immédiatement. Il regarda Jon pendant de longs instants avant de parler à nouveau.

— Vous n'avez aucune idée d'à quel point vous êtes spécial, n'est-ce pas ?

— Quoi ?

Jon ramassa son verre et prit une nouvelle gorgée.

— Je vois que je vous gêne. C'est juste que j'ai l'habitude de regarder les gens et d'évaluer leurs forces et leurs faiblesses. Et je suis plutôt doué pour

3 Chaîne de magasins au détail, spécialisée dans les articles ménage

ça, commenta Charles en souriant. Je suis aussi un peu saoul.

— Ce doit être un réel avantage dans les affaires, répliqua Jon, avant de marquer une pause. Pas la partie où vous êtes saoul.

— Albert n'est toujours pas convaincu, mais bon, c'est un cyborg qui vient du futur.

— Il est très efficace, dit Jon. J'espère que je ne vous déçois pas.

— Vous vous en sortez merveilleusement bien, dit Charles. Pour l'instant, j'espère que vous vous sentez bien ici.

— Je suis heureux d'être ici. Je n'étais pas sûr au début de pouvoir, vous savez, y arriver. Mais vous n'attendez de moi que des choses que je sais faire, donc…

Jon était à court de mots.

— Je sais que ça ne fait qu'une journée, mais pensez-vous que vous allez rester ?

— Je resterai aussi longtemps que vous le voudrez.

Charles leva son verre et entrechoqua le bord contre celui de Jon.

— Je vous prends au mot.

Jon prit une gorgée et reposa le verre.

— Je ne veux pas outrepasser mes responsabilités, mais quand vous aurez un moment, est-ce que nous pourrons parler des enfants ?

— Nous pouvons en parler tout de suite.

— S'il vous plaît, comprenez que je vous le demande pour le bien de Madeleine, Holland et Juliana.

— Bien sûr.

Jon avait réfléchi à cette conversation et il commença par le sujet le plus facile.

— Doivent-ils porter des uniformes tout le temps ?

— Je n'y ai pas réfléchi. Albert a décidé qu'il serait plus facile pour eux de s'habiller s'ils avaient des uniformes à la maison de même qu'à l'école.

— Si ça ne vous dérange pas, je pense que nous devrions les laisser montrer un peu d'individualité.

— Nous pouvons essayer et voir ce qui se passera. Demandez un catalogue de la société à Albert et commandez ce qui vous semble bien.

— Et à leur goût, dit Jon.

— Quoi ?

— Je pense que les enfants apprécieraient ça s'ils pouvaient m'aider à choisir leurs vêtements, surtout Madeleine.

— Essayez, si vous voulez, mais ne les laissez pas choisir quoi que ce soit de trop… vous savez.

— Je comprends. Merci.

Jon prit une profonde inspiration et passa au sujet le plus difficile.

— Je pense également que si vous pouviez être un peu plus présent, ça leur ferait du bien.

— Dites-vous que vous voulez que je passe plus de temps avec les enfants ?

— Je pense qu'ils aimeraient ça.

— Malheureusement, je n'ai pas beaucoup de temps pour jouer à cache-cache.

— Si vous montriez juste un peu d'intérêt pour…

— Je vais être honnête avec vous, tant pis si c'est brutal. Je n'ai pas beaucoup d'intérêt pour les enfants. D'une part, ils ne peuvent pas tenir une conversation correcte.

— Avez-vous essayé de leur parler ? Holland est un génie et Madeleine est très intelligente. Juliana est irrésistible.

— Je vois que vous avez déjà un faible pour eux, et c'est une chose merveilleuse, mais ce n'est pas pour moi, OK ?

— Pas vraiment, mais vous êtes le patron.

Charles émit un petit rire, même s'il n'était pas sûr que Jon plaisantait.

— Écoutez, vous vous occupez des enfants, et je m'occuperai de tout le reste. Est-ce que ça vous va ?

Jon hocha la tête.

— Il est tard, dit-il. Bonne nuit.

— Vous ai-je offensé ?

— Non, c'est juste qu'il est une heure du matin et que je dois être levé à sept heures.

— Bonne nuit, alors, dit Charles en reversant de la vodka dans son verre. On recommencera.

— Quand vous voudrez.

Jon se retourna et quitta la pièce. Alors qu'il se pressait dans le couloir, il marmonna dans sa barbe :

— Bien joué, Jon. C'est ton premier jour et tu as énervé le patron.

CHARLES se réveilla un peu groggy et décida de travailler depuis son domicile. Il appela Albert pour le lui faire savoir puis alla prendre une douche. Se tenir sous le jet chaud lui fit le plus grand bien, et il se sentait presque humain quand il s'habilla d'un pantalon gris et d'un pull noir en cachemire. Il alla à la cuisine et trouva Jon devant la cuisinière.

— Bonjour, dit Charles. Je suis juste entré pour faire du café.

— Voudriez-vous un petit-déjeuner ?

— Non, merci.

— Vous devriez vraiment manger quelque chose. Le café avec un estomac vide n'est pas bon pour vous.

Charles souleva un sourcil.

— Désolé, dit Jon. Je ne voulais pas vous parler comme si vous étiez un des enfants.

— C'est mignon, dit Charles sans y accorder d'importance alors qu'il prenait un paquet de grains de café dans le placard au-dessus de la cafetière.

— Mignon, dit Jon dans sa barbe. Génial.

— Quoi ?

— Rien. Je prépare une omelette et elle est vraiment grosse. Pourquoi n'en mangeriez-vous pas ?

Charles jeta un coup d'œil à la poêle sur la cuisinière.

— Qu'y a-t-il dedans ?

— Des épinards, du jambon et du fromage.

— Ça a l'air bon. Si ça ne vous dérange vraiment pas…

— Pas du tout. Asseyez-vous. Je vous apporte une assiette.

Déconcerté, Charles s'assit et laissa Jon s'occuper de lui. En cinq minutes, il buvait une tasse de café noir et mangeait la moitié d'une omelette.

— C'est bon, dit-il entre deux bouchées.

— Merci.

Charles se leva et mangea les deux dernières bouchées en portant son assiette jusqu'à l'évier.

— Laissez-la, dit Jon. Je la mettrai dans le lave-vaisselle.

— Merci.

Charles posa l'assiette puis resta silencieux, se sentant maladroit pour la première fois depuis la puberté. Il avait l'impression qu'il devrait dire autre chose, mais rien ne lui venait à l'esprit.

— Voudriez-vous une autre tasse de café ? demanda Jon.

— Non, merci. Albert prépare habituellement une cafetière quand il arrive ici. (Charles alla jusqu'à la porte et s'y attarda.) Nous reprendrons le petit-déjeuner une autre fois ensemble.

— Je suis content que vous ayez dit ça. Je me demandais ce que vous penseriez de prendre un petit-déjeuner familial le dimanche matin.

— J'ai un rendez-vous permanent pour le brunch tous les dimanches.

— Peut-être que nous pourrions le faire le samedi matin.

— Écoutez, Jon. Je vous apprécie. J'espère que ce message est bien passé hier soir. En une demi-journée, vous avez fait ce qu'une douzaine d'autres nounous n'ont pas réussi. Mais vous devriez abandonner l'idée de la « grande famille heureuse ».

— Je ne pense pas pouvoir.

— Et pourtant, cela n'arrivera pas, et j'apprécierais que vous arrêtiez de me tanner à ce sujet.

Charles s'en alla.

— Trop insistant, dit Jon dans sa barbe. Tu n'es là que depuis une journée.

Pendant qu'il mettait les plats du petit-déjeuner dans le lave-vaisselle, il se rappela à quel point il avait de la chance d'avoir ce travail. Cependant, il savait que peu importe à quel point c'était une bonne place ou à quel point Charles était terriblement attirant, il ne pourrait pas parvenir à un compromis quand il s'agissait de prendre soin des enfants. Ce ne serait pas la dernière conversation de ce genre que Charles et lui auraient.

— **MAIS** qu'est-ce qu'il t'est arrivé ? demanda Albert lorsque Charles entra dans son bureau.

— Il se pourrait que j'aie bu hier soir.

— Quelle quantité d'alcool as-tu bu ?

— Tout, dit Charles en s'asseyant derrière son bureau. Y a-t-il du… (Il s'interrompit lorsque Albert posa une tasse de café devant lui.) Merci. J'ai besoin de toute la caféine que je peux trouver.

— Depuis quand est-ce que tu bois seul ?

— Je n'étais pas seul.

Albert dévisagea Charles jusqu'à ce qu'il parle à nouveau.

— Jon.

Albert regarda Charles fixement pendant encore quelques instants avant de parler.

— Attends, dit-il calmement. Laisse-moi résumer. Tu as bu avec le *nounou man* dès le soir de son arrivée ? Je n'en crois pas mes oreilles.

— Pourquoi est-ce que tu en fais toute une histoire ? demanda Charles. Ce n'était qu'un verre de bienvenue.

— Tu ne l'as pas adopté. Il travaille pour toi.

— Tu es d'une froideur, Albert.

— Non, c'est comme ça que les choses fonctionnent dans le monde réel. Maintenant, je sais que dans la bulle imaginaire où tu habites, les princes peuvent sortir avec les pauvres, les riches peuvent épouser les employés et deux hommes peuvent avoir une relation, mais dans la vie réelle, ça marche rarement. Les choses fonctionnent plus facilement quand les gens connaissent leur place et leur but.

— Sérieusement, dis-moi la vérité, une fois pour toutes. Tu as du sang Vulcain, n'est-ce pas ? Il n'y a pas de quoi avoir honte.

— Écoute-moi, patron. Ne. Baise. Pas. Les. Employés, dit Albert avant de marquer une pause. Je sais que tu n'es pas gay, mais nous savons tous les deux que tu as… un fétiche pour les jolis garçons soumis.

— Est-ce que c'est vraiment ce que tu penses ?

— Oui, dit Albert.

— Alors pourquoi m'as-tu recommandé de l'engager ?

Albert éclata d'un rire sec.

— Ne t'en fais pas. Beaucoup d'hommes puissants prennent leur pied avec des jeux de domination et de soumission. Amuse-toi. Je ne juge pas. Je te dis seulement de ne pas baiser les employés. OK ?

Plutôt que d'avoir une dispute, Charles changea de sujet.

— Comment crois-tu qu'il fait ?

— Quoi ?

— Comment Jon a-t-il fait ? Les enfants l'aiment déjà et font ce qu'il dit.

Albert haussa les épaules.

— Il leur ressemble et ils s'en rendent bien compte. Jon est le gamin cool un peu plus âgé, donc il en résulte qu'ils veulent lui faire de la lèche.

— Est-ce que tu fais une blague ou bien crois-tu ce que tu viens de dire ?

— Un peu des deux, dit Albert en posant une feuille de papier sur le bureau devant Charles. Signe ça.

Charles apposa sa signature en bas du document sans se donner la peine de le lire.

— Je vais me retirer, dit Albert. J'ai une réunion avec les comptables. Puis il faudra que j'aille à l'usine sur la Trente-sixième, et j'ai un rendez-vous avec ton styliste, donc je ne te reverrai probablement pas avant demain matin.

— Je te dirais bien de ralentir, espèce d'acharné, si je pensais que tu m'écouterais.

— Je n'ai pas le temps. Je vis ma vie et la moitié de la tienne.

Charles lança un stylo qu'Albert évita facilement en traversant la pièce.

— Essaie d'éviter les problèmes, dit Albert en fermant la porte.

— Oui, oui.

Charles regarda les objets sur son bureau pendant quelques secondes puis il décrocha le téléphone.

— Jon, dit-il quand celui-ci répondit de son côté. J'ai besoin d'un service.

— Que puis-je faire pour vous ? demanda Jon quand Charles le rejoignit dans la cuisine.

— Je m'excuse. Je voulais le demander avant, mais est-ce que cela vous dérangerait de préparer le dîner pour moi et une de mes connaissances ?

— Du moment que j'ai le temps de faire manger les enfants avant, ce n'est pas du tout un problème.

— Vous êtes sûr ? Nous ne mangerions pas avant vingt-et-une heures. Vous allez pouvoir répartir votre emploi du temps ?

— Ça me convient bien. Je n'aurai même pas besoin d'aller faire des courses si quelque chose comme du bœuf bourguignon, un plat de pâtes, une salade et un dessert vous convient.

— C'est parfait. Je vais choisir quelques bouteilles de vin pour aller avec ça, et nous serons prêts.

Charles marqua une pause.

— Je suis vraiment désolé d'avoir oublié de vous le demander et de vous le dire à la dernière minute. Et bien sûr, je ne m'attends pas à ce que vous le fassiez sans être rémunéré. Vous aurez un joli bonus avec votre premier salaire.

— Vous n'avez pas à me payer plus sous prétexte que je cuisine pour vous. Cela fait partie de mon travail.

— Non, votre travail c'est de cuisiner pour les enfants.

— Ça n'est pas un problème. Vraiment.

— J'aimerais également que vous serviez le dîner.

Jon sourit.

— Oh, je vois. Eh bien, ça, ça va vous coûter cher.

— Combien ?

— Ça dépend. Dois-je porter la tenue de soubrette ou non ?

Charles émit un petit rire.

— Joli.

— Quel soulagement. Les nonnes me disaient toujours que j'avais une bouche impertinente. Je ne veux pas perdre mon travail pour une blague inappropriée.

— Ne dites juste rien devant les enfants que je devrais leur expliquer, dit Charles en souriant à nouveau. Eh bien, je suppose que je vais vous laisser retourner à votre tâche. Encore merci.

Jon soupira longuement dès que Charles fut parti. *Génial. Maintenant, je prépare un dîner romantique pour mon patron et une femme sans aucun doute superbe. Et j'ai le droit de passer la soirée à les regarder se draguer.* Jon soupira de nouveau à l'absurdité de sa jalousie.

Il écarta ces pensées déprimantes et se mit au travail. Il rassembla les légumes dont il aurait besoin pour faire le bœuf bourguignon, les découpa et les mit dans des sacs en plastique et les déposa dans le réfrigérateur. Après une nouvelle vérification visuelle du garde-manger, il alla dans sa chambre pour se détendre pendant un petit moment.

Jon se connecta et envoya quelques e-mails. Il ouvrit son dossier pour la tenue de la maison et ajouta quelques objets sur sa liste de courses. Cela fait, il retourna en ligne et regarda des recettes jusqu'à ce qu'il soit l'heure de commencer le dîner.

Jon revint dans la cuisine, découpa en cubes neuf cents grammes de bœuf qu'il jeta dans la farine assaisonnée, avant de les faire revenir et déglacer avec du vin rouge. C'était chronophage, mais le résultat valait bien la peine qu'il se donna. Quand toute la viande fut brunie, il la mit dans une large cocotte avec les légumes sautés, des champignons et un autre verre de vin rouge et de bouillon de bœuf. Jon mit un couvercle sur la lourde cocotte et la glissa dans le four, où elle cuirait pendant les prochaines heures.

Quand les enfants rentrèrent, Jon passa du temps dans leurs chambres. Il écouta le morceau que Madeleine apprenait sur son violoncelle. Il regarda le cocon que Holland avait trouvé et l'écouta expliquer quel papillon en émergerait. Il s'assit là où Juliana le lui dit et l'écouta lui raconter une histoire.

— Je dois finir de préparer le dîner maintenant, dit-il quand Juliana eut terminé. Vous pouvez aider si vous voulez, ou vous pouvez faire ce que vous voulez ici ou dans la salle de jeux. Votre oncle a de la compagnie ce soir, et il apprécierait si…

— Nous savons, dit Madeleine. Ne vous inquiétez pas. Personne ne nous verra ni ne nous entendra.

— Tu t'ennuierais, de toute façon, dit Jon. Sérieusement, est-ce que tu préférerais être assise à table dans tes plus beaux vêtements à écouter deux adultes parler de trucs ennuyeux ou ici à chatter avec tes amis ?

— Je peux aller sur Internet ? demanda Madeleine. Mais nous sommes mercredi soir.

— Je pense que la règle du mercredi soir est plutôt arbitraire, pas toi, Hols ?

Holland détourna les yeux d'un air coupable de son écran de téléphone.

— Oui. Si le but est simplement de nous priver d'Internet un soir par semaine, vous pourriez choisir n'importe lequel des sept. À ma connaissance, aucune loi n'indique que c'est forcément le mercredi qu'il faut couper toute connexion.

— Je suis d'accord, dit Jon. Les règles sont importantes, mais il est également important de ne pas les suivre de manière trop stricte. Donc après le dîner tu pourras chatter avec tes amis. Tu peux appeler ça un pot-de-vin, si tu veux.

— Je veux aider à préparer le dîner, dit Juliana.

— Alors que la fête commence.

Jon lui prit la main en allant vers la porte. Il fut ravi quand Madeleine et Holland les suivirent à la cuisine.

Il donna à chaque enfant une tâche qu'il ou elle pouvait gérer et garda un œil sur eux alors qu'il mettait de l'eau à bouillir et préparait du pesto. Il vérifia le bourguignon et le trouva prêt à servir. Après avoir rempli trois bols, il remit la cocotte dans le four. Les enfants dînèrent et retournèrent dans leur chambre, et Jon termina de préparer le reste du menu pour Charles et son invité. Il était en train de mettre la table quand celui-ci entra.

— Je vais travailler dans mon bureau, dit Charles. Voudriez-vous faire entrer Bunny – M. Langford – quand il arrivera ?

— Bien sûr, dit Jon.

— Merci.

Charles s'en alla vers son bureau et Jon retourna à son travail.

Vers 19h45, Jon entendit le carillon de l'ascenseur express et alla vers le vestibule pour accueillir le visiteur. Il s'était préparé à être poli et professionnel avec la bombe qui sortirait de l'ascenseur, mais ses idées préconçues volèrent en éclat quand il vit l'invité de Charles.

L'homme qui s'avançait à grands pas vers Jon était de taille moyenne et avait le physique d'un gymnaste. Il rappelait l'hiver à Jon, avec ses cheveux blond platine, ses yeux bleu argenté et son costume cendré. Puis il sourit, et ce fut comme si quelqu'un avait fait rayonner le soleil.

— Salut, je suis Robert Langford. Charles Macquarrie m'attend.

— Bonjour, M. Langford. Je suis Jon. Je vais vous emmener à M. Macquarrie.

— Appelez-moi Bunny. Où est-il ?

— Il est dans son bureau.

— Je peux trouver le chemin, et je suis sûr que vous avez des choses plus importantes à faire.

— Merci. Ravi de vous rencontrer.

— De même.

Bunny hocha la tête puis s'éloigna dans la direction opposée.

— **BUNNY !** Content de te voir.

Charles accueillit son ami avec une étreinte.

Bunny s'assit et accepta le cocktail que Charles lui tendait.

— Tu as un nounou gay, dit-il. Que c'est branché de ta part.

— De quoi parles-tu ? demanda Charles.

— Ma cousine Lily m'a dit que c'est la dernière mode.

— Quoi donc ?

— Les nounous gay.

— Comment sais-tu que Jon est gay ?

— Albert me l'a dit.

— Pourquoi a-t-il fait ça ?

— Je lui ai demandé.

— C'est raisonnable, dit Charles en prenant une gorgée de sa boisson. Du moment qu'Albert ne découvre pas la vérité me concernant.

— Tu penses vraiment qu'Albert n'est pas au courant pour toi ?

— Même si c'est le cas, j'aimerais qu'il puisse prétendre que ce n'est pas le cas. C'est mieux comme ça pour nous deux.

— Si tu le dis.

Bunny but sa boisson à petites gorgées.

— Alors, qu'y a-t-il de neuf dans ta vie ? demanda Charles.

— J'ai établi un record avec un costume volant.

Charles souleva les sourcils.

— Un costume volant, Bunny ?

— Oui. Tu as déjà vu un écureuil volant ? Le costume a des panneaux qui te permettent de planer et…

— Je vois le tableau. Est-ce que tu as sauté d'un avion ou d'une montagne ?

— Une montgolfière.

Charles sourit.

— J'aurais dû savoir que ce ne serait pas quelque chose d'aussi conventionnel qu'un avion. Tu te rappelles de la première fois où tu as sauté en parachute ?

— Oui, dit Bunny en souriant. Nous avions douze ans. Tu as « emprunté » l'avion de ton père et tu m'as emmené. Je n'arrive toujours pas à croire que je t'ai cru quand tu m'as dit que tu savais le faire voler.

— Je l'ai fait voler, pourtant.

Bunny souleva sa main, paume vers le bas, et la pencha d'avant en arrière trois fois.

— Plus ou moins ? fit Charles en prétendant être indigné. J'ai cartonné à l'atterrissage.

— Oui, c'est vrai, mais tu as posé ce Beechcraft dans un pâturage.

— Parce que c'est là que tu as atterri. Dans une exploitation laitière.

— Ce parachute était chiant à diriger.

Charles se mit à rire.

— Donc, quel nouveau record as-tu établi ?

— Saut à l'altitude la plus élevée. Simon et Jake ont piloté le ballon et avaient les yeux sur les instruments. Sparky a installé l'équipement d'enregistrement. J'avais deux caméras GoPro montées sur mon casque, face à l'avant et à l'arrière. Je t'enverrai la vidéo quand ils l'auront terminée.

— Tu couches toujours avec Simon ? demanda Charles.

Il était bien conscient que l'amour de Bunny pour l'aventure s'étendait à toutes les zones de sa vie et qu'il n'avait pas peur de le montrer. À en juger par ses histoires, il n'y avait pas grand-chose qu'il n'avait pas essayé au moins une fois.

Bunny secoua la tête.

— J'ai renoncé aux hommes pour l'instant. J'ai renoncé à tout. Je n'ai pas baisé ni été baisé depuis... (Il marqua une pause et fit un calcul mental.) Un mois au moins.

— Un mois entier ? dit Charles en levant les yeux au ciel. Suis-je censé pleurer pour toi, putain de petite nature ?

— Ta compassion est touchante, bien que fausse. Ne me dis pas que tu n'épuises pas le cul de cette pouffiasse.

— Pouffiasse ?

— La pouffiasse avec qui tu sors. Devrais-je m'excuser de dire la vérité ?

— Non, ne fais pas le con là-dessus. Mais je te pardonne parce qu'il est évident que le manque de sexe t'a détruit le cerveau.

— En fait, crois-le ou non, je m'en sors bien sans, dit Bunny en prenant une gorgée. Mais ton nounou est plutôt tentant. Une idée s'il...

— Non. Aucune idée.

— Tu ne sais même pas ce que j'allais te demander.

Charles lança à Bunny un regard incrédule.

— Je sais exactement ce que tu allais me demander.

— Et tu ne sais sérieusement pas s'il est disponible ?

— Pourquoi le saurais-je ?

Bunny rendit son regard incrédule à Charles.

— Parce qu'il est très attirant et juste sous ton nez ?

— Albert m'interdit de coucher avec les employés.

— Ce garçon est trop prudent pour son bien.

— En fait, il est prudent pour mon bien et le bien de ma société.

— Bien, mais ne le laisse pas dicter ta vie amoureuse juste parce que lui n'en a pas. Est-ce qu'il a seulement une bite ?

— Il est bien assez viril, ne t'inquiète pas de ça.

Bunny en resta bouche bée.

— Tu te fous de moi ! Albert et toi ? Impossible !

— Tu as les idées mal placées. Bien sûr que je n'ai pas couché avec Albert. Il faudrait que je sois ivre mort, et lui, dans le coma. Ces choses-là ne se sont pas encore passées simultanément.

— Mais tu le ferais si tu en avais l'opportunité, pas vrai ?

— Tu es désespérant. Tu veux un autre verre ?

— Tu as réservé pour quelle heure ?

— Nous avons largement le temps, dit Charles en allant au bar. Un autre ?

Bunny vint s'asseoir sur un des tabourets.

— Verse-moi un shot de tequila, dit-il. Le bon.

— Oh, c'est donc une soirée comme ça que tu veux.

Charles tendit la main sous le bar vers la bouteille de Gran Patrón Platinum et deux verres à shot. Il versa deux doses et posa la bouteille sur le bar.

Bunny prit son verre et le tendit.

— Aux vieux amis.

Charles trinqua avec son verre contre le sien.

— Et aux absents.

Ils descendirent les shots et Charles en servit deux autres.

— Donc ça va être *ce* genre de soirée, dit Bunny.

— Si tu as peur, je peux ranger la bouteille.

Le rire sans réserve de Bunny fit sourire Charles.

— Rien de ce que tu peux me proposer ne me fait peur, rétorqua Bunny.

— Rien ne te fait peur… tout court. Je t'envie.

— Tu étais comme moi, avant.

— Oui, je me souviens. C'était avant que je ne sois effrayé.

— Hé, perdre tes parents et ta tante et ton oncle les uns après les autres, c'est beaucoup à gérer. De plus, tu as une meute d'enfants sur les bras.

Bunny marqua une pause.

— Je veux dire, bien sûr que tu veux t'occuper d'eux parce qu'ils sont de ta famille, mais tout de même… C'est beaucoup à gérer. (Son sourire éblouissant apparut.) Mais tu vas rebondir et te réveiller plus grand et plus méchant que jamais. Alors, ne sois pas trop dur avec toi-même en attendant. Si je pense que tu t'apitoies trop longtemps, je te le ferai savoir.

— Je peux toujours compter sur toi.

Charles versa deux autres shots.

— À toi, dit-il en soulevant son verre. Que cela dure longtemps.

— De même, dit Bunny en descendant son shot. Nous devrions probablement manger bientôt ou nous allons devenir tout sentimentaux et commencer à pleurer dans nos bières.

— Quand tu seras prêt.

— Ce n'est pas une compétition.

— Avec toi, tout est une compétition.

— Il se pourrait que tu marques un point.

— J'ai entendu dire qu'il y a de chouettes groupes de soutien pour ton…

— Tu peux arrêter. Ce n'est plus drôle, dit Bunny en se levant. Donc, où allons-nous ?

— Jusqu'à la salle à manger.

— On mange ici ?

Charles hocha la tête.

— Et tu passes la nuit ici aussi, si tu veux.

Bunny pencha la tête sous la confusion.

— Tu veux dire… ? Toi et moi ?

— Non, je m'exerce à être fidèle.

— Alors pourquoi est-ce que je resterais ici ?

— J'ai beaucoup réfléchi au menu et à la liste des vins. J'espère que tu seras trop bourré pour partir.

Bunny passa un bras autour des épaules de Charles alors qu'ils entraient dans le couloir.

— Pourquoi est-ce qu'on ne se retrouve pas plus souvent ? demanda-t-il avec humour.

— Je pense que j'ai mentionné tes habitudes de globe-trotter. Nous nous retrouvons quand tu es en ville.

— Tu pourrais me rejoindre une fois de temps en temps.

— Je crois que j'ai mentionné que je dirige une large corporation et m'occupe de mes cousins orphelins.

— Oui, tu es terriblement opprimé, et maintenant, tu me fais pleurer.

Bunny donna une tape dans le dos de Charles lorsqu'ils rejoignirent la salle à manger.

— Rebonsoir, dit Jon. Veuillez vous asseoir et goûter vos salades pendant que je vérifie le prochain plat.

— Merci, Jon, dit Charles en s'asseyant.

Bunny s'assit devant le couvert en face de Charles et tourna la tête pour regarder Jon quitter la pièce.

— Il sert le dîner ?

— Il l'a préparé aussi, dit Charles alors que Bunny mettait une fourchette de salade de chou et de rapinis dans sa bouche.

Bunny mâcha et déglutit.

— C'est la perle rare, dit-il. Sérieusement, même si tu ne peux pas sortir avec lui tout de suite, pense à ton avenir.

— Tu dis que je devrais garder Jon en réserve ?

— Il est jeune, beau et il sait cuisiner.

— Il a l'air parfait pour toi, dit Charles en faisant un geste avec sa fourchette. Que penses-tu du blanc ?

Bunny but une gorgée du vin frais.

— Léger, dit-il. Comme la salade.

Durant l'heure qui suivit, Jon servit trois autres plats relativement simples mais délicieux : des pâtes au pesto, du bœuf bourguignon sur du riz et des tartelettes au chocolat avec une ganache au chocolat noir et des fraises. Chaque plat était associé à un vin qui le complétait, et Jon servit du thé, du café et du brandy avec le dessert.

— Je suis sérieux, dit Bunny après que Jon eut quitté la pièce. Épouse-le.

— Ce n'est pas vraiment… légal, non ?

— Ça l'est maintenant. Si c'est ta seule objection, saute-lui dessus.

— Pouvons-nous ne pas plaisanter là-dessus en ce moment ? Il pourrait entrer à tout instant.

— Je ne plaisante pas.

— Écoute, Bunny, c'est un gamin très gentil, mais pas mon genre.

— Oui, je connais ton genre. Comment ça se passe pour toi ?

— Ne joue pas au con.

— Ce n'est pas intentionnel, dit Bunny puis il marqua une pause. OK. Cette fois c'était intentionnel. Mais bon sang, mec ! Quand vas-tu arrêter de tomber sous le charme de ces divas à la langue de vipère ? Et pourquoi est-ce que celui-là est suffisamment prétentieux pour n'avoir qu'un seul nom ? Il se prend pour qui ? Cher ? Madonna ?

— Écoute, je sais que tu n'aimes pas Chrétien, mais il n'est pas comme ça. Il me correspond et je crois qu'il tient à moi. Il se fatigue juste un peu d'attendre que je fasse mon coming out.

Charles versa deux shots de brandy.

— À Chrétien, dit-il avant d'avaler son shot.

Bunny s'abstint de commentaires avant de boire le sien et de poser le verre.

— Si tu le dis, fit-il. Mais la question est : sait-il cuisiner ?

Charles sourit.

— Je pense qu'il est fier de ne jamais avoir préparé un seul repas.

— C'est ton avenir, mon ami. Une vie entière à aller au restaurant, ou tu l'auras dans le cul.

— Dois-je te laisser l'opportunité de reformuler ça ? demanda Charles.

Bunny se mit à rire.

— Ça n'a pas l'air si mal, après tout.

— Pourquoi on ne quitterait pas la pièce pour que Jon puisse ranger ?

— Tout seul ?

Bunny tendit son verre pour un autre shot.

— C'est son travail, dit Charles en lui versant l'alcool.

— C'est le travail d'un nounou de s'occuper des mômes, pas de recevoir tes amis.

Bunny se leva, but son shot et frappa son verre à côté de son assiette.

— Allons lui dire merci, dit-il. Et emmène ton assiette avec toi.

Jon eut l'air surpris quand Charles et Bunny entrèrent dans la cuisine. Il déposa la boîte en plastique qu'il tenait et ferma la porte du réfrigérateur.

— Puis-je vous servir autre chose ?

— Nous voulions juste vous dire merci et demander si nous pouvions vous aider à nettoyer, dit Bunny.

— Je m'en occupe, dit Jon. Je suis content que vous ayez apprécié votre dîner.

— Tout était délicieux, dit Bunny.

— Oui, c'était vraiment bon, dit Charles rapidement.

— Bon ? s'exclama Bunny qui leva exagérément les yeux au ciel. C'était un des meilleurs repas que j'aie jamais mangés et tu appelles ça… bon

Jon émit un petit rire et Charles sentit une pointe de jalousie irrationnelle.

— Je ne suis peut-être pas aussi éloquent que mon bon ami Bunny, intervint-il. Mais regardez dans votre placard, et vous verrez que je suis reconnaissant que vous ayez fait bien plus que votre devoir ce soir.

— Merci, dit Jon.

— Gardez vos remerciements tant que vous n'avez pas vu si ça vous plaît ou non.

— C'est gentil de l'avoir fait, que ça me plaise ou non.

— Vous prenez un dernier verre avec nous ? demanda Charles.

— Je dois mettre ces plats dans le lave-vaisselle et aller au lit.

— Juste un verre, dit Bunny. Attendez là.

Il fut de retour avec le brandy en quelques secondes.

— Des verres ! ordonna-t-il.

Charles et Jon se rentrèrent dedans en chemin vers le buffet.

— Mon Dieu, on se croirait dans une sitcom, commenta Bunny. Calmez-vous.

Jon sortit trois verres à jus de fruits et les posa sur l'îlot.

— Non, non, non, dit Bunny. Vous ne pouvez pas manquer de respect à ce brandy en utilisant de tels verres.

Il marqua une pause devant l'expression mortifiée sur le visage de Jon.

— D'un autre côté, on s'en fout. Buvons un coup, dit-il en versant le brandy.

— Suave, dit Charles dans l'oreille de Bunny en se penchant près de lui pour prendre un verre.

— Va te faire foutre, répondit Bunny machinalement.

— Tu as de si grands rêves, dit Charles et il fut ravi quand Jon émit un petit rire.

— Où avez-vous appris à cuisiner ? demanda Bunny à Jon.

— Je suis essentiellement autodidacte. J'aime cuisiner, et j'aime essayer de nouvelles recettes. Au bout d'un moment, je suis devenu bon.

— Comment vous adaptez-vous ? À la ville, je veux dire.

— Je n'en ai pas vu grand-chose. Je ne suis là que depuis deux jours.

— Nous devrons y remédier, dit Bunny.

— C'est gentil de votre part, répondit Jon. Mais ça va.

— Très bien, mais tout de même, vous devriez vraiment sortir et voir quelques trucs. C'est la Grosse Pomme, après tout.

— Tu es quoi, un agent de voyage ? répliqua Charles. Allons-y et laissons Jon retourner à ce qu'il faisait avant qu'on l'interrompe.

— Je venais juste de finir de nettoyer, répondit ce dernier. Je vais mettre les derniers plats dans le lave-vaisselle et aller au lit.

— Nous allons vous laisser tranquille, alors, dit Charles en allant vers la porte. Bunny. Allons-y.

— C'était vraiment un plaisir de faire votre connaissance, indiqua Bunny à Jon. J'espère vous revoir à l'avenir.

— Eh bien, si vous ne me voyez pas dans le futur, on se retrouvera dans la nature, répondit Jon.

Il sourit devant les visages perplexes de Charles et Bunny.

— C'est une chose que nous avions l'habitude de dire au foyer des enfants, dit-il. Bonne nuit.

Il regarda Charles et Bunny partir.

— Je suis tellement dans mon monde, marmonna-t-il.

Jon termina de ranger la cuisine jusqu'à en être satisfait, éteignit les lumières et alla dans sa suite. Il se hâta de traverser la chambre et ouvrit la porte du placard pour voir la surprise que Charles avait mentionnée. Ses yeux s'écarquillèrent quand il vit ce qui avait été livré pendant qu'il était occupé.

Les cintres comportaient un assortiment de vêtements classiques mais élégants. Il avait maintenant une douzaine de chemises, six blanches et six de couleurs pastel – bleu ciel, rose, jaune, vert menthe, lavande et orange sorbet – six pulls à manches longues dans des tons chinés assortis, un col roulé beige et un noir, quatre chandails gris, deux pantalons kaki, deux noirs, un gris et quatre jeans. Un sweat-shirt à capuche noir et un coupe-vent gris foncé pendaient des crochets à côté d'une écharpe tricotée et d'une casquette en coton huilé à bords étroits. Et ça ne s'arrêtait pas là.

Dans des housses à costumes, il trouva deux blazers en laine, un noir et un en flanelle grise et un costume trois pièces anthracite avec une chemise rose perle et une cravate en soie noire. Alignées sur une étagère se trouvaient plusieurs paires de chaussures : des chaussures de tennis en toile blanches, des mocassins gris, des souliers vernis noirs, des bottes noires et des baskets montantes en daim gris et noir. Dans les tiroirs sous les étagères, il découvrit une douzaine de paires de chaussettes et une douzaine de slips, une douzaine de tee-shirts à manches courtes de couleurs douces et six maillots de corps blancs de style débardeurs. Dans un tiroir peu profond, avec deux ceintures et un nœud papillon, se trouvait une boîte en bois qui contenait une paire de boutons de manchette et une pince à cravate assortie.

— Waouh, dit-il dans sa barbe.

Il passa une main sur les vêtements, savourant la douceur des tissus de qualité. C'était un cadeau extravagant, et il était bien placé pour le savoir. Il avait examiné le catalogue Macquarrie pour faire des achats pour les enfants. Il connaissait la valeur des vêtements et il ne savait pas s'il devait les garder. Cependant, il ne pouvait rien y faire ce soir-là, donc il ferma la porte et alla se coucher.

DEUX semaines passèrent, puis la température se rafraîchit. Un matin, Jon échangea ses manches courtes pour un des nouveaux pulls à col roulé et un pantalon kaki. Il se regarda dans le miroir et, pour une fois, il apprécia ce qu'il y vit. Aucune trace de sa tache de vin de naissance n'était visible.

— Pourquoi n'ai-je jamais porté de cols roulés avant ? demanda-t-il à son reflet.

Se sentant agréablement optimiste, il alla jusqu'à la cuisine pour se préparer une tasse de thé avant que les enfants ne se réveillent.

Après avoir mangé un morceau de toast au raisin avec son thé matinal, Jon rinça sa tasse. Il se détournait de l'évier lorsque Charles et Albert entrèrent.

— Puis-je vous apporter quelque chose ? demanda-t-il.

— Non, merci. Albert et moi partons, mais je voulais vous demander si vous appréciez la garde-robe, dit Charles.

— Je me sens comme Cendrillon au bal, répondit Jon en lissant inconsciemment le coton doux de son nouveau pull. Merci.

— Considérez-les comme votre uniforme, précisa Charles. Albert a récupéré vos tailles chez les nonnes, et mon styliste a choisi un assortiment approprié.

— Vous avez un styliste ? s'exclama Jon avant de marquer une pause. Je suis désolé. Ce ne sont pas mes affaires.

— Les vêtements de chez Macquarrie Stylisme International plaisent à un certain marché, dit Albert. Nous avons la faveur de gens célèbres qui veulent afficher un certain standing. Certains de nos clients les plus fidèles sont devenus amis avec M. Macquarrie. Ils l'invitent souvent à des avant-premières et des fêtes qui requièrent qu'il soit sous son meilleur jour.

— Je comprends, dit Jon. Mais vous n'aviez pas à me donner tous ces vêtements.

— J'ai demandé au styliste de choisir vos vêtements pour la même raison que je vous ai laissé choisir de nouveaux vêtements pour les enfants… parce ce que, parfois, vous serez vu avec moi.

— Quand ?

— À l'aéroport, par exemple. J'aimerais emmener les enfants skier un jour et, naturellement, vous viendrez avec nous.

— Est-ce que je devrai skier ? Parce que je ne sais pas faire.

— Vous pourrez prendre des leçons avec les enfants.

— Ça devrait être amusant.

— Skier est incroyable, dit Charles. C'est presque comme voler.

Albert s'éclaircit la voix et Charles se tourna vers lui.

— Je serai dans le bureau quand tu seras prêt, commenta Albert sèchement.

— Je t'y retrouve dans quelques minutes, répondit Charles, et son ami partit sans un mot.

— Je pense qu'il voulait que vous le suiviez, indiqua Jon.

— J'en suis sûr, mais de temps en temps, ça fait du bien à Albert de ne pas obtenir ce qu'il veut.

Jon sourit.

— Vous avez un joli sourire, dit Charles. Vous devriez l'utiliser plus souvent.

— J'essaie d'être professionnel quand je suis près de vous.

— Eh bien, levez un peu le pied. Vous n'allez pas être viré à l'improviste. Les enfants vous adorent.

Surpris, Jon releva brusquement les yeux.

Charles sourit.

— Vous ne le saviez pas ? La Princesse Juliana m'a dit qu'elle allait vous épouser. Holland pense que vous ressemblez à un personnage d'une de ses bandes dessinées japonaises et Madeleine ne veut pas du tout parler de vous, ce qui signifie qu'elle a aussi le béguin pour vous.

— On dirait que vous avez passé du temps avec eux récemment.

— Je voulais vérifier leurs progrès, donc Albert a organisé un déjeuner, récupéré les enfants à l'école et les a emmenés au bureau. Nous avons mangé de la pizza.

Charles marqua une pause.

— Ils n'ont jamais été aussi sages, et c'est à l'évidence parce qu'ils veulent vous faire plaisir. Sérieusement, comment avez-vous fait ?

— Je croyais avoir déjà répondu à cette question.

— Non, je voulais dire comment avez-vous fait pour qu'ils vous apprécient ?

— Je ne fais que mon travail en m'occupant d'eux.

— Les cinq cents nounous avant vous faisaient leur travail, mais les enfants ne les ont jamais aimées.

— Je fais juste les mêmes choses que ce que je faisais au refuge.

— Nous sommes tous des orphelins, dit Charles comme si la pensée venait seulement de lui traverser l'esprit.

— Pardon ?

Jon ne savait pas si Charles parlait de manière littérale ou sortait quelque phrase philosophique.

— Vous, les enfants et moi, nous sommes tous des orphelins.

— C'est vrai. Je suppose que ça nous donne quelque chose en commun.

— Vous savez, on dit que les chiens et les enfants sont doués pour distinguer les gens bien des mauvaises personnes. Je suppose que vous devez être quelqu'un de bien.

— J'espère l'être.

Charles prit une inspiration pour parler à nouveau, mais Albert revint en portant une veste de costume.

— C'est déjà l'heure ? demanda-t-il.

Albert hocha la tête.

— Nous ne voulons vraiment pas être en retard à celui-là. Cela ressemblerait à un manque de respect pour les représentants des employés.

Charles soupira.

— Je ne suis vraiment pas pressé, dit-il en se glissant dans la veste qu'Albert tenait pour lui. Mais nous devons aller au fond des choses tout de suite.

— Oui, dit Albert. Plus tôt nous en aurons discuté, plus tôt nous pourrons ramener la production à des niveaux acceptables.

— Ce ne sont pas les niveaux de production qui importent, Albert.

— Ce sont toujours les niveaux de production qui importent, et rien d'autre.

— Parfois je m'inquiète pour toi, dit Charles en secouant la tête, mais il souriait. Je suppose qu'il est l'heure du Hé-Oh [4], alors.

— J'espère que votre réunion se passera bien, dit Jon.

— Il faudrait un miracle, répliqua Charles, et Albert fronça les sourcils.

— Allons-y, dit ce dernier avant de s'éloigner.

Dès qu'ils furent partis, Jon appela le service de transport privé et s'arrangea pour qu'on vienne le chercher. Il avait plusieurs courses à faire qui prendraient l'essentiel de la journée. S'il voulait être de

4 Allusion à la chanson des sept nains dans la version Disney de Blanche-Neige.

retour à temps pour retrouver les enfants après l'école,
il devait s'activer.

JON posa son panier de courses fait-main sur le plan
de travail et alla mettre ses clés et sa sacoche dans sa
chambre avant de ranger ses achats. Il n'était là que
depuis un peu plus d'un mois et avait l'impression d'y
avoir sa place. Alors qu'il retournait dans la cuisine,
il entendit un bruit dans la salle de jeux. Puisque les
enfants étaient à l'école et que le service de nettoyage
n'était pas programmé pour aujourd'hui, il fut curieux
de savoir qui était là. Avec la main sur la poignée, il
lui traversa l'esprit qu'il était peut-être sur le point de
surprendre un cambrioleur, et qu'il devrait peut-être
appeler la police, mais il continua et ouvrit la porte en
l'entrebâillant à peine.

Jon se figea sous le choc quand il vit Charles engagé
dans un baiser torride avec une inconnue. L'objet de
l'affection de Charles avait de longs cheveux noirs
et brillants, et son visage – la partie que Jon arrivait
à voir – était joliment ciselé et magnifique, doté une
peau pâle et lisse, d'une ossature proéminente et de
cils abondants. Le baiser se termina, et Jon se rendit
compte avec stupéfaction que c'était en fait un homme
qu'il contemplait – un très bel homme, mais un homme
malgré tout. Jon haleta et se sentit durcir, envahi par
un tourbillon d'émotions confuses. Il fut surpris que le
couple dans la pièce ne puisse pas entendre battre son
pouls.

— Quelque chose ne va pas ? dit Charles, et le
cœur de Jon s'arrêta presque.

Le compagnon de Charles fronça délicatement les sourcils, un simple tressaillement de son front, rien qui ne pourrait provoquer des rides.

— Pourquoi devons-nous nous retrouver ici ? C'est un peu suspect de se bécoter dans une pièce pour enfant.

— Je t'ai dit que c'est le seul endroit où je peux être sûr que nous serons seuls. Les enfants sont à l'école, le nounou est sorti faire du shopping et Albert ne vient jamais ici.

— Je suis fatigué de me cacher.

Charles lui caressa la joue.

— Tu es fait pour être montré, Chrétien, dit-il. Un jour, quand je n'aurai pas les enfants dans les pattes, nous sortirons comme les autres couples, je te le promets.

— Tu l'as déjà dit.

— Nous devons être patients. Les choses changent, mais pas assez vite.

Chrétien éleva la voix.

— C'est à moi que tu le dis ?

Jon recula et attira l'attention de Chrétien. Pendant une fraction de seconde, leurs yeux se croisèrent, puis Jon ferma la porte et s'éloigna en hâte. Il entra dans la cuisine et rangea les courses, avec des gestes rapides et mécaniques alors que l'adrénaline coulait dans ses veines. Ses battements de cœur martelaient dans ses oreilles, et ses mains tremblaient tellement qu'il fit presque tomber un bocal d'olives. Il posa prudemment le pot en verre et prit quelques respirations pour se calmer. Arrête, se dit Jon tout en luttant pour se contrôler. Il essaya d'écarter de son esprit ce dont il venait d'être témoin, mais il lui était impossible d'oublier ce qu'il avait vu. Charles embrassant un homme. Et il ne pouvait pas ignorer ce que cela lui faisait ressentir. Il aurait voulu que ce soit lui, dans les bras de Charles. Il pouvait presque sentir la chaleur de ses lèvres. Il s'avança vers l'évier et s'aspergea le visage d'eau froide.

— Excusez-moi.

Jon se retourna brusquement, et son cœur se remit à battre furieusement lorsqu'il se retrouva face au magnifique inconnu. Il essaya de déglutir, mais il avait la bouche sèche.

— Je déteste vous interrompre pendant que vous travaillez, mais je me demandais si nous pouvions prendre un instant pour faire connaissance.

— Bien sûr, répondit Jon en s'essuyant les mains. Vous êtes un invité.

— Je m'appelle Chrétien.

— Jon.

— Je sais. Charles m'a parlé de vous.

— Vraiment ?

Chrétien sourit à nouveau.

— Il a dit que vous étiez très doué avec les enfants.

— C'est gentil de sa part.

— Oui, c'est vrai. Charles ne mentionne jamais les employés, donc j'avais envie de vous rencontrer, dit Chrétien, d'un ton qui contredisait son expression cordiale.

Jon déglutit.

— J'essaie de faire mon travail du mieux que je peux.

— Détendez-vous, dit Chrétien. Je ne dirai pas à Charles que vous nous espionniez.

— Je ne dirai rien à personne pour…

— Oh, je suis sûr que vous aurez le bon sens d'être discret, ou Albert ne vous aurait pas engagé. Ce n'est pas de ça que je voulais discuter.

— Je ne comprends pas.

— Vraiment ? fit Chrétien en haussant ses sourcils parfaitement dessinés. Écoute, rat des champs, je connais bien les gars dans ton genre. Tu apparais tout gentil et naïf, mais je vois clair en toi, même si Charles en est incapable. Donc, n'essaie pas de berner qui que ce soit.

— Je n'essaie pas de duper qui que ce soit.

— OK. Je comprends. Charles est sexy, beau et riche, et maintenant, tu sais qu'il est gay. Je ne t'en voudrais pas de tenter ta chance avec lui, mais tu n'en as pas la moindre, donc abandonne, cupcake.

— Je pense que je devrais me remettre au travail.

— Voilà, fais ça, dit Chrétien en se penchant plus près. J'espère que je n'aurai plus à te reparler comme ça, donc fais juste ton travail, occupe-toi des morveux, et putain, reste loin de Charles.

— Peut-être que vous devriez lui dire à lui de rester loin de moi.

Chrétien regarda longuement Jon avant de répondre.

— Ne commence pas avec moi, mon cœur. Je te mangerai tout cru et chierai des cookies sucrés. Compris ?

Certain que son avertissement avait eu un impact sur Jon, Chrétien tourna les talons et quitta la cuisine.

Jon regarda Chrétien s'en aller, secoué par la confrontation. Jamais de sa vie quelqu'un ne lui avait parlé si méchamment. La pure cruauté vindicative était comme une injection de venin. Il aurait peut-être pu deviner qu'il y aurait un serpent dans ce Jardin d'Éden, mais d'un autre côté, rien n'était parfait. Il retourna ranger ses provisions et réfléchit au dîner pour les enfants. Alors qu'il prenait un bocal d'artichauts marinés, Charles passa la tête par la porte de la cuisine.

— Je serais absent toute la nuit, dit Charles. J'espère que ça ne vous causera aucun problème.

— Aucun, mentit Jon.

La pensée que Charles passe la nuit avec Chrétien le rendait malade.

— Profitez de votre soirée, ajouta-t-il.

— J'en ai bien l'intention, dit Charles malicieusement. J'ai un dîner de prévu avec quelqu'un de spécial.

Il lui fit un clin d'œil avant de se retourner et de s'éloigner.

Jon sourit par réflexe et retourna au travail. Il essaya de retrouver son enthousiasme à l'idée de présenter un nouveau plat aux enfants, mais sa confrontation avec Chrétien avait sapé sa bonne humeur. Il fit de son mieux pour être joyeux et enjoué durant le dîner, et il était certain que Madeleine, Holland ou Juliana n'avaient rien remarqué. Après le dîner, les enfants furent heureux d'être livrés à eux-mêmes quand Jon leur dit qu'il y avait un film déconseillé au moins de seize ans qu'il voulait regarder. Il n'aimait pas leur raconter des bobards, mais il ne pouvait certainement pas leur dire la vérité : il se languissait d'un homme qui ne serait jamais à lui.

Jon se prépara à se coucher, alla voir les enfants et alluma la télé. Comme le sommeil ne venait pas, il s'installa devant l'ordinateur et écrivit un long e-mail à Sœur Grace. Ayant mis ses pensées par écrit, il sauvegarda le message, mais ne l'envoya pas. Se sentant un peu mieux, il se recoucha et s'endormit.

DEUX autres semaines s'étaient écoulées. Jon venait de sortir de la douche quand il entendit son téléphone. Saisissant une serviette, il courut pour y répondre. Il fut surpris de voir le numéro de Charles sur l'écran.

— Bonjour, dit-il.

— Qu'est-ce que vous faites, vous et les enfants ?

— Nous n'avons pas vraiment de plans pour aujourd'hui. J'allais leur demander s'ils voulaient sortir manger une glace plus tard, mais c'est tout.

— Génial ! Habillez-les et retrouvez-nous pour le brunch.

Le mot « nous » résonna dans la tête de Jon.

— Bien sûr, dit-il. Où ?

— Au 44 1/2 dans Hell's Kitchen à onze heures. D'accord ?

— Pas de problème.

Jon raccrocha et ouvrit son placard. Il mit une chemise bleu clair et un pantalon gris puis se brossa les cheveux. Après avoir décidé qu'il n'avait pas besoin de se raser, il entra dans la suite des enfants.

— Tu es sérieux ? demanda Madeleine quand Jon leur annonça où ils allaient.

— Ai-je le visage d'un plaisantin ? dit Jon en prenant une expression sévère qui fit glousser Juliana. Allons. Habillons-nous.

Il aida les enfants à choisir des vêtements et les laissa s'habiller. Il revint après être allé chercher son sac et avoir appelé le service de transport privé. Les enfants avaient l'air mignons avec leurs nouvelles tenues de chez Macquarrie Stylisme. Madeleine avait attaché ses cheveux en une queue de cheval et avait brossé ceux de Juliana et de Holland.

— Beau travail, dit Jon. Quelqu'un a besoin d'aller aux toilettes ? Non ? Alors, allons-y.

LE chauffeur se gara en double file jusqu'à ce que Jon et les enfants soient sortis, puis il engagea avec précaution la voiture dans la circulation, déclenchant une symphonie de klaxons de taxi. Jon ouvrit la porte du restaurant et attendit que les enfants entrent devant lui. Ils furent accueillis au 44 1/2 par un jeune homme aux cheveux savamment décoiffés et vêtu d'un tee-shirt moulant. Jon lui donna son nom, et le serveur les conduisit à une table à l'arrière du petit restaurant.

Charles se leva pour saluer Jon et les enfants et les présenta à Chrétien avant de se rasseoir.

— La nourriture est vraiment bonne, indiqua-t-il tandis que le serveur leur distribuait des menus.

Holland choisit le pudding. Juliana voulut des pancakes aux myrtilles et Madeleine opta pour les traditionnels œufs Bénédicte. Jon demanda l'omelette aux épinards. Chrétien commanda le saumon Bénédicte et Charles se décida pour deux œufs, de la pancetta et du gruau de maïs. Charles et Chrétien prirent des bloody Mary, pendant que Jon prenait du thé et que les enfants buvaient du jus d'orange.

— Je ne vois pas pourquoi je ne peux pas avoir de café, dit Madeleine comme elle le faisait presque tous les matins au petit-déjeuner.

— Pour la vingt-sept millième fois, tu ne peux pas avoir de café parce qu'il y a trop de caféine pour quelqu'un de ton poids et avec aussi peu de graisse corporelle, dit Jon.

— Ajoute du sucre et tu rebondiras contre les murs, ajouta Charles.

— Je suis sûr que la direction désapprouverait, continua Chrétien.

— Vous travaillez avec Cousin Charles ? demanda Holland à Chrétien.

Celui-ci eut l'air déconcerté qu'un enfant lui adresse directement la parole.

— Oui, dit-il. Je suis un acheteur.

— Nous sommes tous des acheteurs, dit Holland et il eut l'air offensé quand les adultes se mirent à rire.

— J'aurais dû mieux m'expliquer, dit Chrétien. J'achète les tissus que Macquarrie transforme ensuite en vêtements et met en vente.

— C'est intéressant. Je suppose que vous voyagez beaucoup.

— Du moment que je n'ai pas à voler.

— Vous n'aimez pas voler ?

— Non, dit Chrétien et il changea de sujet. Quand c'est possible, j'aime visiter les manufactures où les tissus sont fabriqués.

— Ça efface l'intermédiaire.

Holland hocha la tête sagement.

Chrétien se tourna vers Charles.

— Quel âge m'as-tu dit qu'il avait ?

Jon se détendit un peu. Il versa du sirop sur les pancakes de Juliana. Les enfants étaient charmants et l'ami de Charles était indulgent. Ils devraient arriver venir à bout de ce brunch sans encombre.

— J'adore votre sac de ville, dit Madeleine à Chrétien.

Il souleva le sac à bandoulière clair en forme de bidon pour qu'elle puisse le regarder de plus près.

— C'est du Chanel, dit-il. Ridiculement cher, bien sûr. Celui-ci était un cadeau d'un designer. (Il haussa les épaules.) En fait, on est censé le porter pour les croisières, mais on s'en fiche. C'est amusant.

— Il est fantastique, dit Madeleine.

— Si tu aimes les sacs, je peux te montrer une super boutique. Elle n'est pas loin d'ici. Si je te présente, tu pourras avoir une belle remise.

Madeleine jeta un coup d'œil à Jon puis à Charles.

— Ça me va, dit Charles. Si je ne me trompe pas, ton anniversaire approche. Tu pourrais choisir quelque chose, si tu veux.

— Ce serait génial, dit Madeleine. J'ai terminé mon petit-déjeuner.

Elle regarda Chrétien, dans l'expectative.

Il fut un peu pris de cours que Madeleine veuille y aller immédiatement, mais il se reprit vite.

— J'ai terminé aussi. Qui veut aller voir les sacs à main ? dit-il joyeusement.

— Pas moi, dit Holland fermement.

— Pas moi, dit Charles sur le même ton.

— Vous avez de jolis cheveux, dit Juliana.

— Merci, dit Chrétien. Ça t'inspire, les sacs à main ?

— Jule et Hols peuvent rester ici avec moi, dit Jon. Je n'ai pas tout à fait fini, et j'aimerais une autre tasse de thé.

— C'est une bonne idée, dit Charles. Peut-être que Jule et Hols aimeraient des bananes flambées.

Chrétien lança à Charles un regard qui disait que ce brunch allait lui coûter plus que le prix de l'addition. Charles agita gaiement la main puis demanda au serveur si on pouvait leur préparer des bananes flambées. Après qu'on lui eut assuré que ce ne serait pas un problème, il commanda également un autre bloody Mary.

— Vous profitez de votre jour de congé ? demanda Jon.

— Ce n'est pas vraiment un jour de congé. J'ai un dîner d'affaires en début de soirée avec mon banquier.

— Dommage. C'était gentil de votre part d'avoir invité les enfants à passer du temps avec vous.

— J'ai réfléchi à ce que vous avez dit, et vous avez raison, dit Charles. Quand j'étais gamin, j'aurais aimé que mes parents passent plus de temps avec moi. Je sais que je ne suis pas leurs parents, mais…

— Vous savez que je vous entends, pas vrai ? dit Holland.

Charles et Jon le regardèrent fixement pendant une seconde avant d'éclater de rire.

— Peut-être que je devrais devenir comédien, dit Holland et il fronça les sourcils quand Charles et Jon se remirent à rire.

Il sortit son téléphone et commença une partie d'échecs en ligne.

Le serveur vint débarrasser les assiettes, et Jon emmena Juliana aux toilettes pour lui laver les mains et le visage. Quand ils revinrent, elle voulut s'asseoir sur ses genoux pour manger ses bananes flambées. Jon obtempéra et déplaça sa tasse de thé pour qu'elle soit hors de sa portée.

— Je sais que je me répète, dit Charles. Mais vous êtes vraiment doué avec eux.

Holland soupira, brancha des écouteurs dans la prise du téléphone, et les mit dans ses oreilles.

— Je les apprécie, dit Jon. Je pense qu'ils le savent et me le rendent bien.

— Qu'est-ce que vous appréciez chez eux ? Je suis juste curieux.

— Ce sont des personnes tellement incroyables. J'aime la manière dont Madeleine s'occupe de Hols et de Jule, même si elle agit comme s'ils l'agaçaient rien qu'en respirant. J'aime que Hols soit curieux de pratiquement tout. Il est tellement intelligent, mais il n'a pas encore beaucoup de délicatesse. Et Jule… (Jon étreignit la petite fille.) Comment quelqu'un pourrait ne pas l'aimer ?

— C'est un mystère pour moi, dit Charles. Peut-être qu'il manque quelque chose à ma personnalité.

— Je ne pense pas qu'il vous manque quoi que ce soit.

— Eh bien, M. Lamb, on dirait presque que vous flirtez avec moi.

— Presque, acquiesça Jon.

Il accepta la cuillère de glace à la vanille et de banane que Juliana lui offrit.

— Je plaisantais, assura Charles à Jon. Je ne me plaignais pas. Je sais que vous êtes trop professionnel pour flirter avec moi.

Jon déglutit.

— Je suis content que vous le sachiez.

Holland termina sa partie et éteignit son téléphone. Ne voyant personne parler, il demanda :

— Cousin Charles, c'est quel genre d'ami, M. Chrétien ?

— Qu'est-ce que tu veux dire ?

— Eh bien, tu sais, Mike est mon ami parce que nous sommes dans la même équipe de foot. Brook est mon ami parce que nous collectionnons tous les deux les insectes. Comme ça.

— Alors je suppose que Chrétien est mon ami parce que nous travaillons ensemble.

— Vraiment ?

— Oui, vraiment. C'est là que nous nous sommes rencontrés et sommes devenus amis de la même manière que toi et Mike êtes devenus amis grâce au football. Au travail, nous sommes une équipe.

— Oh, OK. Donc, qu'est-ce que vous faites ensemble quand vous ne travaillez pas ? Genre, Mike et moi on regarde des matchs de foot, et Charlotte et moi allons dans des musées.

— Je dirais que nous mangeons beaucoup. Nous aimons tous les deux les bons restaurants.

Holland hocha la tête.

— Est-ce qu'il y a quelque chose que tu voudrais me demander ?

— Qui est cette Charlotte ? Elle est mignonne ?

Holland sourit.

— Elle est plutôt mignonne. Elle est plus grande que moi, et elle connaît les noms de chacun des mammifères du Miocène.

— Elle a l'air d'une vraie perle, dit Charles.

— Ce n'est pas ma petite amie. C'est mon amie amie.

Charles leva les mains.

— Désolé. Nous devrions probablement partir et laisser la table à quelqu'un d'autre.

Jon passa la bretelle de son sac à bandoulière par-dessus sa tête et prit Juliana par la main. Charles paya l'addition et les suivit sur le trottoir.

— Et pour Mads ? dit Holland.

— Nous allons marcher vers la boutique, dit Charles. Nous allons probablement les croiser.

Ils avaient marché sur deux pâtés de maisons quand ils remarquèrent de l'agitation sur le trottoir devant eux. Avec un terrible pressentiment, Jon souleva Juliana et se pressa vers la foule rassemblée. Son cœur se serra quand il vit Madeleine immobile sur le sol avec Chrétien qui se tenait impuissant au-dessus d'elle. Il tendit Juliana à Charles et se faufila à travers le cercle de personnes.

— Est-ce que quelqu'un a appelé les secours ? demanda Jon en s'agenouillant près de Madeleine.

Trois personnes dans la foule répondirent qu'elles avaient appelé le 911.

— Est-ce vraiment aussi sérieux ? demanda Chrétien.

Jon ne répondit pas. Il sortit un injecteur d'une poche intérieure de son sac. Après avoir retiré le bouchon de sécurité, il lança le bras pour prendre de l'élan et positionna fermement l'injecteur automatique à l'extérieur de la cuisse de Madeleine. L'aiguille lui perça la peau, et Jon regarda la petite fenêtre sur le côté du tube pour s'assurer que la dose d'épinéphrine avait été administrée. Après quelques secondes, il retira l'injecteur et examina Madeleine à la recherche de signes d'apaisement. Quelques instants plus tard, sa respiration s'apaisa et Jon se détendit un peu.

— Qu'est-ce que c'était que ça ? demanda Chrétien.

— Ça s'appelle un choc anaphylactique, dit Jon. C'est une réaction allergique. Est-ce que Madeleine a mangé quoi que ce soit pendant qu'elle était avec vous ?

— C'est vrai. Elle est allergique à la noix de coco, dit Charles.

— La noix de coco ? répéta Chrétien.

— C'est une allergie rare, mais la sienne est plutôt sévère.

— Je lui ai acheté un gâteau, mais ce n'était pas un macaron ou quoi que ce soit.

— Elle est assez maligne pour ne pas manger quoi que ce soit avec de la noix de coco, indiqua Jon. Mais il y avait peut-être de l'huile de coco dans le gâteau.

— Eh bien, je ne savais pas, dit Chrétien.

— Du calme. Personne n'accuse qui que ce soit, répondit Charles en posant une main sur l'épaule de Jon. Mais Dieu merci, vous étiez là.

Une ambulance s'arrêta le long du trottoir et deux urgentistes en sortirent. Ils firent reculer tout le monde rapidement et efficacement et questionnèrent Jon alors qu'ils travaillaient sur Madeleine. On aurait dit qu'il ne s'était écoulé que quelques secondes avant qu'ils ne la mettent dans l'ambulance. Charles monta avec elle et le véhicule s'éloigna.

— Eh bien, c'était captivant, commenta Chrétien à l'intention de Jon lorsque la foule se dispersa. Vous avez foncé directement au cœur du problème. Comment avez-vous su quoi faire ?

— Juste une seconde, dit Jon avec son téléphone contre l'oreille.

Il parla au coordinateur du service de transport privé et raccrocha.

— Pardon, dit-il à Chrétien. Que disiez-vous ?

— Êtes-vous, genre, un infirmier ou quoi ?

— Non. Pas besoin d'être un professionnel de la médecine pour utiliser l'injecteur.

— Comment avez-vous su quoi faire ? Je ne crois pas que je pourrais piquer qui que ce soit avec une aiguille.

— J'ai lu les instructions et regardé une vidéo, puis je me suis entraîné.

— Vous êtes séduisant, vous savez cuisiner et vous sauvez des vies. Vous êtes pratiquement parfait, n'est-ce pas ?

— Il joue comme une merde au ping-pong, dit Holland.

— Holland ! s'exclama Jon.

Après une pause, il répliqua :

— Je ne suis pas si mauvais.

— Si, tu l'es.

— Joli, babilla Juliana en tirant sur le pantalon de Chrétien.

— Seigneur, j'espère que ses mains ne sont pas sales, s'écria Chrétien. Il faut le nettoyer à sec.

— Je suis sûr que M. Macquarrie s'occupera de ça pour vous, dit Jon alors qu'une voiture s'arrêtait au bord du trottoir devant eux.

— M. Macquarrie ? releva Chrétien alors que le chauffeur sortait pour ouvrir la portière. On ne me la fait pas, gamin. Nous savons tous les deux que vous n'appelez pas Charles M. Macquarrie quand vous êtes seuls.

— Pourquoi le ferait-il ? demanda Holland. Jon et Cousin Charles sont amis.

— Oui, je sais, dit Chrétien. C'est ce que je veux dire.

— Je ne comprends pas, dit Holland.

— C'est parce que tu es un enfant qui ne devrait pas interrompre des conversations d'adultes, rétorqua Chrétien, qui laissa tomber tout faux semblant maintenant que Charles n'était plus là.

— Montons dans la voiture et allons à l'hôpital, dit Jon en prenant Juliana dans ses bras.

Il monta sur le siège arrière et l'attacha avant de faire un geste vers Holland.

— À toi maintenant, Hols.

Quand Holland fut installé, Jon monta à côté de lui.

— Est-ce que vous venez ? demanda Jon à Chrétien.

— Dans un hôpital ? Non, merci.

Sans un mot de plus, Chrétien s'éloigna.

— Prêt à partir, monsieur ? demanda le chauffeur.

— Oui, dit Jon. Nous allons…

— J'ai eu l'adresse par le coordinateur, monsieur. Nous y serons dans quelques minutes.

LE temps que Jon et les enfants retrouvent Charles, celui-ci avait appelé le pédiatre de Madeleine, qui était arrivé et l'examinait. Jon fit de son mieux pour distraire Holland et Juliana dans la salle d'attente jusqu'à ce que Charles arrive pour leur donner des nouvelles.

— Madeleine a la tête qui tourne et est désorientée, mais elle a arrêté de vomir, dit Charles. Le docteur a dit que c'était une réaction normale. Dès que j'aurai signé quelques documents, elle sera libérée et nous pourrons rentrer à la maison. Nous devrons garder un œil sur elle, mais elle ira bien.

— Dieu merci, soupira Jon.

— Oui, vraiment, dit Charles en passant une main dans ses cheveux épais, les faisant se redresser en pointes. Et merci à vous. Si vous n'aviez pas eu l'injecteur sur vous...

— Je l'emmène toujours avec moi.

— Eh bien, j'en suis heureux. Je trouverai un moyen de vous remercier correctement.

— J'ai fait ce que n'importe qui aurait fait.

— Vous vous trompez là-dessus. J'étais figé. Même si j'avais eu l'injecteur, je ne sais pas si j'aurais pu l'utiliser. Vous étiez si calme et vous avez fait ce qu'il fallait sans perdre votre calme.

Jon regarda derrière Charles.

— Je crois que cette infirmière essaie d'attirer votre attention.

Charles jeta un coup d'œil par-dessus son épaule puis de nouveau vers Jon.

— Je reviens.

Une demi-heure plus tard, ils quittèrent l'hôpital avec Madeleine. Elle était agacée qu'ils s'inquiètent pour elle et voulait tout oublier de l'incident, mais une fois qu'ils furent dans la voiture, elle prit la main de Jon.

— Merci, dit-elle simplement.

— C'est avec plaisir, répondit Jon. J'ai toujours voulu te piquer avec une aiguille.

Madeleine sourit.

— Tu es tellement C-O-N.

— Madeleine ! s'écria Charles depuis le siège passager à l'avant.

Jon sourit à Madeleine et lui serra la main avant de la lâcher.

— Quel genre de langage est-ce donc pour une jeune demoiselle ? la taquina-t-il.

— Une jeune demoiselle qui a presque rendu l'âme sur le trottoir, répondit-elle.

— On joue la carte de la compassion ? dit Jon. Je suppose que ça veut dire que tu veux de la glace pour le dîner.

— Tout sauf de la noix de coco.

Après leur arrivée à l'appartement, Charles laissa Jon avec les enfants et se prépara à ressortir. Avant qu'il ne parte pour son dîner d'affaires, il s'arrêta pour voir comment allait Madeleine et la trouva avec Jon et les autres enfants dans la salle de jeux. Ils étaient assis à la table pliante et faisaient un puzzle. Juliana était assise sur les genoux de Jon, et il l'aidait à insérer des pièces latérales.

— Comment vas-tu, Madeleine ? demanda Charles.

— Je me sens bien, dit-elle. Parfaitement normale.

— Mads, dit Jon. Dis la vérité.

Madeleine soupira.

— Puisque vous voulez le savoir, j'ai mal au ventre d'avoir vomi. J'ai aussi l'impression que je vais retomber sur mes fesses chaque fois que j'essaie de me lever, dit-elle avant de soupirer à nouveau. Honnêtement, j'ai l'impression d'avoir été renversée par un bus, mais je ne veux pas que Jon se tracasse pour moi.

— Je suis désolé de l'entendre, mais je suis content que tu ailles mieux, commenta Charles avant de se tourner vers Jon. Je vais sortir un moment à moins que vous n'ayez besoin de moi.

— Ça va, dit Jon.

— Vous êtes sûr ? J'ai des projets, mais je pourrais…

— Allez à votre rendez-vous. Nous allons préparer une pizza, boire trop de soda, faire sauter du pop-corn et regarder un film stupide.

— Nous savons qu'il sera stupide parce que c'est Mads qui va le choisir, intervint Holland.

Madeleine leva les yeux au ciel.

— Si nous te laissions choisir, nous finirions par regarder des bestioles.

— Et ? Les insectes sont bien plus intéressants que les bêtises avec des bisous que tu aimes regarder.

Madeleine rougit. Elle était sur le point de répondre quand Charles la coupa en parlant le premier.

— Eh bien, si vous n'avez vraiment pas besoin de moi, j'y vais.

Jon regarda Charles s'éloigner en laissant derrière lui la légère odeur d'une eau de toilette qui n'était pas celle de d'habitude. Il supposa que Charles verrait Chrétien après son rendez-vous. Il se dit à nouveau d'être réaliste. Il n'avait aucun droit d'être jaloux.

Mais pourquoi est-ce que Charles devait être si beau et sentir si bon quand il partait à la rencontre de quelqu'un d'autre ? Quelqu'un qui ne le méritait pas. Jon secoua la tête et mit fin à ses réflexions. Il n'avait aucun droit non plus de juger.

— Je dois m'occuper de la pâte, dit Jon en se levant de table.

Il entra dans la cuisine, sortit la levure, la farine pour pizza et l'huile, puis prépara rapidement la pâte. Il la mit de côté dans un bol pour qu'elle lève pendant une heure et il prépara la garniture. Quand la pâte fut prête, il la façonna sur une plaque à pizza, étala de la sauce et appela les enfants. Ils passèrent un bon moment à ajouter la garniture, puis Jon glissa la gigantesque pizza dans le four.

— Elle sent déjà bon, dit Madeleine.

— Est-ce qu'on fait une salade ? demanda Jon.

Personne ne fut enchanté par cette idée, donc ils décidèrent de ne manger que la pizza.

— Vous voulez mettre vos pyjamas et dîner pendant que nous regardons la grande télé ?

Cette idée rencontra plus d'enthousiasme. Jon sourit alors que les enfants se précipitaient pour se changer.

— Tu es sûr que c'est bon ? demanda Holland lorsqu'ils s'installèrent dans la salle de loisirs.

— Si votre cousin se met en colère, j'en prendrai la responsabilité, promit Jon. OK, tout le monde a un siège, une assiette et une boisson extravagante.

Il ramassa la télécommande et la tendit à Madeleine.

— Trouve-nous quelque chose à regarder, dit-il. Je reviens tout de suite.

Quand Jon revint avec le rouleau d'essuie-tout dont il supposait qu'ils auraient besoin, Madeleine avait trouvé une chaîne passant des films des années quatre-vingt. Ils tombèrent sur *Les Goonies*, commencé depuis quinze minutes, et décidèrent à l'unanimité de le regarder. Après *Les Goonies*, *La Folle Journée de Ferris Bueller* commença. Ils avaient mangé assez de pizza, donc Jon prépara du pop-corn. Le temps que le deuxième film soit terminé, Juliana s'était endormie sur les genoux de Jon et Madeleine avait l'air somnolente. Il fit se lever les deux plus grands et les guida jusqu'à leur chambre pendant qu'il portait Juliana.

— Tu es sûre que tu te sens bien ? demanda Jon à Madeleine avant de quitter la chambre.

— Je vais bien. Je suis désolée d'avoir dérangé tout le monde.

— Ne sois pas bête, dit Jon. Ce n'est pas comme si tu avais prévu ton cou.

— À mon avis, l'ami de Cousin Charles pense que si.

— Ne t'inquiète pas de lui. Il fait partie des gens qui ne sont pas à l'aise avec les enfants.

— C'est une manière gentille de le dire, répliqua Holland. À mon avis, ce type déteste les enfants.

— S'il veut devenir votre ami, ne croyez-vous pas que vous devriez lui donner une chance ? dit Jon gentiment.

— Il fait juste de la lèche à Cousin Charles, rétorqua Holland. Il se fiche complètement d'être ami avec moi.

— Tu pourrais essayer de lui laisser le bénéfice du doute.

— Tu es gentil, Jon, commenta Madeleine. Mais allez, dis-le-moi. Tu ne l'aimes pas non plus, si ?

— Je pense que nous devrions arrêter de parler des gens derrière leur dos, d'accord ?

— Ce n'est pas drôle ! dit Madeleine, puis elle
gloussa. Je plaisante.

Jon se pencha pour l'embrasser sur le front comme
il l'avait fait avec Juliana. Il fit mine de faire de même
avec Holland juste pour le plaisir de le regarder
protester en bredouillant. Il lui ébouriffa les cheveux,
leur souhaita bonne nuit et alla dans le couloir pour
ranger le salon. Après avoir nettoyé, il attrapa une
bouteille d'eau et entra dans sa chambre. Il se prépara
pour aller au lit et se coucha avec la télé allumée. Il
somnolait devant un sketch sur Comedy Central quand
il entendit du bruit.

Jon se leva et sortit dans le couloir, portant
seulement son pantalon de pyjama. Il entendit d'autres
bruits bizarres puis un juron étouffé. Il se détendit
quand il reconnut la voix de Charles et continua à
avancer jusqu'à la cuisine.

Charles se figea quand Jon alluma la lumière.

— Oh, hé, dit-il. Je cherchais seulement un en-cas.

— Il reste de la pizza que je peux vous faire
réchauffer.

— Non, non, non, non, non, psalmodia Charles,
et Jon se rendit compte que son patron était saoul. Je
m'en occupe.

— Asseyez-vous avant de tomber, dit Jon. Je vais
vous donner quelque chose pour absorber une partie de
cet alcool.

— Vous êtes vraiment gentil, vous le savez ?
bafouilla Charles en lâchant la porte du réfrigérateur
avant d'aller s'appuyer contre le plan de travail.
Attention. J'ai peut-être renversé quelque chose.

Jon regarda dans le frigo et vit une bouteille de jus
d'orange couchée sur le côté.

— Rien de cassé, commenta-t-il.

Il sortit le sac plastique et mit les deux tranches restantes de pizza dans le four.

— Le micro-onde ne serait pas plus rapide ? demanda Charles.

— Il rend la croûte molle. Je vais allumer le gril. Ça ne sera pas long, dit Jon en posant une bouteille d'eau froide devant Charles. Buvez. Vous devez vous hydrater.

Charles prit quelques gorgées d'eau.

— Donc, voilà le goût que ça a sans le scotch, plaisanta-t-il.

Jon commençait à se sentir gêné d'être torse nu, mais il ne voulait pas quitter la cuisine avant que la pizza ne soit prête. Honnêtement, il ne faisait pas confiance à Charles pour la sortir du four avant qu'elle ne brûle.

— On dirait que vous êtes toujours en train de me nourrir, commenta Charles quand Jon posa une assiette sur le plan de travail à côté de son coude. En fait, je ne m'en plains pas.

— Ce n'est pas un problème, répondit Jon alors que Charles prenait une bouchée de pizza.

— C'est vraiment bon, dit Charles en mâchant. Je n'ai pas pu manger grand-chose lors de mon dîner. (Il soupira.) Après mon rendez-vous, je n'avais plus beaucoup d'appétit.

Jon croisa les bras et hésita à aller chercher un tee-shirt mais pensa que ça aurait l'air bizarre s'il partait et revenait habillé. Et après tout, quelle raison avait-il de traîner avec Charles à deux heures du matin ?

— Vous avez froid ? demanda Charles brusquement.

— Hum…

— Parce que vos tétons ont l'air assez durs pour couper du verre.

Jon baissa les yeux.

— Désolé si je vous embarrasse, s'excusa Charles. J'ai peut-être un peu trop bu.

— Finissez votre eau, dit Jon. Vous me remercierez demain matin.

Charles se pencha vers Jon.

— Est-ce que vous serez là quand je me réveillerai ?

Jon était extrêmement conscient de la proximité de Charles. Il pouvait sentir l'odeur agréable de son eau de toilette musquée. Il pouvait sentir la chaleur de son corps. Il n'osa pas le regarder dans les yeux. Il garda à la place les yeux rivés sur le V de peau bronzée entre ses clavicules. Quand il se rendit compte que Charles s'était déplacé encore plus près, il était trop tard. Les lèvres de Charles frôlèrent les siennes puis s'attardèrent, augmentant peu à peu la pression. La caresse douce et sensuelle donna à Jon l'impression de fondre, même s'il durcit tellement vite qu'il en eut la tête qui tournait. Ce baiser bouleversait tous ses sens, et il ne protesta pas jusqu'à ce qu'il sente la langue de Charles.

Jon recula d'un pas.

— C'est dingue.

— Ça ne m'a pas semblé fou, dit Charles en laissant retomber ses bras. C'était génial.

— Je ne le nie pas, mais ce n'est pas bien.

— Pourquoi ?

Jon ne répondit pas pendant de longs instants.

— Peut-être que je me trompe, et ce ne sont vraiment pas mes affaires, mais je croyais que Chrétien et vous étiez…

— Nous l'étions jusqu'à ce soir.

— Oh… je suis désolé.

— Vous n'avez pas à l'être. J'ai juste commis une erreur, c'est tout. Je suis doué pour les affaires. Pour les relations… pas vraiment.

— Mais je suis désolé. C'est triste quand une relation se termine.

— Oui, c'est triste, mais c'est bien que j'aie découvert qu'il n'était pas fait pour moi. Je croyais qu'il l'était, avant, mais c'était avant que ma vie ne change. S'il ne peut pas gérer le fait que les enfants fassent partie de ma vie, alors, il n'y a pas sa place.

— Peut-être qu'ils ont juste besoin de plus de temps pour s'habituer les uns aux autres.

— C'est vraiment mignon, mais c'est terminé entre Chrétien et moi. Je pense qu'il était soulagé, en fait. Maintenant, il peut arrêter d'attendre que je fasse mon coming out et trouver un gars avec plus de tripes.

Charles marqua une pause.

— Au fait, ne parlez pas à Albert de ça, d'accord ?

— Albert ne me parle pas, à moins d'avoir des instructions à me donner. Cela nous convient à tous les deux.

— Il n'est pas à l'aise avec ma sexualité, alors il fait semblant de ne pas savoir.

— C'est un gars intéressant.

— C'est vrai. Je le connais depuis presque dix ans. Nous passons une bonne partie de nos journées ensemble, mais nous faisons rarement quoi que ce soit qui ne se soit pas en rapport avec le travail.

— Il vous est malgré tout totalement dévoué, commenta Jon.

— Il est dévoué à la société.

— C'est en quelque sorte la même chose, n'est-ce pas ?

— Je ne veux pas parler d'Albert. Je veux parler de vous. Vous avez un très joli corps, susurra Charles.

— Je dois aller au lit.

— Je peux venir avec vous ?

— Non, dit Jon avant de déglutir. Je ne vais pas vous mentir, je suis attiré par vous, mais si nous couchons un jour ensemble, je préférerais que vous ne soyez pas saoul.

— C'est plutôt raisonnable.

Charles posa la main sur la douce courbe de muscle où le cou de Jon rejoignait son épaule. Ses doigts écartés couvraient la moitié de sa tache de vin.

Jon frissonna sous le contact doucement intime.

— Arrêtez, chuchota-t-il.

— Est-ce que ça vous fait mal quand je la touche ?

— Non, je ne suis juste pas sûr de pouvoir me faire confiance si vous continuez à me toucher comme ça, murmura Jon, avant de se mordre la lèvre. Je n'aurais probablement pas dû vous dire ça.

— C'est bon. Votre virginité n'a rien à craindre de moi ce soir, dit Charles.

— Comment diable savez-vous que je…

— Ce n'était pas le cas. Je plaisantais.

— Eh bien, c'est génial, marmonna Jon. Est-ce que je pourrais avoir davantage l'air d'un geek ?

— Je ne pense pas que vous êtes un geek.

— Je pense que nous devrions arrêter de parler et aller dormir tout de suite. D'accord ?

— Bonne idée. Bonne nuit.

Charles attendit que Jon s'éloigne de lui avant de se retourner pour aller jusqu'à sa chambre.

— Qu'est-ce que tu fais, bon sang, Pinky ? se demanda-t-il en marchant. Est-ce que tu vas vraiment être ce mec qui baise la nounou ? Albert va te tuer.

Il prit une douche, se masturba en fantasmant sur Jon lui faisant une fellation et s'endormit directement.

Jon enleva la pizza que Charles avait oubliée de manger, puis resta éveillé sur son lit pendant plusieurs heures à revivre le baiser. Son cœur s'envolait et sombrait tour à tour. Il avait rêvé d'embrasser Charles, mais il savait qu'une relation avec lui serait impossible. Donc quel serait l'intérêt d'entamer quoi que ce soit avec lui ? Soupirant profondément, il roula sur le côté, donna un coup de poing à son oreiller innocent et essaya de s'endormir.

JON servit aux enfants leur petit-déjeuner et les envoya à l'école avant que Charles ne se réveille. Il essaya de trouver une course qu'il avait besoin de faire en dehors de l'appartement, mais rien ne lui vint à l'esprit. Il buvait une deuxième tasse de thé et regardait son agenda journalier quand Charles entra dans la cuisine.

— Je sens du café, s'exclama Charles.

Jon détourna les yeux du torse nu de son employeur. Le pantalon de pyjama de Charles était fait d'un tissu fin avec un cordon à la taille. Pour l'instant, il défiait à peine la gravité, et Jon trouva difficile de ne pas regarder fixement la ligne de poils fins tirant sur le roux qui descendaient du nombril de Charles sur son abdomen plat et plein de taches de rousseur pour disparaître sous le doux tissu. Il lui était difficile de ne pas imaginer ce qui reposait au bout de ce chemin. Ses réflexions cessèrent quand Charles s'assit en face de lui.

— Votre café est meilleur que celui d'Albert, le complimenta Charles avant de prendre une gorgée dans sa tasse.

— Ne le dites pas à Albert.

— Est-ce que j'ai l'air suicidaire ?

Jon sourit.

— Pas pour l'instant. Que diriez-vous d'un petit-déjeuner avec ce café ?

— J'adorerais ça, mais êtes-vous sûr d'avoir le temps ?

— J'en suis sûr. Si vous voulez vous doucher ou vous habiller, il sera prêt quand vous reviendrez.

— Je ne suis pas pressé. Je travaille à la maison, aujourd'hui, précisa Charles en se retournant sur le côté sur sa chaise et étirant ses jambes. Vous avez de grands projets ?

Jon secoua la tête.

— Aimeriez-vous aller quelque part boire un café et manger une pâtisserie avant que les enfants ne rentrent ?

— Ça a l'air bien, mais je ne suis pas sûr que je devrais…

— Écoutez, je suis désolé pour hier soir, OK ? J'étais un peu saoul.

— Un peu saoul ? répéta Jon en arrêtant de battre les œufs pour regarder Charles par-dessus son épaule. Vous étiez bourré. J'étais stupéfait que vous puissiez encore tenir debout.

— Après que le chauffeur m'a déposé, tout est flou.

Jon versa la préparation pour l'omelette dans la poêle chaude.

— Je vous ai trouvé à fouiller dans le frigo et j'ai réchauffé des restes de pizza pour vous.

— Vous êtes bien trop bon avec moi.

Charles attendit, mais Jon ne dit rien sur le baiser.

— Je vous apprécie, et vous êtes bon avec moi aussi.

Jon ajouta de la feta et émietta du bacon sur l'omelette, la plia et la glissa sur une assiette.

— Désolé, c'est encore une omelette, s'excusa-t-il en posant l'assiette devant Charles.

Il les resservit tous les deux et se rassit, se sentant plus à l'aise maintenant qu'il savait que Charles ne se souvenait pas du baiser.

— J'adore vos omelettes. S'il y avait un restaurant qui les servait, j'irais tous les matins.

— Vous êtes chanceux, vous n'avez pas à le faire.

— Je suis chanceux, c'est vrai ? Je devrais m'en souvenir plus souvent.

Charles prit une gorgée de son café et croisa le regard de Jon par-dessus le rebord. Il était à la fois soulagé et déçu que Jon ait choisi de ne pas évoquer le baiser échangé. C'était une sensation étrange et il n'aimait pas ça.

— Maintenant, revenons à ma question de départ. Voudriez-vous prendre un café purement platonique avec moi plus tard ?

— Dites plutôt un thé et la réponse est : Oui, mais nous n'avons pas à aller où que ce soit.

— Je suis sûr que, dans les prochaines heures, vous pourriez préparer quelques pâtisseries en vitesse qui me donneraient l'eau à la bouche, mais sortons. Vous n'avez pas vu grand-chose de Manhattan depuis que vous êtes arrivé. Laissez-moi vous emmener prendre un brunch au *Yotel*. Vous allez adorer, dit Charles, souriant de manière charmante et battant des cils. Du mimosa. Du bacon frit. Du disco. Tout en illimité.

— Du disco ?

— Alors… êtes-vous intrigué ?

— Ça a l'air très amusant.

— Ça l'est. Si vous vous inquiétez que ça puisse ressembler à un rendez-vous, Albert peut venir avec nous.

— Je ne pense pas que nous ayons besoin d'en arriver jusque-là.

— Alors c'est décidé. J'attends Albert pour notre réunion matinale, puis nous partirons.

— C'est quel genre d'endroit ? Est-ce que je dois porter une veste ?

— Portez ce que vous voulez. C'est ce genre d'endroit.

Charles se leva pour aller mettre son assiette dans le lave-vaisselle.

— Je vous verrai dans deux heures, dit-il en sortant.

— OK.

Jon resta assis à table pendant quelques minutes après que Charles fut parti. Il fixa les profondeurs ambrées de son thé, du même marron fauve que les yeux de Charles. Il était idiot. Peu importe le nombre de fois où il se disait qu'il ne pouvait pas avoir cet homme, il le voulait quand même.

CHARLES leva les yeux de son ordinateur portable lorsque Albert entra dans le bureau. Quelque chose dans son comportement l'alerta.

— Qu'y a-t-il ? Quand nous avons quitté la table hier, tout le monde était satisfait.

— Ce ne concerne pas le fonds de retraite, l'informa Albert en secouant la tête. Les infos vont en parler, donc autant que je te le dise. Il y a vingt minutes, le Département du Trésor a fait une descente chez Tatum et Channing. J'ai eu au téléphone le gars que je connais qui bosse là-bas, et la banque depuis.

— Qu'est-ce que ça veut dire ? dit Charles en se levant.

— Ça veut dire que les Feds ont saisi, gelé, utilisé l'estoppel, et se sont autrement assuré que notre cabinet d'experts-comptables ne puisse plus faire des affaires. Apparemment, des employés de T et C ont fait quelques petits paris sur le marché boursier avec les fonds des clients, puis ils ont perdu tout l'argent. Cela signifie que nous sommes complètement foutus.

— Allons, Albert, dit Charles en souriant. Nous ne sommes jamais complètement foutus. Tu as toujours un atout dans la manche.

— Patron, cette fois, je n'ai même pas de manche, grâce à toi qui continues à te montrer magnanime comme ton père. Combien de fois t'ai-je dit de changer cette politique ?

— Je ne pourrais pas déshonorer mon père comme ça. Il a promis que si la société coulait un jour, il garantirait le fonds de retraite, même s'il devait en perdre sa fortune.

— Eh bien, c'est le cas. Ils vont te prendre tout ce que tu as pour assurer ce fonds.

— Alors, qu'ils prennent tout. J'ai promis à mon père, Albert. Avant que mes parents ne prennent le dernier vol de leur vie, il m'a rappelé que je serais aux commandes s'il lui arrivait quoi que ce soit. Je ne l'écoutais qu'à moitié. Il était un peu saoul et il me tenait le même discours avant chaque voyage. Je lui ai dit que je comprenais et que rien n'allait leur arriver à Maman ou lui. Mais quelque chose leur est arrivé.

— Ce n'est pas comme si c'était ta faute.

— Non, c'était celle de mon père pour avoir piloté en état d'ivresse, mais je me sens tout de même coupable. Je lui ai promis que je m'occuperais des employés, et je le ferai.

— C'est ta société, dit Albert d'un ton résigné.

— Que faisons-nous maintenant ?

— Tu dois quitter la ville.

— Tu es sérieux ?

— Peut-être que ceci va te convaincre.

Albert écarta un coin du tapis Flokati et souleva une section du parquet pour révéler un coffre-fort. Il tourna le cadran plusieurs fois et l'ouvrit.

— C'est l'équipement de dernier recours, dit Charles.

— C'est exact, dit Albert en levant les yeux. Donne-moi un coup de main. C'est lourd.

Charles ne bougea pas.

— Attends. Es-tu sûr que c'est nécessaire ?

— C'est absolument nécessaire. Tu dois partir immédiatement et emporter autant de biens que tu peux.

— Du calme, dit Charles alors qu'Albert posait la lourde boîte sur le sol. Pourquoi prendre des mesures aussi drastiques ?

— Parce qu'il y a quelque chose que je ne t'ai pas encore dit.

— Alors je suggère que tu me le dises si tu veux que je te suive dans cette folie.

Albert ouvrit la boîte et regarda à l'intérieur.

— J'ai emprunté de l'argent l'année dernière.

— Tu as emprunté de l'argent ?

— Nous avons emprunté. La société a emprunté. Nous avions besoin de fonds en liquide pour le nouveau magasin phare, tu te souviens ? Puisque je suis toujours ta règle stricte de ne jamais toucher les fonds de retraite en séquestre, j'ai dû prendre un emprunt.

Albert garda les yeux sur les papiers et les paquets de billets qu'il triait en piles.

— Et ? l'incita à continuer Charles.

— Je ne pouvais pas aller chez les prêteurs habituels parce que je ne voulais pas de ragots dans l'industrie à propos de Macquarrie qui avait besoin de fonds. Les gens à qui nous avons empruntés veulent leur argent plus les intérêts, et ils le veulent maintenant, mais nous ne l'avons pas.

— Et ? On arrangera un plan de remboursement. Est-ce que leurs avocats sont meilleurs que les nôtres ?

— Probablement pas, mais leurs exécuteurs le sont certainement.

— Merde, Albert ! À qui as-tu emprunté ? La Mafia ?

— Tu n'as pas à me dire que c'était stupide. Je le sais. J'ai parié et perdu beaucoup. Pire que tout, je t'ai fait défaut.

— Non, pire que tout, tu m'as menti. Tu l'as fait derrière mon dos.

— Je faisais ce qui était le mieux pour Macquarrie.

Charles resta silencieux quelques instants avant de parler à nouveau.

— Donc, comment vois-tu la situation ?

— Les gens qui m'ont prêté l'argent ont été très clairs sur ce qui se passerait si ce n'était pas immédiatement remboursé. C'est pour ça que tu dois partir, dit Albert, croisant le regard de Charles. Ce n'est pas une blague, patron.

— J'ai juste des difficultés à me faire à cette idée.

— Je sais, dit Albert en lui posant une main sur l'épaule. J'ai foiré et c'est toi qui vas en porter la responsabilité. S'il te plaît, dis-moi ce que je peux faire pour t'aider.

Le geste d'Albert fut bien plus convaincant que ses paroles. Il ne se permettait que rarement de tels gestes.

— Très bien.

Charles décrocha le téléphone fixe.

— Attends. Qu'est-ce que tu fais ? Tu dois partir d'ici.

— J'appelle Jon pour qu'il puisse préparer les enfants.

— Est-ce que tu as perdu l'esprit ?

— Et toi ? Je ne peux pas laisser les enfants. Ils pourraient être en danger aussi.

— Ils ne feront pas de mal aux enfants. Tiens-t'en au plan d'origine. Je sais que tu pensais que c'était ridicule quand j'ai insisté pour que tu sois prêt pour une urgence, mais…

— Je ne peux pas les laisser. Qui s'occupera d'eux ?

— On s'occupera d'eux.

— Qui ? L'état ? Non. Oublie ça. Ils ne vont pas aller dans des foyers d'accueil. Ils viennent avec moi, et ça veut dire que j'ai besoin de Jon.

— Putain !

Albert ferma les yeux et les rouvrit avant de parler.

— Fais ce que tu as à faire, mais ne me blâme pas si un gangster te brise les pouces.

— Je te blâmerai. Nom de Dieu, Albert, je n'arrive pas à croire que toi, plus que quiconque, tu aies pu être aussi stupide.

— Je suis désolé. J'ai cru que j'avais tout compris, mais… Écoute, va simplement à la planque et suis le plan. Je m'occuperai de mettre les choses en ordre ici.

— Puis tu nous rejoindras ?

— Comme nous l'avons prévu. OK ? (Albert attendit que Charles hoche la tête puis sortit son téléphone.) Je vais faire envoyer le chariot à bagages par le concierge.

Quand il arrivera, tu le chargeras, descendras au garage et rouleras droit jusqu'à la banque. J'appellerai avant et ferai des arrangements. Prends l'argent que la banque te donnera et quitte la ville immédiatement. Et n'utilise pas tes cartes de crédit. Je n'en suis pas sûr, mais je parie que les requins ont des gens qui peuvent te tracer.

Charles croisa le regard d'Albert.

— Donc, c'est vraiment sérieux.

— J'aimerais que non, mais tiens-t'en au plan et tu t'en sortiras.

— Très bien.

Charles appela Jon pour lui demander de faire sortir les enfants de l'école en avance, car ils partaient pour un voyage surprise d'une semaine à dix jours. Jon fut pris de court, mais fit ce que Charles souhaitait aussi rapidement que possible. Le concierge du bâtiment arriva dans le bureau de Charles avec un chariot à bagages et le chargea. Albert lui donna comme instructions de l'emmener dans le parking souterrain et un pourboire de cinquante dollars. Alors qu'il partait, Jon arriva.

— Est-ce que les enfants sont prêts ? demanda Albert dès qu'il vit Jon.

— Presque, répondit celui-ci, hésitant avant de continuer. Ils se demandent ce qui se passe.

— C'est une surprise, dit Charles. Allez les chercher et retrouvez-moi à l'ascenseur dans le parking souterrain.

— J'aimerais savoir où nous allons. J'ai fait mes bagages du mieux que j'ai pu, mais…

— Ne vous inquiétez pas, dit Albert. Récupérez les enfants et emmenez-les jusqu'au parking souterrain.

Jon regarda Charles.

— S'il vous plaît, le pria Charles. Attendez près de l'ascenseur. Je descends tout de suite.

Jon n'avait pas l'air content, mais il sortit pour exécuter ses ordres.

— Rappelle-moi pourquoi je fuis au lieu de rester pour faire face aux conséquences, ronchonna Charles.

— Tu as besoin d'une meilleure raison que d'en être réduit à la pauvreté ? rétorqua Albert. OK, que dis-tu de ça ? Si tu restes ici, tu cours le risque de te faire tirer dessus par des usuriers. Tu ne seras pas d'une grande aide pour les enfants si tu es mort.

— Ce sont de bonnes raisons, répondit Charles en enfilant sa veste. Donc, je suppose que je te verrai dans quelques jours.

Albert balaya une peluche imaginaire sur le revers de Charles.

— C'est ça, patron. Je vais régler les derniers détails et vous rejoindre.

— C'est une situation tellement mélodramatique, dit Charles. J'ai l'impression que je devrais te dire quel bon ami tu as été pour moi, juste au cas où je ne te reverrai jamais. Puis nous nous étreindrons pendant qu'une musique triste deviendra de plus en plus forte.

— Tu es tellement pédé.

— Je vais te prendre dans mes bras quand même, alors prépare-toi.

Albert s'avança et Charles l'étreignit et le serra fort avant de le lâcher.

— La voiture vous attend, emplacement vingt-trois, dit-il en pressant un jeu de clés dans la main de Charles. Va t'occuper de ces enfants.

— Un maître de la manipulation jusqu'à la fin, s'émerveilla Charles.

Il tapota la joue d'Albert puis s'éloigna :

— À bientôt, dit-il.

Lorsque la porte se referma derrière Charles, Albert s'assit à son bureau.

QUAND Charles sortit de l'ascenseur, Jon et les enfants l'attendaient. À côté d'eux, se trouvait une pile de bagages, le panier à provisions de Jon et la lourde boîte venant du coffre-fort. Charles avait ri face à l'équipement de survie du scénario catastrophe d'Albert, mais il lui en était reconnaissant maintenant.

— Attendez ici, dit Charles. Je vais aller chercher la voiture.

Il se dirigea jusqu'à l'emplacement vingt-trois et sourit quand il vit le véhicule garé là. La Range Rover Sport n'était pas le dernier modèle à la mode, et Charles n'avait aucune idée d'où Albert l'avait achetée, mais c'était précisément ce dont il avait besoin pour ce voyage. Suffisamment solide pour l'emmener hors des routes, mais suffisamment spacieuse et confortable pour trois enfants choyés. Il démarra le moteur et roula vers l'ascenseur.

— Pouvez-vous me dire où nous allons ? demanda Jon alors que lui et Charles chargeaient l'arrière du SUV.

— C'est une surprise, dit Charles.

— Je n'ai droit à aucun indice ?

— Ce n'est qu'à quelques heures à l'ouest.

— Bien. Si c'était à quelques heures à l'est, nous serions dans l'Atlantique.

Charles en aurait souri, s'il n'avait pas été trop tendu.

— Attachez les enfants, OK ?

— Bien sûr.

Jon fit s'installer les enfants dans leur siège et leur demanda de rester silencieux pendant que Charles tripotait le GPS. Lorsque Jon se glissa sur le siège passager, Charles l'éteignit.

— Tout est prêt, annonça Jon.

— Bien, fit Charles, marquant une pause. Écoutez, merci d'avoir rassemblé tout le monde à la dernière minute. Je me ferai pardonner.

— Vous êtes le patron, dit Jon. Du moment que vous signez les chèques, je fais ce que vous avez besoin que je fasse. Et si vous pensez que je vous laisserais emmener les enfants une semaine tout seul, vous êtes fou.

— Eh bien, ça ne surprendrait personne, dit Charles.

Il sortit du garage et se dirigea hors de la ville.

CHARLES conduisait en silence pendant que Jon occupait les enfants avec des jeux de mots. Ce ne fut que lorsqu'ils entrèrent dans le New Jersey qu'il prit la parole.

— Je vais prendre la prochaine sortie et faire le plein de la voiture. Vous pourrez emmener les enfants aux toilettes et prendre quelque chose pour le déjeuner. Et faites vite.

— Quelle est l'urgence ? demanda Jon.

— J'aimerais arriver à seize heures au plus tard.

— Ça ne vous dérange pas que les enfants mangent dans la voiture ?

— Non, ce n'est pas un souci.

Il prit la sortie suivante et roula sur une courte distance jusqu'à une large aire de repos qui se vantait d'avoir trente-deux pompes ordinaires et vingt-quatre pour les semi-remorques. Plusieurs restaurants de fast-food se trouvaient à proximité de la grande boutique. Charles s'arrêta devant une pompe puis sortit son portefeuille.

— Voilà du liquide, dit-il en tendant à Jon quelques billets.

— J'ai ma carte, répliqua Jon.

— Utilisez le liquide pour l'instant, OK ?

— Une raison particulière ?

— Pourriez-vous juste me faire confiance pour l'instant, et je vous expliquerai plus tard ?

— Très bien.

Jon emmena Madeleine, Holland et Juliana à l'intérieur. Pendant que Madeleine emmenait Juliana aux toilettes pour dames, Holland et Jon allèrent dans celles des hommes. Quand ils ressortirent, Jon montra le chemin vers les comptoirs de fast-food. Il acheta un menu familial au poulet et laissa les enfants choisir des boissons. Il ajouta un rouleau d'essuie-tout, une boîte de couverts en plastique et un paquet d'assiettes jetables et alla les payer. Alors qu'ils sortaient, Charles entra. Après avoir donné les clés à Jon, il se dirigea vers les toilettes. Pendant qu'ils attendaient Charles, Jon s'assura que les enfants étaient bien attachés et distribua des assiettes de poulet, de purée et des biscuits. Quand Charles revint, Jon lui en tendit une.

— Je mangerai plus tard, dit Charles.

— Vous allez manger maintenant. Si vous ne le faites pas, vous aurez faim. Si vous avez faim, vous serez grincheux. Personne n'a besoin de ça pendant un voyage en voiture.

— Bien.

Charles déplaça la voiture sur une place de parking et prit l'assiette des mains de Jon. Le temps qu'il ait terminé de manger, les enfants avaient fini aussi, et Jon récupéra les déchets qu'il jeta dans une poubelle. Enfin, ils reprirent la route.

— **OÙ** sommes-nous ? demanda Madeleine d'un ton prétentieux. C'était la frontière de l'état de la Pennsylvanie.

— Nous devons être en Pennsylvanie, dit Charles.

— Pourquoi ?

— Seigneur ! Nous ne sommes sur la route que depuis quatre heures, et cela inclut toutes les fois où nous nous sommes arrêtés pour des en-cas et des pauses pipi, se plaignit Charles en se tournant vers Jon. Est-ce qu'il y aurait quelque chose que vous puissiez faire pour distraire les enfants pendant encore un petit moment ?

— Génial. Alors tu ne vas pas me répondre.

Madeleine s'enfonça dans son siège et croisa les bras sur sa poitrine.

— Pas tant que tu auras cette attitude, lui indiqua Charles.

— Je croyais que nous avions convenu que c'était une aventure, dit Jon en se retournant pour regarder le siège arrière. Nous allons quelque part où nous ne sommes jamais allés.

— En fait, j'y suis allé, annonça Charles. J'y ai passé du temps quand j'étais gamin.

— Pourquoi est-ce que vous ne nous diriez pas à quoi ça ressemble ? l'encouragea Jon.

— Hum, eh bien, voyons… je suppose qu'on pourrait appeler cet endroit un cottage, ou un chalet, peut-être. Il se trouve sur six hectares d'un terrain qui comprend un étang et une sorte de forêt.

— Une sorte de forêt ? répéta Madeleine.

— Elle n'est pas très grande, expliqua Charles. C'est davantage une lisière de bois qui entoure la maison. Avant, j'y voyais des cerfs et toutes sortes d'animaux.

— Ça a l'air génial, commenta Jon. Suis-je le seul à aimer pêcher ?

— Beurk, dit Madeleine. Non, merci.

— Tu ne veux même pas essayer de pêcher ?

— Les poissons sentent mauvais et sont gluants.

— C'est assez vrai, confirma Holland. Mais ce n'est pas leur faute.

— Je veux pêcher ! gazouilla Juliana. Un Poisson ! Deux Poissons ! Un Poisson Rouge ! Un Poisson… [5]

— Tais-toi, dit Madeleine.

— Madeleine.

Jon prononça son nom doucement, et ce fut tout ce qu'il fallut pour rappeler à Madeleine de ne pas parler aussi sèchement à Juliana. Il se tourna vers Charles.

— Peut-être devrions-nous nous arrêter pour nous dégourdir les jambes.

— Nous sommes presque arrivés, répliqua Charles en tournant à gauche pour quitter l'autoroute de Dingmans Choice afin de s'engager sur la Route Nationale. Une fois que nous aurons déchargé la voiture, j'irai en ville pour nous approvisionner.

Après quelques minutes, Charles prit à droite sur Johnny Bee Road.

— Quel nom bête, dit Madeleine. Tous les noms par ici sont stupides. Qu'est-ce qu'un Dingmans Choice ?

— Dès que nous pourrons nous connecter à Internet, nous pourrons chercher, lui proposa Jon.

5 Livre du Dr Seuss, auteur américain de littérature jeunesse très connu outre-atlantique.

Madeleine se redressa un peu.

— Cousin Charles, dis-moi que nous avons le WiFi dans ce chalet.

— Je n'en ai aucune idée, répondit Charles honnêtement.

— On ne peut pas ne pas avoir Internet, se lamenta Madeleine.

— Inutile de s'en inquiéter tant que nous ne serons pas sur place, intervint Jon.

— Combien de temps serons-nous partis ? demanda Madeleine.

— Je n'en suis pas encore sûr, mais au moins une semaine, répondit Charles.

— Mais nous serons rentrés pour la fête de Hillarie, pas vrai ? insista Madeleine.

— J'ai dit que je n'étais pas sûr, rétorqua Charles.

— Jon, se lamenta Madeleine, qui étira son nom de telle sorte qu'il comporta soudain deux syllabes.

— Je suis désolé, Mads. Je ne sais pas non plus quand nous rentrerons. Je sais que tu attends cette fête avec beaucoup d'impatience. C'est dans dix jours, alors pourquoi ne pas simplement agir comme si nous allions rentrer dans neuf jours, d'accord ?

— OK, mais c'est une surprise stupide.

— Tu ne le sais pas encore.

Charles soupira.

— Elle a raison. Ce n'est pas une très bonne surprise. J'ai menti, en quelque sorte. Nous allons vraiment en voyage, mais ce ne sont pas des vacances.

— Qu'est-ce que c'est ? demanda Madeleine.

— Quand j'étais enfant, mes parents ne discutaient pas de leurs décisions avec moi. Ils ne me demandaient pas où je voulais aller.

— Est-ce que ça te plaisait ? demanda Holland.

Charles marqua une pause avant de parler.

— Non, dit-il. C'est noté. (Il se retourna vers l'avant.) Je m'expliquerai quand nous y arriverons. Ça vous va ?

Ils roulèrent sur une courte distance avant que Charles ne tourne à droite sur Mollineaux Road.

— Centre d'Accueil de Dingman Falls. Route fermée en hiver, lut Madeleine sur le panneau à la jonction. Je suppose que nous pouvons être reconnaissants que ce soit bientôt l'été.

— Tu vois toujours le bon côté des choses. C'est bien ma petite, commenta Jon d'un ton approbateur.

— C'est moi qui suis ta petite, protesta Juliana.

— Toi, tu es ma princesse, répliqua Jon en lui souriant avant de poser une question à Charles. Centre d'accueil ?

— Il y a une piste qui passe devant plusieurs cascades. Je ne me rappelle pas combien il y en a, mais un certain nombre. Le centre d'accueil est fermé en hiver, mais il n'y a rien qui vous empêche de marcher vers les cascades par les bois à l'arrière du chalet.

— Ça me semble être une chouette excursion, dit Jon. Qu'en penses-tu, Hols ?

— Je pense que ce n'est pas une sorte de forêt, s'émerveilla Holland en regardant fixement par la fenêtre. C'est une vraie forêt.

— Elle n'est pas aussi épaisse autour du chalet, nuança Charles.

— Il devrait tout de même y avoir beaucoup d'insectes dont je n'ai pas encore de photos.

— Fantastique, dit Charles en ralentissant pour prendre le virage sur une route non goudronnée. Accrochez-vous tous. Ça va secouer un peu.

CHARLES gara le SUV, et ils regardèrent tous par les vitres le chalet en bois et en pierre. Il avait l'air petit et se blottissait aux pieds des arbres qui le dominaient de leur hauteur.

— Tu plaisantes, cingla Madeleine. Nous n'allons pas vraiment vivre ici.

— Ce n'est pas si mal, commenta Jon, apaisant. Ce n'est pas si différent de là où j'ai grandi.

— Maintenant, je sais que tu plaisantes.

— Non. Je pense que ça va être très amusant.

— Je ne vois pas comment c'est possible, ronchonna Holland.

— Tu ne pensais pas que cuisiner était amusant avant d'avoir essayé, répliqua Jon. Venez. On va porter nos affaires à l'intérieur.

Charles appuya sur le bouton qui ouvrait la cinquième portière, et les enfants sautèrent hors de la voiture.

— Pouvez-vous vous occuper d'eux un moment ? demanda-t-il à Jon. Je vais aller à Milford pour faire mettre l'électricité et prendre quelques provisions. L'eau est sur une pompe, donc vous devrez utiliser un seau d'eau de l'étang pour remplir la citerne si vous devez utiliser les toilettes avant que le courant ne soit remis.

— OK.

Jon sortit et supervisa les enfants pour décharger les affaires. Il se dit qu'il devait arrêter d'être stupide, mais il avait toujours un mauvais pressentiment alors qu'il regardait Charles s'éloigner. Son téléphone portable n'affichait qu'une seule barre. Si quelque chose arrivait à Charles, les enfants et lui seraient coincés à des kilomètres des secours, dans un endroit où le téléphone captait très mal. Il se secoua et suivit les enfants à l'intérieur pour voir ce qu'il devrait gérer pendant les prochaines heures. Au moins, cela pourrait le distraire pour ne pas se demander ce qu'il se passait.

Comme on pouvait s'y attendre, l'intérieur était recouvert de poussière mais les portes et les fenêtres étaient bien scellées, donc il n'y avait pas de dommages dus à la météo ou aux animaux. La porte d'entrée s'ouvrait sur un salon qui occupait un tiers de la surface totale environ. Des housses de protection étaient drapées sur les deux canapés et les fauteuils qui étaient placés en forme de fer à cheval face à la cheminée. Un bureau avec une chaise pivotante était installé dans un coin à l'arrière entre deux bibliothèques. Derrière ce coin se trouvait une porte qui menait à la cuisine. Sur la gauche se trouvait un petit couloir avec une porte de chaque côté et une au bout. Jon dit aux enfants de trouver les chambres et la salle de bain, puis il alla regarder la cuisine.

C'était quelque peu primitif, mais Jon s'en était sorti avec bien pire. La cuisinière était au gaz, ce qu'il préférait, mais le réfrigérateur était trop petit à son goût. Un micro-ondes ancien – qui avait l'air de sortir de l'époque soviétique – était tapi à une extrémité du plan de travail en ardoise, et plusieurs appareils électroménagers plus petits étaient posés à côté : une vieille machine à café, un ouvre-boîte électrique et un grille-pain. Ils arboraient des marques de qualité et ne souffraient probablement de rien de pire que de négligence. Il devrait réussir à les faire fonctionner.

— Comment sont les chambres ? lança-t-il en quittant la cuisine.

Madeleine apparut par la porte de gauche.

— D'abord, il n'y en a que deux, et il n'y a qu'un lit dans chacune. Qu'allons-nous faire pour ça ?

— Faire de notre mieux.

Jon la dépassa pour entrer dans la chambre.

— Eh bien, ça craint, commenta-t-il.

Le rire surpris de Holland ressembla à un braiment, et Juliana gloussa avec lui.

— Ce n'est pas drôle, dit Madeleine.

— Je suis sérieux, rectifia Jon. Comment allez-vous tenir tous les trois dans ce lit ? (Il traversa la chambre.) Avez-vous regardé dans le placard ?

Jon en ouvrit la porte et jeta un coup d'œil à l'intérieur.

— Aha ! s'exclama-t-il en sortant un lit pliant qu'il installa. Hols pourra dormir là, pas vrai, Hols ?

— Bien sûr, marmonna ce dernier sans enthousiasme.

— Ce sera comme en colonie de vacances, l'encouragea Jon.

— Je déteste les colonies, ronchonna Madeleine.

Holland regarda le lit de camp.

— Et ce truc ne soutient pas le dos.

— Peux-tu le supporter une nuit ? lui demanda Jon. Demain, nous trouverons une ville et achèterons ce dont nous avons besoin.

— Est-ce que tu es sûr que Cousin Charles nous laissera faire ? intervint Madeleine.

— Quoi ?

— Il agit comme si nous étions en cavale.

— En cavale ? Où as-tu entendu cette expression ? voulut savoir Jon.

Madeleine ignora sa question.

— Tu remarques qu'il ne nous a pas dit ce qui se passait.

— Il était pressé. Il vous le dira quand il rentrera.

— C'est très mystérieux, si vous voulez mon avis.

— Tu te laisses emporter par ton imagination, dit Jon.

— Comment le sais-tu ? répliqua Madeleine.

— Elle a raison, confirma Holland. Tu n'en sais pas plus que nous, n'est-ce pas ?

— Non, mais je suis presque sûr que nous ne sommes pas surveillés par satellite par des agents louches du gouvernement.

— Moi aussi, dit Holland avec une touche de regret. Mais qu'en est-il de la Pègre ?

— La Pègre ?

— Vous savez, la Mafia. Le crime organisé.

— Oui, j'ai entendu parler d'eux. Qu'ont-ils à voir avec nous ?

— Cousin Charles fait des affaires avec des sociétés d'import/export. Tout le monde sait que les revendeurs d'héroïne cherchent toujours des commerces légitimes à utiliser comme mules ou pour blanchir leur argent.

Jon secoua la tête.

— C'est seulement dans les films.

— Tu es si naïf, commenta Madeleine.

— Tu as probablement raison là-dessus, confirma Jon. Mais je doute que des gangsters soient après nous.

Ils entendirent le bruit de la voiture qui revenait, et Jon chassa tout le monde dehors pour aider à porter les provisions. Il fut atterré de découvrir que Charles avait acheté plusieurs boîtes de céréales sucrées, du lait, un pack de bières et des pizzas congelées.

— Ce n'est que pour ce soir et demain matin, dit Charles. Vous pourrez aller en ville et faire vos courses habituelles. Voyons s'ils ont remis le jus.

Ce soir-là, ils mangèrent de la pizza arrosée de lait et des sodas qu'ils avaient achetés à la dernière station essence. Les enfants allèrent au lit quand Charles fut fatigué de leurs plaintes. Jon rangea les assiettes en carton et les bouteilles en plastique puis vint s'asseoir à table pour boire une bière avec Charles.

— Nous devons parler des lits, dit Jon. Il n'en reste qu'un.

— Il n'est pas assez grand pour deux personnes ?

— Je suppose que si.

— Écoutez, si vous n'êtes pas à l'aise à l'idée de partager un lit avec moi, vous pouvez prendre le canapé. Je n'abandonne pas le lit juste parce que vous êtes timide.

— C'est raisonnable. Ça ne me dérange pas de partager.

— En avons-nous fini avec ce sujet ?

Jon hocha la tête.

— Bonne nuit, dit-il en se levant. Vous pourrez me dire pourquoi nous sommes là demain matin.

— Bonne nuit.

Jon s'attarda un instant, mais Charles n'ajoutant rien, il jeta sa bouteille de bière, se brossa les dents et se mit au lit habillé de son tee-shirt et ses sous-vêtements. Avec un effort de pure volonté, il s'endormit avant que Charles ne se couche.

LE temps que Charles se lève, Jon avait déjà pris son petit-déjeuner ainsi que les enfants. Pendant que Charles mangeait un bol de céréales aux couleurs de l'arc-en-ciel, Jon lui versa une tasse de café et fit la vaisselle du petit-déjeuner.

— Je prévois de faire de sérieuses provisions ce matin, dit Jon.

— N'utilisez pas votre carte de crédit, d'accord ?

— Si je ne peux pas utiliser de carte de crédit, je vais avoir besoin de plus d'argent que je n'en ai, dit Jon.

Charles leva les yeux.

— Combien ?

— Nous avons besoin de provisions et j'aimerais acheter un lit pour Hols.

— Combien ? répéta Charles.

— Au moins cinq cents, par sécurité.

Charles prit une enveloppe kraft dans la poche de son pantalon et compta cinq billets de cent dollars provenant d'une grosse liasse. Il tendit l'argent à Jon.

— Vous êtes sûr que ça suffira ? demanda-t-il.

— À moins que les prix ne soient radicalement différents ici, cela nous fournira ce dont nous avons besoin, répondit Jon en soulevant la liasse de billets. Puis-je avoir les clés de la voiture ?

Charles les lui donna.

— La ville est facile à trouver, restez juste sur la route principale et vous y arriverez directement. Vous ne devriez avoir aucun problème à trouver les magasins, dit-il en tendant un autre billet de cent. Remplissez le réservoir pendant que vous y serez.

— Bien sûr. Quelle est la durée du trajet ?

— Un peu plus de vingt minutes.

— Alors je vous verrai dans deux heures. Ne laissez pas les enfants vous épuiser.

Charles avait déjà reporté son attention sur les papiers posés sur le bureau, donc Jon s'en alla sans un mot. Comme Charles l'avait dit, le trajet prit un peu plus de vingt minutes. Une seconde, les deux côtés de la route étaient bordés d'arbres, puis la ville de Milford apparut comme par magie. De chaque côté se trouvaient des commerces et des petites rues qui menaient à des quartiers résidentiels.

Jon gara la Land Rover dans le parking du Cascades Diner et entra à l'intérieur. Il commanda du thé à emporter puis regarda le tableau d'affichage en liège près de la caisse. Dans le coin inférieur se trouvait une affichette bleue annonçant une vente pour cause de déménagement. Quand la serveuse revint avec le gobelet à emporter, il lui demanda comment se rendre à cette adresse. Jon trouva la maison et paya cent-cinquante dollars pour un ensemble de lits superposés et des matelas pas trop endommagés. Les anciens propriétaires furent heureux de l'aider à charger les composants dans le SUV et Jon leur fit au revoir de la main en partant pour trouver la supérette.

La supérette locale était une propriété indépendante. Jon regarda par les portes vitrées, mais la dépassa pour continuer sa visite du quartier commerçant. Il vit la laverie automatique et une quincaillerie avant d'avoir épuisé les possibilités du côté nord de la route. Il traversa la rue et descendit l'autre côté en passant devant une friperie, un magasin à un dollar, un magasin de loisirs créatifs de tissu et un magasin de pêche. Quand il rejoignit le bout du pâté de maisons, il regarda à gauche et remarqua une deuxième lignée de commerces qui faisaient face à la station essence et à des terrains vides sur le côté ouest. Il n'y avait que deux voitures garées devant les magasins.

Jon aimait l'apparence de la file de bâtiments à bardeaux blancs, roses et vert mousse avec des sentiers en briques menant aux portes. Chaque commerce était identifié par un panneau en bois dans sa cour de la taille d'un timbre-poste. Le premier était un magasin de ventes, de locations et de réparations de vélos. Le second vendait des antiquités, le suivant était un restaurant italien appelé *Chez Luigi*, incluant des nappes à carreaux rouges et blancs et des bougies dans des bouteilles de Chianti. Lorsque Jon dépassa le commerce suivant, la porte s'ouvrit, une clochette tinta et un homme en sortit en hâte avec un sac en papier dans le creux du bras. Jon s'arrêta pour éviter de percuter l'homme, qui fonça sans un mot et monta dans sa voiture. Un coup d'œil par la vitrine révéla des rayons remplis de bouteilles. Il dépassa la boutique d'alcools, et son visage s'illumina quand il lut la pancarte devant le bâtiment au coin de la rue. *Mercerie, Boucherie et Primeur de Martin.* Cela semblait être exactement l'endroit dont il avait besoin.

Jon ouvrit la porte et entra dans un espace ouvert avec un plafond haut et plusieurs fenêtres à claire-voie. La lumière était filtrée pour illuminer doucement les marchandises à vendre. Il appréciait le sol en bois et la verdure dans des paniers suspendus. Le son de l'eau qui coulait et l'occasionnel chant d'oiseau venait des haut-parleurs cachés parmi les plantes. Il trouva un chariot et avança vers les vitrines à l'arrière. Il s'arrêta de temps en temps pour regarder un prix ou mettre un objet dans le chariot, mais son objectif principal était le rayon des viandes. Des aliments de base comme du riz, des céréales et du sucre pourraient être achetés à la grande supérette, mais pour les légumes frais et la viande, *Martin* semblait être le meilleur choix. Les prix étaient un peu plus élevés, mais il s'attendait à payer pour la qualité, et il ne ferait pas le gros de ses courses ici.

— Puis-je vous aider ? demanda la femme qui regardait par-dessus une vitrine.

— J'aimerais ce rôti de deux kilos, dit Jon en pointant du doigt sans toucher le verre. Et cette poule.

— Que diriez-vous d'en prendre une farcie ? C'est juste deux dollars de plus.

— Faites-vous la farce vous-même ?

— Non, c'est un de mes petits-fils qui la fait, dit-elle en souriant. Mais il utilise ma recette spéciale.

— Pensez-vous que des enfants l'aimeraient ? J'en ai trois à nourrir.

— Ne leur dites pas qu'il y a quoi que ce soit de différent, et ils la mangeront.

— Vendu. Je vais prendre la poule farcie. Avez-vous du bacon ?

— Je vais vous en couper. Et pendant ce temps-là, faites un tour. Qu'est-ce que vous en dites ?

— Ça m'a l'air super. Merci.

Jon fit le tour du magasin et prit de la salade, des légumes et des fruits avant de retourner au rayon boucherie.

— Tout est prêt pour vous.

La dame lui tendit un paquet enveloppé dans du papier de boucher. Elle lui donna également un récipient à couvercle qui semblait contenir du bœuf en tranches fines.

— Qu'est-ce que c'est ? demanda Jon.

— C'est mon bœuf séché fait maison. Goûtez-le. La prochaine fois que vous viendrez, vous en achèterez.

— Merci. C'est vraiment gentil à vous.

— Quelqu'un de votre âge avec trois enfants à nourrir a besoin de toute l'aide qu'il peut trouver. Je suis Miriam Martin, et j'ai élevé quatre fils, donc je sais ce que c'est.

— Je suis Jonathan Lamb. C'est incroyable la quantité qu'une petite personne peut manger.

— C'est bien vrai, dit Miriam en souriant. C'est un superbe panier que vous avez là.

Jon souleva son panier à provisions pour qu'elle puisse mieux le voir.

— Ça s'appelle un sac à dos Adirondack. Je l'ai tissé avec des joncs plats. Les sangles sont en cuir. Je les ai achetées.

— Vous l'avez fait vous-même ?

— Oui, m'dame.

— J'allais vous demander où vous l'aviez acheté.

Elle marqua une pause pendant qu'elle regardait à nouveau le panier.

— Un truc comme ça se vendrait bien, ici.

— Sérieusement ?

Miriam hocha la tête.

— Bien sûr. Je pourrais en vendre quelques-uns ici, mais ma copine de couture pourrait vendre tous ceux que vous pourrez créer dans son magasin général. Elle n'a en stock que du fait maison : des courtes-pointes, des trucs de cuisine, des petits placards, et autres.

— Ça pourrait m'intéresser de faire ça.

— Je passerai un coup de fil à Selena.

— Tenez, dit Jon en soulevant le panier au-dessus du comptoir. C'est pour qu'elle puisse le voir.

— Inutile. Nous sommes de vieilles amies. Si je lui dis que c'est quelque chose qu'il faut absolument qu'elle vende à l'*Emporium*, elle me croira.

— Merci. Je vois que vous êtes une dame qui sait ce qu'elle veut. Vous me rappelez mon amie Sœur Grace, dit Jon en souriant. Vous avez probablement deviné que je suis nouveau en ville.

— Je le devine, car je connais pratiquement tout le monde par ici. Bienvenue dans notre ville.

— Merci. J'apprécie votre aide, madame.

— Vous avez de très belles manières. Allez-y maintenant avant que je ne vous fasse cadeau du magasin. Les deux caisses sont à l'avant. S'il n'y a personne, sonnez la cloche.

Jon lui dit au revoir et s'y dirigea.

— Bonjour. Vous avez trouvé tout ce que vous cherchiez ? demanda l'homme derrière la caisse.

— Oui. Merci.

Jon essaya de ne pas le regarder fixement lorsqu'il déchargea le panier sur le tapis roulant, mais cet homme avait le corps de Bruce Lee et le charme à la peau dorée d'un surfeur.

Quand le caissier ramassa le récipient de viande séchée sans prix dessus, il émit un petit rire.

— On dirait que ma mère a eu un faible pour vous.

Jon leva les yeux.

— Elle est vraiment gentille.

— Croyez-moi, elle n'est pas aussi gentille avec tout le monde, commenta-t-il en lui tendant la main. Je suis Jake Martin. J'aide dans le magasin avant de retourner au service actif.

— Jon Lamb. La famille pour laquelle je travaille est ici en vacances.

— Sympa, dit Jake en lui souriant, et Jon sentit des papillons dans son bas-ventre. Eh bien, vous avez déjà trouvé le meilleur magasin de la ville. Ne laissez pas Maman vous intimider. Elle pense que personne ne mange assez.

— Moi non plus, dit Jon en l'aidant à mettre les provisions dans des sacs.

Jake se mit à rire et poussa le bouton « Total ».

— Cela fait cent quatre-vingt-neuf dollars quarante-et-un.

Il prit les deux billets de cent que Jon lui tendit, enleva le bouchon d'un stylo et dessina une ligne sur les billets. Après les avoir insérés sous le tiroir-caisse, il rendit la monnaie à Jon.

— Revenez nous voir, dit-il. Et je sais que vous le ferez après avoir goûté ce bœuf séché.

— Comment est le restaurant d'à côté ?

— Étonnamment bon. Ça a l'air médiocre au possible, mais la nourriture est exactement ce qu'on recherche quand on veut de l'italien, si vous voyez ce que je veux dire. Le mercredi soir, c'est un dollar le pichet.

Jake lui adressa un sourire qui n'avait rien de séducteur. C'était juste un mec gentil, pour ce que Jon pouvait en voir. Il se demanda si, une fois qu'il aurait eu des rapports sexuels, il arrêterait de se demander si chaque homme qu'il voyait était gay.

— Merci pour le conseil.

Jon porta les sacs à la Rover et les rangea à l'arrière avant d'aller dans un autre magasin. Il acheta quelques aliments de base et un paquet de taille familiale de papier toilette puis rentra au chalet.

JON porta les premiers sacs à l'intérieur, puis Charles sortit l'aider.

— Qu'est-ce que c'est ? demanda Charles quand il vit les lits superposés démontés.

— Des lits pour la chambre des enfants. Nous devons vraiment optimiser l'espace dedans.

— Je sais que c'est plutôt exigu, mais ce n'est pas pour toujours, commenta Charles en ramassant la moitié des sacs. Je vois que vous avez trouvé *Martin*.

— Oui. C'est agréable de savoir qu'il y a une bonne source de nourriture fraîche jusqu'à ce qu'on puisse en faire pousser nous-même. Nous pourrions avoir quelques poules et…

— Je ne pense pas que la situation nécessite des mesures aussi drastiques.

— Qu'en est-il de cette dernière, justement ? Vous vous rendez bien compte que vous ne nous avez rien dit, à moi ou aux enfants, sur la raison pour laquelle nous sommes ici au milieu de nulle part. Une minute, je crois que nous sortons pour le brunch, et la suivante, vous me dites que nous partons pour un voyage d'une semaine avec les enfants. Je n'ai aucune idée de combien de temps nous resterons ici, et je suis le genre de personne qui aime avoir un plan.

— Vous avez raison. Je vous dois une explication. Je vais vous expliquer, et puis vous expliquerez vous-même aux enfants, ça vous va ?

— Si c'est comme ça que vous voulez le gérer, répliqua Jon en regardant la cuisine autour de lui. Je dois ranger ces affaires. Puis nous discuterons.

Charles regarda dans tous les sacs sans rien en sortir.

— Vous êtes-vous arrêté à la boutique d'alcools ?

— Non. Je n'y ai pas pensé.

— J'aime boire un verre de vin en dînant.

— C'est vrai. Désolé. J'en prendrai la prochaine fois.

— C'est bon. Je vais retourner en ville.

Charles sortit et laissa Jon regarder fixement derrière lui.

Quelques secondes plus tard, Jon entendit le moteur de la voiture. Il évita de trop réfléchir pendant qu'il rangeait les provisions et commençait à préparer le dîner. Quand celui-ci fut prêt, ils attendirent Charles, mais au bout d'une demi-heure, Jon proposa aux enfants de manger avant que tout ne soit complètement froid et à vingt-deux heures, les enfants allèrent au lit. Jon s'assit et lut un livre sur la vie d'Andrew Dingman et sur l'endroit qui portait son nom jusqu'à ce que Charles rentre.

— Je suis désolé si vous étiez inquiet, dit Charles en entrant.

— Juste un peu. Content de voir que vous êtes sain et sauf.

— Je me suis arrêté chez Luigi et j'ai pris deux bières avec Aldo, qui est le propriétaire, puis il a insisté pour que je mange quelque chose et me donne le temps de dessoûler.

— Il a l'air d'un homme intelligent. Il y a des restes, si vous avez encore faim.

— Mon Dieu, non ! Je suis gavé, dit Charles en levant le sac qu'il portait. Prenez un verre avec moi. Je vais vous préparer quelque chose de spécial.

— Je prendrai un verre avec vous si vous me dites ce qui se passe.

— Très bien. Venez dans la cuisine.

CHARLES fit signe à Jon de s'asseoir sur une chaise et posa une rangée de bouteilles sur le plan de travail. Il prit deux verres sur l'égouttoir à vaisselle et les remplit de glace et de plusieurs boissons. Jon accepta un des verres et en avala une gorgée.

— C'est délicieux, commenta-t-il.

— J'ai été surpris de trouver tous les ingrédients dont j'avais besoin.

Jon jeta un coup d'œil aux bouteilles en verre de diverses formes.

— Je parie que ce n'était pas donné.

— Vous allez vraiment me tanner sur la manière dont je dépense mon argent ?

— Si nous avons une quantité limitée de fonds…

— Oui, nous avons une quantité limitée de fonds, en tout cas pour l'instant.

— Si vous me disiez simplement ce qui se passe…

— Le cabinet d'expert-comptable et d'investissement de Macquarrie, *Tatum et Channing*, fait l'objet d'une enquête par le Département du Trésor, et apparemment à juste titre. En tant que leur plus gros client, nous avions le plus d'argent investi chez eux. Tous ces fonds sont gelés pour l'instant. Nous avons dû fermer boutique. Tout l'argent qui n'était pas géré par *Tatum et Channing* a été affecté aux régimes de retraite des employés.

— Qu'est-ce que ça signifie ?

— Concrètement, l'argent que nous avons emporté avec nous est tout ce que nous avons, dit Charles en avalant une longue gorgée. Mais au bout du compte, nos comptes seront débloqués.

— Savez-vous combien de temps cela prend habituellement ?

— Cela pourrait durer des années.

— Ça ne semble pas juste.

— Maintenant, Albert a mis nos avocats dessus. À moins qu'ils ne nous lâchent, dit Charles en vidant son verre puis se levant pour se préparer une autre boisson. Comment est votre Category 5 [6] ?

— Quoi ?

---

6 Cocktail composé de 3cl de rhum blanc, 3cl de rhum épicé, 3cl de rhum ambré, 3cl de liqueur de pêche, 1,5cl de sirop de grenadine, 12cl de jus d'orange, 12cl de jus d'ananas et 1,5cl de mélange sweet and sour.

— Aimez-vous votre boisson ?

— C'est vraiment bon. Y a-t-il de l'ananas dedans ?

— Vous n'êtes pas allergique à l'ananas, n'est-ce pas ?

Jon sourit.

— Non. Et ma boisson est bonne, dit-il, attendant que Charles s'assoie avant de continuer. Avez-vous un plan ?

— Albert était censé me retrouver en ville ce soir. Il ne s'est pas montré.

— J'espère qu'il ne lui est rien arrivé.

— Moi aussi. S'il s'est fait arrêter, on est foutus.

— Pourquoi est-ce qu'Albert se ferait arrêter ?

Charles réfléchit quelques instants avant de répondre.

— OK, le danger, ce n'est pas qu'Albert ou moi puissions nous faire arrêter. La vérité c'est… (Il soupira.) Albert m'a dit qu'il a emprunté une très grosse somme d'argent à un businessman qui s'est avéré être un membre d'une organisation qui…

— Incroyable. Holland avait raison. Nous nous cachons de la Mafia.

— Je ne sais pas s'ils sont de la Mafia ou pas, mais Albert m'a dit de fuir, ce qui signifie que ces gens vont nous demander davantage que des taux d'intérêts élevés.

— Ne devrions-nous pas le dire à la police ?

— Ils savent déjà tout ce qu'il y a à savoir sur cette affaire.

— Donc… nous nous cachons jusqu'à… quand ?

— Je ne sais pas.

Jon prit une profonde inspiration.

— J'espère que vous savez que je serai là jusqu'à la fin, ou aussi longtemps que vous aurez besoin de moi pour m'occuper de Mads, Hols et Jule.

— Merci, dit Charles en refoulant ses larmes. J… J'apprécie plus que vous ne le pensez.

Jon hésita puis tendit le bras par-dessus la table pour poser sa main sur celle de Charles.

— Nous nous en sortirons, le rassura-t-il.

— Si seulement Albert pouvait appeler…

Charles retourna sa main et serra les doigts de Jon.

— Sœur Grace a dit qu'attendre est une des choses les plus difficiles que nous faisons dans la vie. Nos esprits et nos corps veulent que nous allions de l'avant, et quand nous sommes forcés de nous arrêter et d'attendre, nous pouvons difficilement le supporter. Tout ce que nous pouvons vraiment faire, c'est apprendre à être patients.

— Ce n'est pas une de mes vertus.

— C'est une des choses vraiment géniales avec la vertu. Vous n'avez pas à naître avec. Vous pouvez l'apprendre par la pratique.

— Est-ce que c'est Sœur Grace qui vous a dit ça aussi ?

Jon hocha la tête.

— C'est ce que je pensais. Je commence à reconnaître son style.

— C'est une femme merveilleuse et incroyable. Sans elle, je ne serais probablement pas en vie.

— Parfois, j'oublie que vous avez été élevé par des nonnes. Vous n'êtes pas particulièrement religieux.

— J'ai la foi, dit Jon. Je n'en parle pas, c'est tout.

— OK. Voudriez-vous un autre verre ?

— Non, merci.

— Tout va bien entre nous ?

Jon hocha la tête.

— Comme je l'ai dit, je m'occuperai de ces enfants jusqu'à ce qu'ils n'aient plus besoin de moi. Je vais aller les voir, puis me coucher.

— Je pense que je vais rester encore debout un moment. Bonne nuit, Jon.

Jon laissa Charles dans la cuisine et se mit au lit. Il allait devoir faire quelque chose pour leur couchage. Passer la nuit dans le même lit que Charles était une torture. Celui-ci était agité, et Jon ne pouvait pas s'empêcher de réagir quand Charles se lovait accidentellement contre lui dans son sommeil. Il était sûr que Charles comprendrait quand il lui expliquerait pourquoi il devait dormir sur le canapé. Maintenant, tout ce qu'il devait faire, c'était trouver le courage de lui en parler.

JON se réveilla à six heures comme d'habitude et retira prudemment le drap. Alors qu'il était sur le point de sortir en douceur du lit, Charles lui dit :

— Vous pouvez faire du bruit. Je suis réveillé.

— Désolé si je vous ai réveillé.

— Ce n'est pas le cas. Je n'ai pas pu m'endormir.

— Vous êtes resté réveillé toute la nuit ?

— Je ne pouvais arrêter de penser à ce qui pourrait se passer si Albert ne se montre pas.

— Nous allons nous en sortir. Je m'en suis déjà tiré avec beaucoup moins que ce que nous avons actuellement.

— J'ai promis de prendre soin de ces enfants. Ils sont habitués à une très bonne vie. Comment puis-je les laisser vivre comme… ?

— Comme quoi ?

— Peu importe. Je vous retiens probablement.

— Pas de problème. Je suppose que votre routine vous manque.

— Je ne supporte pas de n'avoir rien à faire.

— Voulez-vous que je vous donne des corvées ?

Charles sourit.

— Nous pourrions essayer.

— Eh bien… je vais me lever maintenant. C'est un peu bizarre d'être couché là et de vous parler.

Jon se redressa et balança ses pieds sur le sol.

— Je ne voulais pas que vous vous sentiez mal à l'aise. Pourquoi ai-je l'impression d'être incapable d'agir comme il faut quand je suis près de vous ?

— Quoi ?

Jon le regarda par-dessus son épaule.

— Je suis habitué à avoir le contrôle sur tout, si vous voyez ce que je veux dire. Mais quand je suis près de vous… je ne sais pas comment le décrire. C'est comme si j'étais de nouveau un stupide petit garçon sans aucun savoir-vivre.

— Je n'ai rien remarqué de ce genre.

Jon se leva et alla vers la porte de la chambre.

— Juste une seconde, dit Charles. Est-ce que vous vous sentez bizarre d'être au lit avec moi parce que je vous attire ?

— Mon Dieu, je ne crois pas que cette conversation pourrait être encore plus embarrassante que maintenant.

— Soyez juste honnête. Je commence. Je suis attiré par vous. J'ai même eu quelques fantasmes où je baisais avec vous.

Jon déglutit.

— Je dois aller à la salle de bain.

— Répondez-moi d'abord.

— Bien sûr que je suis attiré par vous. Je le suis depuis que nous nous sommes rencontrés. Même avant que nous nous rencontrions, je m'intéressais à vous.

— Alors pourquoi vous ne revenez pas au lit ?

— Je ne sais pas, répondit Jon. Je sais juste qu'il ne faut pas le faire.

— C'est vous qui décidez, dit Charles comme s'il s'en moquait, que ce soit dans un sens ou dans l'autre.

— Je dois y aller.

Jon mit un jean et quitta la pièce. Il ne voulait pas que Charles voie qu'il était blessé. Il était encore sous le choc du bouleversement de leurs vies, mais il était déterminé à rendre les choses aussi normales que possible pour les enfants. Ce n'était pas le moment d'être émotif. Il devait se ressaisir et faire son travail.

JON prépara le petit-déjeuner et réveilla les enfants. Après qu'ils eurent mangé, il leur dit de s'habiller pour une randonnée. Ils détalèrent et Jon alla parler à Charles de leur excursion. Holland était enthousiaste d'explorer la vie des insectes locaux, et une longue marche à l'extérieur était un bon moyen d'occuper des jeunes esprits aiguisés.

Jon ouvrit doucement la porte de la chambre au cas où Charles se serait endormi, mais la pièce était vide. La valise de Charles avait disparu du coin, et un oreiller manquait sur le lit. Jon ferma la porte et se dirigea vers la salle de séjour. Il trouva l'oreiller au-dessus d'une courtepointe pliée sur le canapé. Au bout, se trouvaient les sacs de Charles. Le reste de ses affaires étaient empilées sur le bureau dans le coin de la pièce.

La porte de la salle de bain s'ouvrit et Charles en sortit.

— Bien, dit-il quand il vit Jon. Je serai parti pendant une bonne partie de la journée. Nous n'avons pas de Wi-Fi, mais nous avons le téléphone, donc vous pouvez m'appeler si vous avez une urgence.

Charles s'en alla et ne revint qu'à presque vingt-trois heures ce soir-là. Jon était au lit, fatigué après une journée de randonnée avec les enfants, mais il l'entendit entrer. Il pouvait dire, à la démarche hésitante de Charles, que ce dernier avait bu. Il songea que ce n'étaient pas ses affaires. Comme Charles, il avait fait la promesse de s'occuper de Madeleine, Holland et Juliana, et c'était ce qu'il allait faire.

Cela devint une routine, tandis que les jours défilaient, devenant une semaine sans toujours aucune nouvelle d'Albert. Lors du dixième jour, il devint évident pour Madeleine qu'elle n'irait pas à la fête d'Hillarie.

— Je suis désolé, dit Jon. J'aimerais pouvoir arranger ça, mais je ne peux pas.

— Nous pourrions prendre la voiture, suggéra Madeleine. Il n'est que dix heures. Nous pourrions y arriver avant que la fête ne soit finie.

— Seulement si je conduis comme un fou. S'il te plaît, arrête de me le demander.

— Ce n'est pas juste.

— Je sais. Je comprends vraiment, mais il n'y a rien que nous puissions y faire.

— Arrête de dire ça ! cria Madeleine.

— Vas-y, crie si tu en as besoin. Parfois, ça aide. Mais tu dois renoncer à l'idée que tu vas aller à Manhattan aujourd'hui.

— Non ! hurla Madeleine. Non. J'attendais cette fête depuis Noël ! Ce n'est pas juste ! Pourquoi suis-je obligée d'être coincée au milieu de nulle part ?

Charles entra dans la cuisine et fixa Madeleine et Jon.

— Que diable se passe-t-il ici ?

— C'est ta faute ! lui cria Madeleine.

— Premièrement, baisse d'un ton, cingla Charles d'une voix dure. J'ai un terrible mal de tête. Deuxièmement, je ne veux jamais t'entendre réutiliser ce ton avec un adulte, ou qui que ce soit d'ailleurs. Troisièmement...

Il marqua une pause et se pinça l'arête du nez entre son pouce et l'index.

— Troisièmement, ça me fatigue que tu fasses ton numéro. Jon t'a parlé de la situation, et elle nous affecte tous, pas seulement toi. Il est important pour tout le monde de faire de son mieux pour s'entendre.

Madeleine regarda Charles fixement avec la bouche ouverte pendant quelques secondes.

— Si tu n'as rien de plus à me dire, alors j'en ai fini avec toi, conclut-elle.

Elle tourna les talons et sortit de la pièce en boudant.

— Madeleine, appela Jon.

— Laissez-la partir, dit Charles. Si elle veut être une morveuse, elle peut sacrément bien le faire là où elle ne dérangera personne d'autre.

Jon cligna des yeux.

— Donc le problème, ici, c'est que Mads vous a réveillé ?

— Ce serait bien si vous pouviez garder les enfants silencieux quand j'ai mal à la tête.

— Vous avez mal à la tête parce que vous avez la gueule de bois.

— Vous excellez à expliquer l'évidence. Maintenant, si vous voulez m'excuser, je dois me recoucher.

— Madeleine est une jeune fille très contrariée, et vous êtes entré et l'avez intimidée. Il aurait fallu la laisser extérioriser sa colère, puis elle aurait entendu raison toute seule. Maintenant, elle va bouder.

— Accepter que nous ne pouvons pas toujours obtenir ce que nous voulons, c'est aussi ça grandir.

— Je suis d'accord, mais elle a douze ans et sa vie vient d'être bouleversée. Elle cherche de la stabilité. Vous la réprimandez pour avoir brisé des règles que vous n'avez pas encore établies.

— Vous êtes le nounou, pas leur mère.

Le silence régna pendant plusieurs secondes, puis Jon parla.

— Vous devriez aller vous étendre. Je vais sortir acheter quelques trucs pour rendre le dîner spécial pour Mads ce soir.

— Bien.

Charles alla jusqu'à la porte de la cuisine.

— Attendez, l'interpella Jon en attrapant une bouteille d'eau dans le frigo pour la mettre dans la main de Charles. Prenez des comprimés d'aspirine dans la salle de bain et avalez-les avec ça. Buvez tout.

— Après ce que j'ai dit, vous…

— Je ne vais pas cesser de tenir à vous juste parce que vous vous comportez temporairement comme un trou du cul.

Charles s'éloigna à pas lourds, et Jon alla dire aux enfants qu'il allait rapidement faire un tour en ville.

JON réprima une explosion d'agacement lorsqu'il trébucha sur une brique irrégulière du sentier. Ce n'était pas la faute de la brique. C'était sa faute pour ne pas avoir nivelé l'allée. Il allait devoir trouver le temps de le faire. Et il devait commencer le jardin. Les produits frais n'étaient pas donnés.

— Les enfants, appela Jon en entrant par la porte de devant.

Personne ne répondit lorsqu'il traversa la petite salle de séjour vers la cuisine. Son cœur s'arrêta brusquement puis commença à battre deux fois plus vite quand il vit quelqu'un assis à table.

— J'ai failli avoir une attaque, s'écria-t-il.

Charles vida le verre qu'il tenait et tendit la main vers la bouteille de vodka pour s'en verser un autre.

— Je ne m'attendais pas à vous voir ici, dit Jon en rangeant les légumes.

— Je vis ici.

Jon regarda sur le côté de la porte du réfrigérateur et croisa le regard de Charles.

— Combien avez-vous bu ?

— Presque tout.

— Une bouteille entière de vodka ?

— Non, toute la vodka du monde.

Charles s'envoya un autre shot.

— Où sont les enfants ?

— Derrière. Ils vont bien.

— Y a-t-il une raison pour laquelle vous êtes saoul au milieu de la journée alors que vous êtes censé vous occuper des enfants ? Avez-vous oublié à quel point vous aviez la gueule de bois ce matin ?

Charles changea de sujet.

— Albert n'a jamais été en retard à un rendez-vous de sa vie. Il n'est pas en retard pour n'importe quelle bonne raison. Il a été arrêté ou…

Sa voix s'éteignit brièvement.

— Ou il est dans le coup, termina-t-il.

— Je ne le crois pas.

— Bien sûr, parce que vous avez appris à tellement bien le connaître en deux mois.

Jon pâlit devant la froideur de la remarque de Charles.

— Je vais aller voir comment vont les enfants.

Il réussit à partir sans rien dire d'autre sur l'état d'ébriété de Charles. Jon ouvrit la porte de derrière, et comme toujours, son humeur s'améliora quand il vit les enfants. Juliana et Holland creusaient dans le jardin pendant que Madeleine les supervisait. Tous trois étaient crasseux et pieds nus, mais Jon ne les réprimanda pas quand il les rejoignit.

— Hé, pourquoi on ne prendrait pas les outils dans la remise pour creuser vraiment ? dit-il.

— Pourquoi ? demanda Madeleine, fidèle à elle-même.

— Vous voulez un jardin, oui ou non ? rétorqua Jon.

— Oui ! dit Juliana en serrant la jambe de Jon de ses mains crasseuses.

— Hols ? dit Jon. Que dirais-tu de faire pousser de la nourriture ?

— Théoriquement, je sais que c'est possible, dit Holland. Mais je ne suis pas sûr que nous ayons les compétences.

— Je vais vous apprendre, dit Jon. À la maison, je faisais pousser des tomates, du maïs, de la laitue, ce que vous voulez.

— Des kumquats, dit Holland aussitôt.

Jon sourit.

— Tu m'as eu là, sourit-il. Je n'ai jamais fait pousser de kumquats. Venez. Allons chercher la bêche et la binette et commençons. Madeleine ?

— Bien sûr, dit-elle en poussant un profond soupir. Tout est mieux que de regarder Cousin Charles bouder.

— Amen, approuva Jon avec conviction, et il fut content de la voir sourire. Hé, je sais que les choses sont dures en ce moment, mais ça ne sera pas toujours aussi pénible.

— Tu promets ? pépia Juliana.

— Je te le promets.

Jon et les enfants travaillèrent la terre pendant près d'une heure. Ils étaient en sueur et sales, mais le sol du terrain était retourné et la plupart des cailloux et des mauvaises herbes avaient disparu.

— Allons nous laver, puis j'irai préparer le dîner, annonça Jon. Utilisez le jet avant d'aller dans la maison, d'accord ?

— Bien sûr, répliqua Madeleine. Nous ne sommes pas stupides.

— Non, c'est vrai, confirma Jon. Loin de là. Je n'avais pas l'intention de vous traiter comme des bébés. C'est juste une habitude.

— Et elle est juste susceptible, intervint Holland en donnant un petit coup à sa grande sœur.

— Arrête ça ! s'écria Madeleine. Tu n'es qu'un morveux !

— Allons, dit Jon. Je vais ranger les outils pendant que vous prendrez vos douches. Madeleine, veux-tu aider Jule, s'il te plaît ?

— Puisque je n'ai pas le choix.

Madeleine prit la main de sa petite sœur et montra le chemin vers le tuyau d'eau.

Jon rangea les outils, se lava à l'évier de la remise et entra dans la cuisine. Il fut content de voir que Charles n'était plus là, mais se sentit légèrement coupable. Repoussant ses pensées négatives, il coupa des tomates, de l'oignon et de l'ail et commença la sauce à spaghetti. Le temps que les enfants reviennent, les pâtes étaient prêtes. Il les déversa dans la passoire posée dans l'évier et laissa la vapeur ondoyer autour de sa tête.

— Tu veux que je fasse du pain à l'ail ? demanda Madeleine.

— Ce serait génial, dit Jon en allumant le four.

Sans qu'on le leur demande, Holland et Juliana préparèrent une salade composée et mirent la table. Jon sourit devant l'odeur du pain chaud et de l'ail grillé qui emplissait la cuisine. Ce n'était pas si mal de vivre ici, et il allait faire tout ce qu'il pouvait pour améliorer encore la situation. Il aurait juste souhaité avoir plus d'aide. Il se rappela l'expression vulgaire de Sœur Grace : *Souhaiter l'impossible, c'est comme pisser dans un violon.* Il fit une rapide prière pour elle et continua.

LE jour suivant, Jon s'en alla en ville chercher du matériel de jardinage. Il remplit deux chariots à la Quincaillerie de Thomas, paya ses achats et retourna à la voiture. Quand il ouvrit l'arrière et se pencha pour poser les sacs contre le siège il entendit quelqu'un dire derrière lui :

— Joli cul.

— Seigneur !

Jon sursauta, se cogna la tête et se retourna.

Bunny Langford lui souriait depuis le trottoir.

— D'où venez-vous ?

— De la ville, bien sûr, s'amusa Bunny. J'ai eu un mal de chien à vous retrouver.

— Avez-vous vu Charles ?

Bunny secoua la tête.

— Je traversais la ville en voiture en chemin vers le chalet quand je vous ai aperçu derrière la vitrine du magasin.

— Charles ne sera pas heureux de vous voir, dit Jon brutalement.

— Je sais. Et vous ?

— Pardon ?

— Êtes-vous heureux de me voir ?

Jon sourit.

— Maintenant que vous le dites, oui, je le suis. C'est agréable de voir quelqu'un… d'avant. (Son sourire disparut.) Cela ne fait que deux semaines, mais on dirait une autre vie.

— Ça n'a pas été facile de vous trouver. J'ai cherché partout où j'ai pu penser, et finalement, je me suis souvenu de ce chalet. Je suis venu ici avec Charles un été quand nous étions en première année au lycée privé.

— Est-ce que vous en avez parlé à quelqu'un ?

— Non.

— Avez-vous parlé à Albert ?

— Personne n'a parlé à Albert. Il a pris la poudre d'escampette en même temps que vous.

— Charles est mort d'inquiétude pour lui.

— J'aimerais avoir de bonnes nouvelles, mais c'est juste pour m'assurer que tout le monde va bien que je suis ici. Je suis plutôt fâché que Charles ne soit pas venu à moi pour que je l'aide, mais je comprends pourquoi il ne l'a pas fait. Et il me manque.

— Venez. Vous n'avez qu'à me suivre.

Jon termina de mettre le matériel dans le SUV pendant que Bunny montait dans sa voiture. Quand il sortit du petit parking, Bunny le suivit. Ils s'arrêtèrent devant le chalet alors que Juliana arrivait au coin,

poursuivie par Holland. La petite fille avait de la boue
jusqu'aux sourcils et gloussa quand son frère l'attrapa
et la souleva dans ses bras.

— Tu vas prendre un bain, dit Holland fermement
alors que Jon et Bunny sortaient de leurs voitures.

— Que s'est-il passé ? demanda Jon.

— Nous avons travaillé dans le jardin, répondit
Holland comme si cela expliquait tout. Madeleine est
en train de remplir la grande cuve dans la laverie pour
pouvoir la laver.

— D'accord, allez-y, dit Jon.

— Bonjour, M. Langford, ajouta Holland avant de
porter Juliana jusqu'au chalet.

Bunny agita la main puis alla aider Jon. Celui-ci
ayant déjà les sacs en main, Bunny se contenta donc de
fermer la portière du SUV et d'ouvrir la porte du chalet.

— Enfin, s'écria Charles lorsque Jon entra. Qu'est-
ce qui vous a pris aussi… ? (Il s'arrêta au milieu de sa
phrase quand il vit Bunny.) Que diable fais-tu ici ?

— Content de te voir aussi. Je voulais voir si tu
avais besoin d'aide, voilà ce que diable je fais ici.

— Asseyez-vous, indiqua Jon à Bunny. Voulez-
vous boire quelque chose ? De l'eau ? De la limonade ?
Du thé ?

— Il peut prendre un verre avec moi, dit Charles.

— Bien. Je vais ranger tout ça.

Jon sortit par l'arrière et se dirigea vers la
buanderie.

Charles prit une bouteille de vodka dans un tiroir
et l'offrit à Bunny.

— Tu veux un verre ?

— Non, ça va.

Bunny but une gorgée et lui rendit la bouteille.

— Où diable est Albert ?

— Je vais commencer par le début, si ça ne te dérange pas. Et au fait, je suis extrêmement énervé que tu ne m'aies pas appelé pour t'aider.

— Ce n'était pas à toi de nettoyer cette pagaille.

— C'est une très mauvaise réponse.

— Albert ? l'encouragea Charles.

— Le jour de ton départ, je suis allé à ton appartement parce que tu ne répondais pas au téléphone. Albert était là et m'a appris la mauvaise nouvelle au sujet de la société. Il a essayé de me convaincre que tu avais dû fuir pour ne pas avoir à faire face aux conséquences. Quand je l'ai traité de menteur, il m'a fait toute une histoire à propos de Mafiosi et s'est envolé. Je ne l'ai pas revu depuis, et personne d'autre non plus. C'est le chaos à Macquarrie avec personne pour diriger. Donc… c'est quoi ce bordel, Pinky ?

— Je ne pouvais pas y faire face, Bun. Pas aux conséquences, mais à la honte.

— Quelle honte ? C'est *Tatum et Channing* qui ont détourné l'argent, pas toi.

— J'aurais dû être plus… vigilant.

— Ils étaient tes comptables séquestres. Tu étais censé pouvoir leur faire confiance et les laisser être vigilants pour toi.

— Je ne suis pas sûr de pouvoir faire confiance à qui que ce soit. Quand Albert ne s'est pas montré, j'ai commencé à penser qu'il était dans le coup.

Bunny s'éclaircit la voix.

— Tu as peut-être raison. Comme je l'ai dit, il a disparu sans laisser de trace.

— Merde !

— Oui, ça se présente mal. Les avocats de *Tatum et Channing* essaient de prouver que c'est Albert qui a orchestré toute l'affaire.

Bunny marqua une pause.

— Je ne voulais pas te le dire, mais je pense toujours qu'il vaut mieux savoir que ne pas savoir. D'après le Département du Trésor, trente millions de dollars du fonds de pension ont disparu en même temps que lui.

— Seigneur !

— Je sais. C'est un énorme choc.

— Je ne peux pas le croire ! Il est assez intelligent pour le faire, mais je ne veux pas le croire. Je l'ai traité comme un petit frère.

— Je sais. Et j'ai toujours pensé qu'il t'appréciait sincèrement.

— Nous pourrions ne jamais le découvrir.

Bunny fut frappé par l'amertume dans la voix de Charles.

— Comment vas-tu ? demanda-t-il. Et s'il te plaît, ne m'insulte pas en mentant.

— On se débrouille. Albert avait mis de côté des fonds pour une urgence, et nous vivons avec ça.

— Mais ça ne durera pas toujours.

— Je sais ce que tu vas dire, alors ce n'est pas la peine. Je ne veux pas d'argent de ta part.

— Pourquoi pas, bon sang ?

— Laisse-moi garder une bribe de fierté, d'accord ?

— Et les enfants ?

— Va te faire voir, Bunny, ronchonna Charles en prenant une longue gorgée au goulot de la bouteille. Très bien, tu gagnes. Si j'ai besoin d'argent pour les enfants, je t'appellerai.

— Était-ce vraiment si dur ?

— Tais-toi. Tu veux un autre verre ?

— Non, merci. Je conduis.

— Bien, tu peux me regarder boire.

— Je n'en ai pas envie, répliqua Bunny en se levant. Tu as une sale gueule, Charles.

— Va te faire foutre.

— Seigneur, ressaisis-toi, mec.

Charles leva à nouveau la bouteille et la porta à ses lèvres.

— Occupe-toi de tes affaires.

Il tourna la tête pour regarder par la fenêtre.

— J'y vais, mais je reviendrai. Sérieusement, Pinky, lève ton cul et fais quelque chose pour ces conneries. Le Charles que je connais ne chercherait pas refuge dans une bouteille. Il se battrait.

— Va-t'en.

Bunny le laissa seul et suivit les bruits d'éclaboussures, les cris et les gloussements vers la remise derrière le chalet. Il regarda par la porte ouverte et vit un lave-linge séchant et une grande bassine blanche pleine d'eau savonneuse et une petite fille. Jon et Madeleine faisaient de leur mieux pour laver Juliana, mais elle était aussi vive et glissante qu'une otarie. Cela aurait pu être une situation suprêmement ennuyeuse sans les éclats de rire ravis de Juliana.

— Je pense que c'est la môme qui gagne, indiqua Bunny à Holland, qui se tenait à bonne distance. Ils sont aussi mouillés qu'elle.

Holland se mit à rire lorsque de la mousse vola dans les airs pour heurter la joue de Bunny.

— Vous feriez bien de faire attention, ou vous aurez aussi besoin d'une serviette.

— Tu marques un point, répondit Bunny en reculant vers la porte.

— Nous aurons fini dans une seconde, indiqua Jon. Aviez-vous besoin de me parler ?

— Oui. Charles n'est pas d'humeur à faire la conversation.

Jon enroula une serviette autour de Juliana et la souleva hors de la bassine avant de la confier à Madeleine.

— Tu veux bien l'habiller, s'il te plaît ?

— Pas de problème, dit Madeleine avant de s'éloigner avec Juliana et Holland.

Bunny regarda les enfants partir pendant qu'il parlait.

— Charles ne veut pas de mon aide. Et vous ?

— Quel genre d'aide ?

— Je savais que Charles refuserait mon offre, donc j'ai établi un compte courant à votre nom, dit Bunny en sortant une carte et un téléphone portable de la poche de sa veste. C'est une carte bancaire avec une limite de six cents dollars par jour. Si le compte tombe en dessous de sept cent cinquante dollars, un transfert automatique de ce montant sera fait depuis un compte épargne que Charles a établi à mon nom il y a des années. C'était pour lui et moi, au cas où nous aurions besoin d'une caution discrète ou quelque chose comme ça. Il l'appelait le Fond Feu de l'Enfer, et je doute qu'il s'en souvienne. En tout cas, il y a plein de liquidité dessus, et je sais que la carte fonctionne parce que je l'ai essayée. C'est un téléphone jetable. Mon numéro est programmé dedans. Utilisez-le si vous en avez besoin. Je suis sérieux. Si quelque chose survient que vous ne pouvez pas gérer, appelez-moi.

— Je n'aime pas l'idée de cacher ça à Charles, mais si un des enfants se cassait un bras…

Jon marqua une pause puis continua.

— Savoir qu'il y a quelqu'un que je peux appeler m'aide à me sentir beaucoup mieux.

— Bien.

— J'espère que Charles n'a pas été trop grossier.

— Nous l'avons tous les deux été. Je lui ai crié dessus. Il m'a dit de foutre le camp.

— Est-ce qu'il est souvent déprimé ?

— C'est arrivé deux fois quand nous étions à l'université, surtout pendant les périodes d'examens. Depuis, peut-être trois ou quatre fois. Je me suis toujours dit que c'était dû à la perte de ses parents. Les choses allaient plutôt bien pour lui jusqu'à ce que tout ça arrive.

— Est-ce qu'il reste comme ça longtemps ?

— Le plus longtemps que je me souvienne, ça a été trois mois, même si les deux ans après la mort de ses parents ont été vraiment rudes.

— Je ne l'en blâme pas, mais j'aurais bien besoin de son aide ici.

— J'aimerais pouvoir faire plus pour vous, mais n'hésitez pas à utiliser la carte pour les courses, l'essence, tout ce dont les mômes pourraient avoir besoin.

Jon déglutit.

— Merci, murmura-t-il d'une voix enrouée.

— Sérieusement, je ferais davantage si je pouvais… si Charles me laissait faire.

— Ne vous inquiétez pas trop pour nous, d'accord ? Nous ne vivons peut-être pas dans le style auquel nous étions habitués, mais j'ai dû me débrouiller avant, et je ne laisserai pas les enfants mourir de faim, peu importe ce que je dois faire.

— Même si vous devez utiliser l'argent de la banque ? sourit Bunny.

Jon lui rendit son sourire.

— Encore merci. Ça me soulage vraiment l'esprit.

— Bien.

Bunny marqua une pause avant de continuer.

— Je vais partir dans une minute, mais je veux vous parler encore un peu de Charles.

— Je suis sûr qu'il ira bien, dit Jon rapidement. Il a quelques problèmes à retrouver son mordant, mais il va se ressaisir.

— Vous semblez bien sûr de vous.

— Je le suis.

Bunny sourit.

— C'est ça, le bon état d'esprit à avoir. Pour ce que ça vaut, je le connais depuis que nous sommes petits, et il se trouve que je suis d'accord avec vous. S'il devient trop difficile à supporter, appelez-moi et je lui mettrai du plomb dans la cervelle.

— Ça va. Vraiment.

— Bien. J'y vais, alors.

Bunny fut surpris mais ravi quand Jon l'attira dans une étreinte chaleureuse. Il la lui rendit avant de le lâcher.

— Prenez soin de lui.

Jon hocha la tête.

— Soyez prudent sur la route.

— Je le serai.

Bunny s'éloigna, tourna au coin du chalet, agita la main, puis monta dans sa voiture et s'en alla.

JON posait le plateau de pancakes quand il vit Charles passer devant la porte de la cuisine.

— Mads, s'il te plaît, assure-toi que Jule mange ses œufs, dit-il en se précipitant dehors. Charles, attendez !

Celui-ci s'arrêta à mi-chemin de la voiture et demanda :

— Vous avez besoin de quelque chose en ville ?

— Non. Et vous ?

— Nous n'allons pas nous fâcher, d'accord ? Je sais que vous êtes fatigué de mon attitude, mais je ne suis pas prêt à en débattre maintenant. Et si je promets d'y travailler et que nous pourrons en parler plus tard ?

— Combien de temps serez-vous parti ? Il y a des choses dont nous devons discuter, indiqua Jon.

— Quoi, en dehors du fait que je m'enfonce dans l'apathie ?

— Nous sommes ici depuis des semaines. Les enfants prennent du retard dans leurs leçons.

— Ces enfants ? Ils pourraient être à l'université.

— Ils sont intelligents, c'est vrai, mais ils ont besoin d'être guidés.

— J'en suis incapable en ce moment. Nous en parlerons plus tard.

— Plus tard, vous serez saoul.

— Et j'apprécierai la conversation tellement plus.

— Je n'arrive pas à croire que je me trompais à ce point sur vous. Je vous croyais fort, mais quand vous êtes tombé, vous n'avez pas cherché à vous relever.

— Je n'ai pas besoin que vous me le fassiez remarquer.

— Pourquoi vous ne restez pas ici pour nous aider dans le jardin ? Ou nous pourrions aller en randonnée. C'est vraiment magnifique, par ici.

— Écoutez, je sais ce que vous essayez de faire, et j'apprécie, mais je dois au moins aller au point de rendez-vous et vérifier.

— OK, je comprends, mais ne rentrez pas trop tard, s'il vous plaît.

Charles monta dans la voiture et agita la main en s'éloignant. Jon retourna dans le chalet avec l'impression que tous les deux avaient fait un pas pour retrouver leur relation agréable d'avant. Il chantonna dans sa barbe en se mettant à faire les corvées du matin, transmettant sa bonne humeur aux enfants.

À onze heures, Jon reçut un appel de Miriam Martin lui faisant savoir que son amie voulait commander une demi-douzaine de paniers. Selena lui offrait de payer d'avance deux cents dollars par panier s'il pouvait les faire de la taille d'une corbeille. Jon accepta avec ferveur.

Après le déjeuner, il sortit le matériel qu'il avait acheté en ville pour confectionner des paniers, et les enfants se joignirent à lui pour entrelacer les joncs. Madeleine était ordonnée et précise, et Holland montrait un vrai talent. Les doigts de Juliana étaient un peu trop petits pour la taille des joncs, donc Jon lui donna un torchon et la laissa assombrir quelques-unes des lamelles avec de la teinture à bois. Jon entrelaçait celles-ci avec les joncs naturels pour qu'ils forment le bord distinctif qui était sa signature. Le temps qu'il se lève pour commencer à préparer le dîner, il avait fini un panier, sauf les anses.

À vingt-deux heures, Charles appela.

— Je voulais appeler plus tôt, dit-il quand Jon répondit au téléphone. Je suppose que vous avez déjà dîné.

— Nous avons dîné, lavé la vaisselle et regardé *James et la Pêche Géante* sur mon ordinateur portable. Les enfants se préparent maintenant à aller se coucher.

— Comment vont-ils ?

— Ils vont bien. Quelques ampoules, mais heureux. Nous avons fait du tissage de panier.

— C'est bien. Écoutez, je ne sais pas à quelle heure je rentrerai. Albert est enfin entré en contact, et je le rencontre à minuit.

— Minuit ?

— Je sais. J'ai l'impression que je devrais porter une cape et une épée.

— Soyez prudent.

— C'est Albert. Même s'il m'a entubé, ça restera toujours Albert.

— Soyez juste prudent, d'accord ?

— Je le serai, mais je dois savoir ce qui s'est passé.

Jon marqua une pause.

— Pour ce que ça vaut, je suis content de vous voir agir comme si quelque chose vous intéressait enfin.

Charles émit un petit rire.

— Vous ne lâchez jamais, n'est-ce pas ? dit-il avec légèreté.

— Jamais. Revenez vite.

Il raccrocha et resta assis longtemps à la table de la cuisine, regardant fixement à travers le mur un futur qui soudain semblait bien plus brillant. Jon passa la main sur le côté du grand panier pendant qu'il passait en revue ses raisons de garder Charles à bonne distance. Il était son employeur. Il souffrait de dépression et l'alimentait par l'alcool. Étaient-ce de bonnes raisons, ou avait-il seulement trop peur de ne pas être à la hauteur ? Pourquoi était-il si sûr de ne pas mériter quelqu'un comme Charles ? Ce dernier avait pourtant autant de défauts que n'importe qui d'autre. Et au téléphone à l'instant, il lui avait donné l'impression d'avoir passé un cap. Comme s'il était prêt à accepter ce qui s'était passé et commencer à construire une nouvelle vie. Tant de possibilités…

— Jon ?

Il leva les yeux pour voir Madeleine dans l'embrasure.

— Hé, championne. Qu'y a-t-il ?

— Jule fait sa morveuse.

— De quelle manière ?

— Elle ne veut pas aller au lit.

Jon regarda son téléphone et vit qu'il était vingt-deux heures quarante-cinq.

— Elle peut rester levée jusqu'à vingt-trois heures si ça ne vous dérange pas Hols et toi.

— Elle veut te faire la lecture. Je lui ai dit qu'on ne devrait pas te déranger.

— Pas de problème.

Jon se leva et suivit Madeleine.

— Quelle histoire veux-tu me lire ? demanda-t-il à Juliana en s'asseyant sur le sol dans la chambre des enfants. Est-ce une de tes histoires ou vient-elle d'un livre ?

Il savait déjà qu'elle choisirait son dernier livre – celui qu'elle ne pouvait pas supporter de laisser derrière elle – et il savait qu'elle adorait dire le titre.

— Qui Veut (du) Brocoli ? chanta Juliana.

Elle s'assit sur les genoux de Jon et ouvrit le livre. Elle ne savait pas lire tous les mots, mais il lui avait été lu suffisamment de fois qu'elle les avait mémorisés. Suivant les dessins de ses doigts, elle récita l'histoire du chien turbulent de la fourrière qui voulait un jardin et un garçon avec qui jouer.

Holland et Madeleine levèrent les yeux au ciel, mais aucun ne se plaignit. Madeleine regardait une web-série et Holland éditait ses fichiers photo sur son téléphone. Quand Juliana eut sommeil et posa la joue sur le torse de Jon alors que le livre lui glissait des mains, il la souleva et la déposa dans le lit superposé

du bas et remonta les couvertures. Elle souleva ses bras
potelés pour un câlin, et il se pencha pour l'embrasser
sur le front. Avec un sourire qui creusa ses fossettes,
elle se nicha dans son oreiller et s'endormit.

Holland éteignit son téléphone.

— Jon, est-ce qu'on peut te parler ?

— Bien sûr.

— Est-ce qu'on va rentrer un jour à la maison ?
demanda Madeleine.

— J'aimerais le savoir, et si je le savais, je vous
le dirais.

— Merci, dit Holland. C'est bon de connaître un
adulte qui ne nous traite pas comme des idiots.

— Je vous fais confiance pour faire ce qui est bien.

— Est-ce que Cousin Charles est en train de
craquer ? demanda Madeleine ensuite.

— C'était le cas, mais il a repris ses esprits.

— Bien, approuva Holland. Il commençait à me
rappeler mon père. Ne me lance pas ce regard, Mads.
Papa buvait beaucoup, et tu le sais.

— Eh bien, tout le monde n'a pas à le savoir.

— Jon n'est pas tout le monde.

Madeleine soupira, rejeta ses cheveux vers l'arrière
et afficha une expression d'indifférence suprême.

— Dis-lui, alors, si tu veux.

— J'ai entendu par hasard l'avocat de papa parler à
Cousin Charles, expliqua Holland. Papa avait bu quand
il a fait couler le yacht, et Oncle Chip aussi, quand son
avion s'est écrasé.

— Je suis désolé que vous sachiez des choses
pareilles, dit Jon.

— C'est bon. Je sais que l'alcoolisme est une
maladie avec un déclencheur génétique. Mon père
ne pouvait pas s'empêcher d'être alcoolique, et

Oncle Bill non plus. J'aurais juste aimé que Papa ait fait preuve de plus de volonté pour pouvoir être encore là. Je l'aimais énormément, même s'il buvait beaucoup.

— Si ça te fait te sentir mieux, je pense que Charles recommence à faire preuve de volonté.

— Tout ce que j'ai lu dit que l'addiction à l'alcool est une des plus difficiles à vaincre, ajouta Holland. Charles va avoir besoin d'aide.

— C'est à ça que sert la famille, indiqua Jon.

— Tu as dit que tu étais orphelin, dit Holland.

— Ça ne signifie pas que je n'ai pas de famille. Je ne sais peut-être pas qui étaient mes parents, mais Sœur Grace a été une mère pour moi toute ma vie. Tout le monde au refuge fait partie de ma famille, expliqua Jon en souriant. Je ne sais pas pour toi, mais j'ai l'impression que vous êtes ma famille maintenant, la famille que j'ai toujours rêvé d'avoir.

— Pauvre Mads, railla Holland. Elle prévoyait de t'épouser. Maintenant, tu es de la famille.

Il se mit à rire.

— Tais-toi, sale troll, répliqua Madeleine. Je ne vais épouser personne.

— Au moins pas pendant les dix prochaines années, dit Jon.

— Dix ans ! glapit Madeleine, et Holland se remit à rire.

— Je ferais mieux de sortir avant que nous réveillions Jule, dit Jon. Bonne nuit. Je suis content que nous ayons eu cette discussion.

Madeleine grimpa sur le lit du haut, et Holland s'étira sur le lit individuel. Ils se souhaitèrent bonne nuit, et Jon éteignit la lumière. Il traversa le couloir vers sa chambre, sentant que la spirale descendante s'était arrêtée. Maintenant, il était temps de remonter. Il s'endormit alors qu'il était à l'écoute des bruits que Charles pourrait faire en arrivant à la maison, et ses rêves furent agréables.

Chaptire Quatre

QUAND Jon se réveilla, il sut immédiatement que quelque chose n'allait pas. Il se dirigea vers la salle de séjour dans son pantalon de survêtement et vit que Charles n'était pas rentré. Un coup d'œil par la fenêtre de devant ne révéla aucun véhicule dans l'allée. Il retourna à sa chambre pour chercher son téléphone et l'appela. Après trois essais qui allèrent droit sur la messagerie, Jon reposa le téléphone. Peut-être que Charles prenait le petit-déjeuner avec Albert et avait laissé son téléphone dans la voiture, mais Jon avait le terrible pressentiment qu'il y avait une autre raison à son absence de réponse.

Les enfants se réveillèrent et Jon se ressaisit pour préparer le petit-déjeuner. En s'asseyant pour manger avec eux, il voulut les informer qu'il se passait quelque chose.

— Charles n'est pas rentré hier soir, dit-il. Il est possible qu'il soit avec Albert – M. Anthony – et ait laissé son téléphone dans sa voiture, ou peut-être qu'il n'a pas emmené son chargeur. Je ne sais pas. Ce pourrait être beaucoup de choses. Je ne pense que nous devions nous inquiéter pour l'instant, mais je voulais que vous sachiez pourquoi il n'était pas là.

— Tu crois que les malfrats l'ont eu ? demanda Holland.

— Je ne sais pas, mais je ne vais pas devenir fou en pensant aux horribles choses qui auraient pu se passer.

— Statistiquement, dit Holland, les accidents de voiture sont les plus...

— J'ai dit que nous n'allions pas imaginer un tas d'horribles choses.

— Tu as parlé pour toi, pas pour nous.

— Hols, intervint Madeleine, pas maintenant. Je sais que tu aimes avoir raison, mais ce n'est pas le moment.

— Que devrions-nous faire ? demanda Holland.

— D'abord, prenons le petit-déjeuner, dit Jon. Jule, mange tes œufs. Si Charles n'est pas rentré ou n'a pas appelé d'ici l'heure du déjeuner, j'appellerai M. Langford.

— Très bien, nous avons un plan, dit Holland.

Il ramassa sa fourchette et attaqua son bacon et ses œufs.

— Pouvons-nous aller à la crique plus tard ? demanda-t-il.

— C'est tout à fait faisable, approuva Jon en regardant vers Madeleine et Juliana. Des objections ? Non ? D'accord, nous ferons une randonnée et un pique-nique. Jule, tu dois manger quelque chose en dehors du melon.

Après le petit-déjeuner, les enfants décidèrent de faire encore du tressage, et ils fabriquèrent un autre panier avant midi. Ensuite, Jon les envoya à la cuisine pour empaqueter le déjeuner pour la randonnée. Une fois qu'ils furent hors de portée, il sortit le téléphone que Bunny lui avait donné.

Celui-ci répondit avant la fin de la troisième sonnerie.

— Jon ?

— Oui. J'appelle parce que je suis un peu inquiet. Charles est allé retrouver Albert hier soir, et il n'est pas revenu au chalet.

— Ils sont probablement… Non, oubliez ça.

Il y eut le silence sur la ligne pendant quelques secondes.

— Je n'aime pas ça, dit-il. J'ai réfléchi à toutes les situations, mais dans aucune d'entre elles, il ne serait impossible à Charles de vous appeler, à moins qu'il n'ait des problèmes.

— C'est ce que je pensais.

— Je viens.

— Je ne veux pas causer de…

— Pas de discussion. Je suis en route.

— Vous n'avez pas à venir maintenant. Je me sentirais idiot si vous arriviez juste après Charles.

— J'essayais de trouver une excuse pour vous rendre visite, donc taisez-vous et allez préparer un gâteau ou autre chose.

— C'est une blague, pas vrai ?

Bunny se mit à rire.

— Oui, c'est une blague. J'ai l'habitude de parler à Charles comme ça. Je vous verrai dans quelques heures. Et si vous avez envie de préparer un gâteau, je ne me plaindrai pas.

— Attendez ! J'entends une voiture.

Jon alla à la fenêtre de devant et regarda dehors.

— Est-ce que c'est Charles ? Bien sûr que oui. Qui d'autre ce serait ?

— C'est une voiture de police, dit Jon en sursautant au coup bruyant sur la porte du chalet. Je dois répondre.

— Ne raccrochez pas ! cria Bunny, mais c'était trop tard.

Fourrant son téléphone dans la poche de sa veste, Bunny courut vers l'ascenseur menant au parking souterrain.

LORSQUE Jon mit la main sur la poignée, quelqu'un cria de l'extérieur.

— C'est la police. Ouvrez la porte.

Jon tourna la poignée et l'ouvrit doucement. Deux hommes en uniforme lui faisaient face, une main sur leur arme.

— Je ne suis pas armé, dit Jon clairement. Il y a des enfants à l'intérieur.

— Nous savons qu'il y a des enfants à l'intérieur.

L'homme aux cheveux roux sur la gauche avait craché ces mots vers Jon.

— Pourquoi êtes-vous ici ? Avez-vous trouvé Charles ?

— Waouh, vous êtes doué, dit le roux. Il est doué, hein, Glen ? Je croirais presque qu'il ne sait pas pourquoi nous sommes là.

L'officier noir ne répondit pas à son partenaire.

— Êtes-vous Jonathan Lamb ?

— Oui, monsieur.

— Je suis le Shérif Adjoint Glen Conner du Département du Shérif du Comté de Pike. Mon partenaire est le Shérif Adjoint Rod Holloway. Nous sommes là pour vous mettre en garde à vue.

— Je ne comprends pas. Qu'est-ce que j'ai fait ?

— Qu'est-ce que j'ai fait ? l'imita Holloway. Vous devriez avoir un Oscar pour votre performance.

— Jon, que se passe-t-il ? demanda Madeleine depuis l'embrasure de la cuisine.

— Des officiers sont ici. Est-ce que le pique-nique est prêt ?

— Pas tout à fait. J'ai cru entendre quelque chose.

— C'est bon. Je dois parler aux policiers pendant quelques minutes, d'accord ?

Madeleine fronça les sourcils.

— Sérieusement, qu'est-ce qui se passe ?

— S'il te plaît, va attendre avec les autres.

— Mince, d'accord.

Madeleine ferma la porte de la cuisine.

— Quelque chose ne va pas, dit-elle à Holland et Juliana.

— Avez-vous un mandat ? demanda Jon à Conner.

— Oui, monsieur, répondit ce dernier en hochant la tête vers la berline bleu foncé garée derrière la voiture de patrouille. Des gens de l'Unité Spéciale des Victimes sont ici pour prendre en charge les enfants. Vous allez aller directement en prison et être inculpé de kidnapping, d'extorsion, d'effraction... Quelqu'un du bureau du procureur pourra tout vous expliquer. (Il s'éclaircit la gorge.) Sortez lentement avec les mains au-dessus de la tête.

— Je n'ai kidnappé personne.

— Vous pourrez vous expliquer au procès. Est-ce que vous venez calmement ?

Jon regarda par-dessus son épaule.

— Oui, dit-il en s'avançant sous le porche.

Holloway empoigna l'épaule de Jon, le retourna et l'écrasa contre le mur du chalet. Rapidement, il lui menotta les poignets, Jon sentit son souffle chaud sur son cou pendant qu'il l'informait de ses droits.

— Vas-y doucement, dit Conner.

— Tu te fous de moi ? Y aller doucement avec ce violeur d'enfant ?

— Quoi ? s'écria Jon, son estomac se contractant sous la nausée alors qu'il se retournait pour faire face aux flics. Qu'avez-vous dit ?

— Tu m'as entendu, espèce de pervers tordu.

— C'est dingue, s'exclama Jon. Qui m'a accusé ?

— Vous ferez face à votre accusateur devant le tribunal, répliqua Conner.

Il fit un signe, et deux personnes sortirent de la berline. L'homme et la femme portaient les habituels costumes qui rappelèrent X-Files à Jon.

— Où sont les enfants ? demanda la femme blonde en rejoignant le porche.

— Dans la cuisine, répondit Jon.

La femme et son partenaire entrèrent dans la maison, mais revinrent quelques minutes plus tard.

— Qu'y a-t-il ? demanda Conner.

— Les enfants ne sont pas là, dit l'homme. Nous allons avoir besoin d'autres uniformes et peut-être de volontaires pour les chercher dans les bois.

Holloway foudroya Jon du regard.

— Quand tu as parlé à la fille, lui as-tu donné une sorte de message codé ?

Jon dut lever les yeux pour croiser son regard.

— Non. Je ne sais pas pourquoi ils se sont enfuis. Peut-être qu'ils ont eu peur.

— Oui, peut-être, ricana Holloway.

— Est-ce que vous êtes dingues ? Je suis le nounou. Je m'occupe des enfants. Leur tuteur légal n'est pas là pour l'instant, mais il reviendra bientôt. Il éclaircira tout ce malentendu.

La flic regarda Jon dans les yeux.

— Bonjour, dit-elle. Je suis le Sergent Farrah Huston. C'est mon affaire. (Son partenaire s'éclaircit la voix, et elle jeta un coup d'œil vers lui.) Voici mon partenaire, le Sergent Lindon Gale. Ce qui va se passer maintenant c'est que nous allons vous garder sous surveillance ici pendant que nous chercherons les enfants. Je ne veux pas vous envoyer en prison pour découvrir seulement après que les enfants se sont cachés dans un endroit que vous seul pouvez trouver.

— Si vous les avez envoyés se cacher quelque part, dit Gale, la meilleure chose que vous avez à faire, c'est de nous dire où ils sont. Vous êtes coincé, alors pourquoi faire traîner ?

— Où en est cette équipe de recherche ? lança Huston vers Conner.

— Appelle des renforts, Holloway, ordonna Conner. Dis au Dispatch que nous avons besoin d'une équipe pour chercher dans les bois. Sortez les chiens.

— Euh, nous ne pouvons pas. Tu te souviens ?

— Enculé, dit Conner dans sa barbe. Ces chiens n'ont pas encore récupéré ?

Holloway secoua la tête.

— Ce fugitif a déchargé une bouteille entière de gaz au poivre sur eux. Hank n'est pas sûr qu'ils pourront chasser à nouveau un jour.

— OK, alors, nous ferons ça à la dure.

Conner passa l'appel au Dispatch et on lui annonça que de l'aide était en chemin. Quand les hommes et les femmes en uniforme arrivèrent, ils formèrent une ligne de front et passèrent la forêt au peigne fin par sections. Ce ne fut que lorsqu'il fit nuit que Huston mit un terme à la recherche.

— Où sont-ils allés ? répéta-t-elle à l'intention de Jon alors que les autres flics les regardaient.

— Je vous ai indiqué tous les endroits où ils aiment aller.

Huston écarta ses cheveux de son visage.

— Nous ne pouvons rien faire d'autre ici, dit-elle. Considérez ça comme une scène de crime, mesdames et messieurs des forces de l'ordre. Et j'ai besoin de gens ici demain à l'aube pour reprendre les recherches. Nous allons essayer d'obtenir d'autres chiens, n'est-ce pas, Lindon ?

— Oui, madame.

Gale sortit son téléphone et tourna le dos au groupe.

— J'aimerais une patrouille ici ce soir, dit Huston. Si ces enfants reviennent, je veux le savoir immédiatement. Je vais prendre Lamb en charge maintenant. J'espère que ça ne vous dérange pas si j'utilise une de vos salles d'interrogatoire.

— Non, ça ne me dérange pas, répondit Conner. Allez-y.

— Attendez, s'exclama Jon. Allez-vous vraiment les laisser dehors dans les bois toute la nuit ?

— Que proposez-vous que je fasse ?

Huston posa les mains sur ses hanches et attendit.

— Je ne sais pas... quelque chose. Vous êtes des représentants de la loi. N'avez-vous pas des hélicoptères avec des projecteurs et des choses comme ça ?

— Nous avons fait ce que nous pouvions pour l'instant, répliqua Gale. Allons-y.

Il posa les mains sur les bras de Jon et le fit avancer vers la berline. Pendant que Huston se mettait derrière le volant, Gale libéra les mains de Jon et les menotta devant lui avant de le faire monter sur le siège arrière.

— Appuie sur le champignon, dit-il quand il monta à l'avant du côté passager.

— Au diable la salle d'interrogatoire, dit Huston en enfonçant son pied sur l'accélérateur. Écoutez, Lamb, nous avons tout ce dont nous avons besoin pour vous enfermer. Pourquoi n'admettez-vous pas ce que vous avez fait ?

— Qu'est-ce que j'ai fait ?

— Vous avez kidnappé trois enfants.

— Je suis leur nounou. C'est facile à vérifier.

— Nous savons que vous avez été engagé pour vous occuper des enfants, indiqua Gale. Nous savons également que vous les avez fait sortir de l'école sans justification et avez disparu avec eux.

— Et leur tuteur légal, signala Jon.

— Il sera très bon au tribunal, Farrah, s'amusa Gale. Le jury va l'adorer. Je le crois presque moi-même.

— Ils changeront d'avis après que le procureur les aura renseignés sur le petit jeu de M. Lamb.

— De quoi parlez-vous ? demanda Jon.

— Quand vous avez découvert que Macquarrie était gay, vous l'avez séduit et l'avez persuadé de voler tout l'argent de son entreprise pour qu'il puisse s'enfuir avec vous, l'informa Gale.

— C'est dingue.

— Il n'arrête pas de dire ça, Lindon, railla Huston. Je commence à penser qu'il n'aime pas notre théorie.

— Si nous… avions une liaison, ce qui n'est pas le cas, pourquoi aurions-nous emmené les enfants ?

— D'après le Shérif Adjoint Holloway, c'est parce que vous êtes des tordus, dit Gale.

— C'est...

Jon s'interrompit avant de dire dingue.

— Quand aurai-je le droit de passer un coup de fil ?

— Dès que vous serez consigné.

— J'aurai besoin du téléphone que le shérif m'a pris.

Huston se mit à rire.

— Vous êtes mignon, dit-elle. Vous utiliserez le téléphone public à la prison du comté.

Jon s'enfonça dans son siège et se mordilla la lèvre. Il n'avait pas le numéro de téléphone de Bunny, le seul numéro auquel il pouvait penser maintenant était celui du bureau de Sœur Grace à l'orphelinat. Il avait le trajet en voiture pour décider s'il voulait l'appeler et lui dire qu'il était en prison pour kidnapping.

UNE large branche tomba au sol, dérangeant les feuilles mortes. Madeleine, Holland et Juliana émergèrent du trou où ils se cachaient depuis des heures.

— Je dois faire pipi, gémit Juliana.

— Je t'accompagne, dit Madeleine.

Holland écouta quelques secondes.

— Allez là-bas, indiqua-t-il.

La lune laissait juste assez de luminosité pour que les filles voient où Holland pointait le doigt. Elles firent pipi en bas de la colline, restèrent accroupies quelques minutes de plus pour être aussi sèches que possible, remirent leurs culottes et rejoignirent Holland.

— OK, dit-il. Nous avons de la nourriture, et nous connaissons ces bois. Pour l'instant, tout va bien.

— Pourquoi est-ce que la police est venue pour Jon ? demanda Madeleine, fronçant les sourcils. Peut-être qu'on devrait y aller et, je ne sais pas, nous rendre ?

— Je veux rentrer à la maison, gémit Juliana.

— Je pense que nous devrions appeler Cousin Charles.

— C'est une bonne idée, dit Madeleine, sortant son téléphone. Plus de batterie. Laisse-moi prendre le tien.

— Pourquoi ? Je vais appeler moi-même, dit Holland.

— Bien, répliqua Madeleine en regardant autour d'elle pendant qu'il trouvait le numéro dans ses contacts. Il fait vraiment sombre ici.

— Mince ! La messagerie, s'exclama Holland en réessayant pour avoir le même résultat. Archinul.

— J'ai faim, se lamenta Juliana.

Madeleine sortit de son sac à dos une bouteille de yaourt liquide et la lui donna.

— Prends ça pour l'instant, d'accord ? dit-elle en fouillant au fond du sac. Avons-nous mangé tous les sandwichs pendant que nous nous cachions ?

— J'ai encore la moitié d'un beurre de cacahuète/confiture, annonça Holland.

Il dépaqueta le sandwich et le donna à Juliana, qui avait terminé le yaourt. Il lui prit la bouteille en plastique vide et la mit dans son sac.

— Peux-tu manger en marchant ? demanda-t-il.

— Oui, dit Juliana avec la bouche pleine de beurre de cacahuète et de confiture.

— Allons-y, alors.

— Où ? voulut savoir Madeleine.

— Vers la route. Nous avons besoin d'un abri, donc je suis d'avis que nous devons aller au centre d'accueil du parc pour la nuit. Nous aviserons demain matin si Cousin Charles ne répond pas au téléphone.

— OK. Peux-tu vraiment trouver ton chemin jusque-là ?

Holland hocha la tête en levant son téléphone.

— Du moment que j'ai de la batterie, c'est bon.

Madeleine prit la main libre de Juliana.

— Je suis si inquiète pour Jon.

— Moi aussi. Je ne sais pas ce qui se passe, mais j'ai la sensation que nous devrions rester loin des autorités pour l'instant.

— Jon doit être vraiment en colère contre nous d'avoir fui la police.

— Je sais, mais… Qu'est-ce que tu veux faire ?

— Sortons au moins des bois, dit Madeleine. Je crois que je sens une tique me ramper dessus.

— Par ici, indiqua Holland.

Ils avancèrent lentement dans le noir, mais ils trouvèrent le péage Dingmans et arrivèrent sur la route en haut d'une côte. Des phares les inondèrent, et une voiture fit une embardée avec un crissement de gomme sur la chaussée. Holland et Madeleine bondirent entre les arbres, entraînant Juliana avec eux. Ils s'arrêtèrent et scrutèrent depuis les ténèbres la voiture qui s'immobilisa et virent la portière s'ouvrir.

— C'est M. Langford !

Madeleine sortit de sous les arbres en courant.

— Madeleine ? dit Bunny juste avant qu'elle ne lui rentre dedans. Est-ce que tu vas bien ?

— Nous allons bien. Je suis si contente de vous voir, dit Madeleine en agitant la main vers Holland et Juliana qui revenaient aussi. La police a emmené Jon !

— Je sais. Montez dans la voiture, nous allons au poste de police.

Holland regarda la voiture de Bunny.

— Où est-ce que je monte ? Dans le coffre ?

— Il y a de la place derrière le siège. Juliana peut s'asseoir sur les genoux de Madeleine. Je vous sauve et vous vous plaignez de la manière dont je le fais ? C'est pour ça que je n'ai pas d'enfants.

Holland sourit.

— Apprenez à encaisser une blague, mec.

— Il vous a eu, commenta Madeleine alors que Holland grimpait dans l'espace derrière les sièges baquets.

— Oui, c'est sûr. C'est de famille, dit Bunny en se mettant derrière le volant en attendant que Madeleine attache la ceinture de sécurité autour de Juliana et d'elle-même. Maintenant, allons sauver Jon.

Chaptire Cinq

JON se soumit au processus d'inculpation dans un état second. Gale et Huston restèrent à ses côtés jusqu'à ce qu'ils le fassent entrer dans une petite pièce qui ne contenait rien d'autre que trois chaises. Huston lui intima de s'asseoir, puis les inspecteurs du USV [7] sortirent. Jon était assis dans une immobilité apathique pendant que son esprit tourbillonnait. Il s'agissait d'après lui d'un malentendu qui serait vite éclairci, mais l'inquiétude le consumait pour les enfants. Ils étaient assez intelligents et malins pour survivre une nuit dans les bois par temps doux, mais de penser qu'ils étaient seuls là-bas dans le noir le rendait fou. Il était désespéré de ne pouvoir sortir pour les chercher.

7 Unité Spéciale des Victimes.

Sans aucun moyen de connaître l'heure, il n'eut aucune idée de combien de temps il resta assis là avant que les inspecteurs ne reviennent. Gale et Huston apportèrent des tasses de café et en offrirent une à Jon. Il secoua la tête, et Gale posa la tasse supplémentaire sur le sol alors que lui et Huston s'asseyaient en face de leur prisonnier.

— Nous espérons que vous avez quelque chose de nouveau à nous dire, commença Huston.

— Si je savais où étaient les enfants, je vous le dirais. Est-ce que quelqu'un les cherche ?

— Nous avons quelques personnes dans les bois avec des lampes torches, répondit Gale. Pour tout le bien que ça fera.

— Ce sont des enfants intelligents et ils connaissent la nature, mais je suis inquiet pour eux. Il y a des lynx et des ours bruns là-bas.

— Nous faisons tout ce que nous pouvons pour les retrouver et nous assurer qu'ils sont sains et saufs, dit Huston. Ça ne vous concerne plus.

— Faites-vous tout ce que vous pouvez ? demanda Jon en élevant la voix. Vous n'avez pas tellement l'air intéressé, en ce qui me concerne.

— Vous êtes là pour faire face à des accusations de kidnapping, entre autres, dit Huston en rivant son regard à celui de Jon. Je suggère que vous commenciez à vous concentrer là-dessus.

— Je n'ai kidnappé personne. Le tuteur légal des enfants m'a demandé d'aller les chercher à l'école.

— Nous le lui demanderons, répliqua Gale. Quand nous le trouverons.

— Dès que nous avons reçu le tuyau au sujet du kidnapping, nous avons essayé de contacter M. Macquarrie, indiqua Huston. Devinez quoi ? Nous n'avons pu le trouver nulle part. Personne sur son lieu de travail n'a eu de ses nouvelles depuis des semaines. Toutes les tentatives pour l'appeler ou lui envoyer un e-mail ont été infructueuses. Est-ce que vous sauriez par hasard où il est ?

— Jusqu'à hier, il était au chalet avec nous.

— Pourquoi étiez-vous dans un endroit aussi isolé ?

— M. Macquarrie m'a dit que nous quittions la ville pendant un moment.

— Était-ce un voyage prévu ou était-ce soudain ?

— C'était l'impulsion du moment, je suppose.

— Vous supposez ?

— Pour tout vous dire, l'entreprise de M. Macquarrie a été frappée par un désastre, et on lui a conseillé de faire profil bas pendant un moment jusqu'à ce que ses avocats y voient plus clair.

Huston et Gale échangèrent un coup d'œil.

— OK, dit Huston. C'est plausible, mais avez-vous vraiment cru que vous vous échapperiez avec trente millions ?

— Trente millions de quoi ?

— Le fonds de pension de Macquarrie. Le fond que vous et votre amant avez vidé pour que vous puissiez aller vivre dans un paradis gay, dit Gale.

— Dingmans Ferry ? rétorqua Jon.

— Il a raison, Lindon, dit Huston. Dingmans Ferry n'est pas exactement Phuket.

— Eh bien, excusez-moi de ne pas être au courant des destinations de vacances pour pédés.

— Vas-y doucement, dit Huston. Ou prends-tu plaisir à devoir assister aux formations à la sensibilité ?

Gale soupira.

— M. Lamb, dit-il. Je m'excuse si mes formules diffamatoires et insensibles vous ont choquées. C'était peu professionnel de ma part.

— Bon garçon, dit Huston. Maintenant, M. Lamb, niez-vous avoir accès aux comptes bancaires de Macquarrie ?

— Oui, je…

Jon marqua une pause.

— Non, certains d'entre eux.

— Est-ce que certains d'entre eux incluent le compte où les trente millions ont été transférés ? demanda Gale.

— Je ne sais rien là-dessus.

— Je l'ai déjà dit, Farrah, dit Gale. Je vais le redire. Celui-là va être doué à la barre des témoins. Il a l'air si sincère, et les femmes jurées adoreront ce visage poupon.

— Et tu sais, la sincérité est le truc le plus difficile à simuler, dit Huston. Finissons de le questionner et allons chercher quelque chose à manger. Ce café est en train de creuser un trou dans mon estomac.

Gale reporta son attention sur Jon.

— Quand avez-vous vu Charles Macquarrie pour la dernière fois ?

— Hier matin vers dix heures trente.

— Savez-vous où il allait ?

— Il a dit qu'il allait faire quelques courses. Plus tard, il m'a appelé et m'a dit qu'il allait retrouver un ami et ne reviendrait pas pour le dîner.

— Mais il n'est pas revenu du tout, conclut Huston.

— Exact. J'ai essayé d'appeler, mais je suis tombé droit sur la messagerie. J'ai appelé un de ses amis, mais il n'avait pas eu de ses nouvelles non plus. Je suis inquiet pour lui.

— Avez-vous signalé sa disparition ? demanda Huston.

— Non, j'allais attendre une journée avant d'appeler la police.

— Vous savez, vous n'avez pas besoin d'attendre vingt-quatre heures si vous suspectez que quelque chose de grave est arrivé, dit Gale. C'est une erreur courante.

— Je ne pensais pas que… que quelque chose de grave était arrivé. Je pensais qu'il avait bu quelques verres de trop avec son ami et avait passé la nuit là-bas plutôt que de conduire saoul.

— Vous avez mentionné cet ami quelques fois, dit Gale. Il a un nom ?

Alors que Jon hésitait, quelqu'un frappa à la porte puis l'ouvrit. Un policier en uniforme tint la porte ouverte à un homme mince dans un costume élégant.

— Excusez-moi, inspecteurs. Je m'appelle Nathan Greengold et je suis l'avocat de M. Lamb. Il ne répondra plus à aucune de vos questions avant que je n'aie eu l'opportunité de lui parler.

Gale jeta un coup d'œil au flic près de la porte. Celui-ci haussa les épaules.

— OK, dit Gale. Nous allons vous laisser seuls quelques minutes.

Il se leva et sortit.

— Sergent Farrah Huston, dit-elle en tendant sa main à l'avocat.

— C'est un plaisir, dit Greengold en la lui serrant. Mais j'espère que notre rencontre sera brève.

Huston sourit.

— À qui le dites-vous. Frappez à la porte quand vous aurez terminé.

— D'accord.

Après que l'inspectrice fut partie, Greengold prit place en face de Jon.

— Bonsoir, dit-il. Êtes-vous surpris d'avoir entendu que vous avez un avocat ?

— D'où venez-vous ?

— De New York. M. Langford a affrété un hélicoptère pour moi.

— Bunny est ici ?

— Oui, et les enfants sont avec lui, dit Greengold en souriant légèrement. Et une équipe des Services de l'Enfance.

— Je suis content d'entendre qu'ils vont bien.

— M. Langford pensait que vous seriez malade d'inquiétude. Vous pouvez cesser de vous tourmenter. Mais ils s'inquiètent pour vous. Des accusations sérieuses ont été portées contre vous.

— Je n'ai rien fait de mal.

— Je vous crois parce que M. Langford se porte garant pour vous, mais le système judiciaire aura besoin d'un peu plus de persuasion. Nous avons besoin de M. Macquarrie.

— Je ne sais pas où il est. Il est allé retrouver Albert – M. Anthony – et il n'est pas revenu.

— Albert Anthony ? L'assistant de direction de M. Macquarrie ?

— Oui. Charles a appelé et a dit qu'il devait retrouver Albert à minuit.

— Mais il n'a pas dit où ?

— Il a dit que ça ressemblait à un roman d'espionnage. Albert devait l'appeler pour lui indiquer le lieu.

— Savez-vous pourquoi M. Anthony était aussi évasif ?

— Il a dit à Charles que des hommes étaient après lui à cause d'un prêt qu'il ne pouvait pas rembourser.

— Parlons-nous de membres du crime organisé ?

— C'est ce qu'Albert a dit à Charles, mais je ne sais pas si c'est vrai.

Greengold leva les yeux de ses notes. Il avait un air vaguement asiatique ou amérindien, et ses yeux étaient aussi sombres que l'obsidienne. Ils ne laissèrent rien transparaître tandis qu'il étudiait Jon.

— Avez-vous des raisons de croire que M. Anthony mentirait au sujet du prêt ?

— Non, je voulais juste dire que je n'étais pas personnellement au courant.

— Je vois. Je vais vous demander de spéculer maintenant. Avez-vous l'impression que M. Anthony a quelque chose à voir avec le vol ou la disparition de M. Macquarrie ?

— Je ne sais vraiment pas. Albert et moi ne sommes pas amis. Nous n'étions même pas amicaux, vraiment. Il était toujours professionnel avec les employés.

— Avez-vous l'impression qu'il vous regardait de haut ?

— Probablement, mais ça ne me dérange pas. Je sais que ce que je fais a de l'utilité. Sœur Grace m'a appris que je dois me respecter si je veux recevoir du respect.

— Je vois, dit Greengold avant de s'éclaircir la voix. Pouvez-vous trouver une explication pour les récents événements qui impliquerait une sorte de génie du crime ?

— Non. Mais j'aimerais savoir qui a dit à la police que j'avais kidnappé les enfants.

— M. Langford a un détective privé qui enquête là-dessus. Quand nous découvrirons l'identité de cette personne, je suis sûr que tout le reste commencera à avoir du sens.

— Que va-t-il m'arriver maintenant ?

— J'essaie de vous faire sortir sur caution, mais ça pourrait prendre un moment. J'ai peur que vous deviez rester ici ce soir. Je reviendrai à la première heure demain matin.

— Merci.

— M. Langford et moi nous connaissons depuis un certain temps, et je me suis attaché à lui. Quand il m'a demandé un service, j'ai été heureux de lui rendre.

— Vous ne travaillez pas pour Macquarrie Stylisme ?

— Non. Je n'aime pas avoir de patron. J'aime choisir quels clients je représente, dit Greengold en mettant en ordre sa pile de papiers. Bunny avait raison. Vous êtes très sympathique. Si ça va au procès…

— Je sais. Les inspecteurs m'ont déjà dit que j'avais l'air innocent. Et vous savez quoi ? C'est parce que je suis innocent.

Greengold hocha la tête en se levant. Il mit ses papiers dans une serviette en cuir et tendit la main à Jon. Celui-ci se leva et la lui serra.

— Essayez de ne pas trop vous inquiéter, dit Greengold. Bunny a des gens qui cherchent Charles Macquarrie, et la police le cherche aussi. Je suis sûr que nous le trouverons bientôt. En attendant, soyez assuré que vous n'êtes pas seul et que les enfants sont bien pris en charge.

— J'apprécie, M. Greengold.

Greengold alla à la porte et frappa.

— Essayez de dormir. Vous avez besoin de vous reposer. Rien que d'être dans cet environnement, ça implique beaucoup de stress.

— J'essaierai de me reposer. Dites bonjour aux enfants et à Bunny pour moi.

— Bien sûr.

La porte s'ouvrit, et Greengold s'en alla avec un dernier hochement de tête encourageant en direction de Jon.

Quelques minutes plus tard, la porte se rouvrit, et Gale fit signe à Jon. Gale et Huston lui firent traverser un couloir, devant la salle où on lui avait pris ses empreintes, et un autre qui s'arrêtait devant une grille. Derrière, un officier en uniforme se leva de son bureau. Quand Huston lui présenta des papiers, la porte s'ouvrit.

— Je m'en occupe maintenant, indiqua l'officier.

— Passez une bonne nuit, dit Huston avant de s'éloigner avec Gale.

— Par ici, dit l'officier à Jon. Je suis l'Adjoint Taylor, et si vous faites ce que je vous dis quand je vous le dis, nous nous entendrons bien.

— Je n'ai pas l'intention de causer des problèmes.

Taylor ouvrit une cellule et fit coulisser la porte pour que Jon puisse entrer.

— Journée calme, annonça-t-il en jetant un coup d'œil dans les cellules vides. Ne bougez pas, je vais vous apporter à dîner.

— Merci, répondit Jon.

Lorsque la porte se referma, il s'assit sur le lit de camp contre le mur. Il regarda autour de lui, mais il n'y avait pas grand-chose sur lequel poser les yeux. Le sol était en béton poli. Sa cellule ne contenait rien en dehors du lit de camp et des toilettes sans lunette en acier inoxydable vissées au mur du fond. Il espérait sincèrement ne pas rester ici trop longtemps. Il devait simplement faire confiance à M. Greengold. Au moins, il savait que les enfants étaient entre de bonnes mains.

Si seulement il savait où était Charles. Il pria pour qu'il aille bien et revienne bientôt. S'il avait eu des doutes sur ses sentiments pour lui, son inquiétude les dissipa. Quel que soit le dénouement, il était amoureux de Charles Macquarrie.

CHARLES se réveilla. Le martèlement dans sa tête l'encouragea à garder les yeux fermés. Il ne se rappelait pas ce qu'il avait bien pu boire la veille, mais cela avait laissé des traces. Sa tête lui donnait l'impression de peser une tonne et il ne se rappelait pas être rentré à la maison en voiture.

— Essaie de ne pas bouger, dit quelqu'un d'un ton bourru, d'une voix à l'évidence déguisée, mais tout de même familière.

Charles fronça les sourcils. Il entrouvrit les paupières, mais la pièce était trop sombre pour voir quoi que ce soit.

— Qu'est-ce que tu fais là ?

— Où crois-tu être ?

— Sur le canapé ?

— Tu ne te rappelles rien d'hier soir, n'est-ce pas ?

— Que dalle.

— Il faut vraiment reconnaître le mérite du Rohypnol. Tu étais dans le pâté environ dix minutes après avoir fini ton verre.

— Tu as mis des sédatifs dans mon verre ?

— Comment t'aurais-je maîtrisé et transporté ici, autrement ?

— Où sommes-nous ?

— Quelque part où personne ne te cherchera.

— Pourquoi est-ce que tu fais ça ?

Le brouillard se dissipait dans la tête de Charles, et il constata que ses mains et ses pieds étaient attachés.

— Pourquoi suis-je attaché ? continua-t-il.

— Pour que tu ne puisses pas t'échapper, idiot. Quant à pourquoi, il y a plusieurs raisons, mais la plus grande est la vengeance. Bien sûr, l'argent est un bonus très sympa.

— La vengeance ?

— Mon père était le copilote de l'avion que ton père a crashé parce qu'il était saoul.

— Je ne sais pas quoi dire. Je suis désolé pour ton père, mais je ne le connaissais pas en dehors de son nom.

— C'est pour ça que je ne t'ai jamais dit mon vrai nom de famille. Ça fait un petit moment que je prévois cette vengeance.

— Mais je n'ai rien à voir avec la mort de ton père.

— Tais-toi et écoute. Après la mort de papa et que la compagnie d'assurance nous a roulés, ma mère ne s'est pas battue. Nous n'avons cessé de nous enfoncer jusqu'à finir dans un ghetto. Je pensais à m'enfuir ou à me suicider au moins une fois par semaine.

— Je suis désolé.

— Tout ira bien bientôt, et ton argent sera un grand réconfort, répliqua son interlocuteur.

— Tu n'avais pas à le voler. Tout ce que tu avais à faire, c'était de demander.

— Pour trente millions ? Oui, je suis sûr que tu aurais écrit un chèque sur-le-champ.

— C'est drôle. Je croyais que tu me connaissais tellement bien, mais je suppose que non, railla Charles.

— Je te connais suffisamment bien.

Charles était plus lucide à chaque instant qui passait, et il réfléchit prudemment avant de répondre.

— Pourquoi n'en as-tu pris que trente ?

— Quoi ?

— Le fonds d'argent liquide contenait au moins soixante-quinze millions.

— Quoi ?

— Tu n'es pas aussi stupide, d'habitude, s'amusa Charles.

— Silence. Je réfléchis.

— Va te faire foutre. J'ai des questions. Principalement, qu'as-tu l'intention de faire de moi ?

— J'ai besoin que tu sois hors circuit un moment, donc tu vas rester ici, répondit son vis-à-vis.

— Pourquoi ?

— C'est essentiel pour la prochaine partie de mon plan.

— Qui est quoi ?

— Pour s'en sortir avec un crime comme celui-là, on a besoin d'un bouc émissaire. J'en ai un, et j'attends juste que la porte de la prison se referme avant de prendre possession de mon liquide et de me diriger vers une île sans accord d'extradition. À ce moment-là, je n'aurai plus besoin de toi.

— Que se passera-t-il alors ?

— Je devrais te tuer, mais soyons réalistes. Si j'avais voulu te tuer, je l'aurais déjà fait, commenta son interlocuteur, fataliste.

— Y a-t-il quelque chose que je puisse faire pour te convaincre de me laisser partir ?

— Je ne vois rien. Non, je suis presque sûr que j'ai tout ce dont j'ai besoin venant de toi.

Charles entendit le bruit de pas et tourna instinctivement la tête pour les suivre.

— Tu es face à une sorte de dilemme, dit-il aussi fermement qu'il le put.

— Pas vraiment. Je vais te laisser ici et laisser le destin décider.

— Tu pourrais faire ça ? Après tout ce que nous avons traversé ensemble ?

— Je pense pouvoir. Je suppose que nous verrons.

— Je n'arrive pas à croire que tu puisses être aussi cruel, commenta Charles.

— Je dois y aller maintenant. Si tu tournes la tête complètement sur la droite, tu sentiras un tuyau. J'ai acheté un bidon de quatre litres de smoothie au magasin diététique et j'ai mis une paille à travers le plastique. Sur ta gauche, j'ai fait la même chose avec un bidon d'eau. Si tu veux bien m'excuser, je dois aller retrouver quelqu'un et me débarrasser de lui, le sale menteur.

— Oui, il y a une grosse différence entre trente et soixante-quinze millions, railla Charles.

— Sans déconner. Je dois vraiment y aller. J'aimerais pouvoir te voir encore une fois, mais je ne veux pas gâcher ma vision nocturne en allumant les lumières.

Charles entendit d'autres bruits de pas et le son d'une porte qui s'ouvrait.

— Ne fais pas ça, lança-t-il.

— Je suis désolé, Charles. Vraiment. Nous formions une super équipe.

La porte se referma, mais Charles pouvait entendre les pas s'éloigner.

— Reviens, hurla-t-il, mais il n'y eut pas de réponse. Putain ! Il y a quelqu'un d'autre ?

Charles cria jusqu'à en avoir la voix rauque, mais personne ne répondit. Il se tut et écouta, mais il n'entendait rien, pas de bruit de circulation ou de machinerie, pas d'oiseaux qui chantaient, pas de vent. D'un air grave, il banda ses poignets pour tester l'étroitesse de ses liens. Remerciant Dieu que ses mains soient attachées devant lui, il les porta à sa bouche et mit un des nœuds entre ses dents.

LE garde de l'équipe du matin réveilla Jon avec quelque chose qu'il appelait un petit-déjeuner. Jon tâta avec la cuillère-fourchette le truc jaune qu'il supposait être des œufs brouillés et en mit dans sa bouche. La texture était horrible, farineuse et gluante, et il ne put se forcer à l'avaler. Il la recracha sur le plateau et prit une bouchée du toast sec. Il mâcha un moment puis le fit descendre avec le jus de pomme dilué. Quand l'adjoint revint récupérer le plateau, il le prévint que quelqu'un allait venir pour l'emmener voir son avocat. Jon le remercia et s'assit sur le lit de camp en attendant.

L'adjoint fut de retour, il déverrouilla la cellule et escorta Jon à la grille. Elle coulissa et Jon avança pour rejoindre Gale et Huston.

— Je suppose que quelqu'un là-haut vous apprécie, dit Gale en lui mettant les menottes. Nous vous emmenons voir votre avocat et le Shérif Berkqvist a abandonné son bureau pour la rencontre.

— Je ne me sens pas apprécié, dit Jon. Je me sens crasseux. J'ai dû m'essuyer ce matin avec quelque chose qui ressemblait à du papier de verre, et mes dents ont une couche de substance gluante. Et je ne veux même pas savoir l'odeur de mon haleine.

— Oui, la prison c'est l'enfer, dit Huston. Venez.

Les agents dirigèrent Jon à travers le poste de police vers un bureau avec une inscription sur la porte. Gale l'ouvrit et fit un geste pour que Jon entre en premier. Nathan Greengold se leva lorsqu'il entra, puis

Jon remarqua Bunny à la fenêtre. Son moral remonta en flèche.

— Nous reviendrons dans quinze minutes, dit Huston.

— Prenez votre temps, lança Bunny. Le déjeuner est pour moi dans la salle de repos.

Gale et Huston partirent, et Bunny se détourna de la fenêtre. Il écarta largement les bras et sourit à Jon.

— Contemplez le pouvoir de l'argent.

— J'espère que vous n'en dépensez pas beaucoup pour moi.

— À quoi sert la richesse si on ne l'utilise pas ? Et il se trouve que je pense que vous êtes une très bonne raison pour laquelle le dépenser.

— Comment avez-vous fait ça ? Il a dû falloir plus que de l'argent.

— Eh bien, les nonnes se portant garantes pour vous n'ont probablement pas fait de mal, dit Bunny, ses yeux étincelants alors qu'un sourire s'élargissait sur son visage. Nate a rencontré le procureur et vous a obtenu une audience.

— Est-ce une bonne chose ?

— Ça signifie que nous pouvons probablement vous faire sortir avec une caution, dit Greengold. Il est possible que nous puissions éviter un procès, mais même si nous ne le pouvons pas, le procès lui-même n'aura pas lieu avant des mois.

— Vous en êtes sûr ?

— Absolument. Le substitut du procureur m'a donné le nom de la juge. Je la connais. Elle fixera la caution, et j'aurai largement le temps de monter un dossier pour vous, si besoin.

— Comment allez-vous ? demanda Bunny. Est-ce que vous tenez le coup ?

— Je ne suis en détention que depuis quelques heures, dit Jon avec un sourire qui disparut rapidement. J'aimerais pouvoir voir les enfants.

— Attendez.

Bunny sortit son téléphone et afficha un message vidéo avant de le lui tendre.

Les larmes lui brûlèrent les yeux lorsqu'il regarda Madeleine, Holland et Juliana lui dire qu'il leur manquait et le reverraient bientôt.

— C'est... (Il déglutit.) Je suis un peu ému. Ils me manquent plus que je ne le croyais possible.

— Ce sont des enfants super, dit Bunny.

— Je croyais que vous n'aimiez pas les enfants.

— On ne m'avait jamais préparé le terrain avant.

Jon émit un petit rire.

— J'espère qu'ils ne vous posent pas de problème.

— Je suis sincèrement stupéfait, mais non, pas de problème du tout. J'ai loué une maison ce matin et les ai sortis de l'hôtel, dit-il en jetant un coup d'œil à l'avocat. Après avoir informé les Services de l'Enfance, bien sûr. Ils menacent toujours de mettre les enfants dans une famille d'accueil.

— J'espère que ça n'arrivera pas. Les familles d'accueil peuvent être merveilleuses, mais je ne veux pas qu'ils vivent avec des étrangers s'ils n'y sont pas obligés.

— Je ferai tout pour que cela n'arrive pas, dit Bunny.

— Je suis vraiment reconnaissant pour tout ce que vous faites.

— Charles est mon meilleur ami. Quel genre d'ami serais-je si je ne le soutenais pas quand il a des problèmes ?

— Je suis vraiment inquiet pour lui, dit Jon.

— Oui, moi aussi. Je vous jure, c'est comme si sa famille était maudite. Son grand-père a survécu à la Seconde Guerre Mondiale sans une égratignure et a été renversé par un camion livreur de lait le jour où il rentrait à la maison. Il y a plein d'autres exemples de tragédies bizarres, mais celle-ci est la plus bizarre.

Greengold s'éclaircit la voix.

— Ce n'est pas une conversation très productive.

— C'est un fait que c'est arrivé, Nate. Tu peux même vérifier.

— Je ne doute pas que c'est arrivé, je pense juste que raconter cette histoire maintenant n'est pas utile pour M. Lamb.

— S'il vous plaît, appelez-moi Jon.

— Très bien. Appelez-moi Nathan, ou Nate, si vous préférez. Pouvons-nous nous remettre au travail ? L'audience est programmée pour demain à neuf heures. À huit heures, vous serez conduit par un adjoint du shérif au Palais de Justice du Comté de Pike. Je vous y retrouverai.

Jon se tourna vers Bunny.

— Est-ce que vous serez là ?

— Absolument, dit Bunny avant de marquer une pause. Si c'est autorisé.

Greengold secoua la tête.

— C'est une audience, pas un procès. Seules les parties prenantes seront là. L'avocat général et moi ferons valoir nos arguments, et la juge décidera soit de tenir un procès, soit de vous libérer devant les preuves ou l'absence de celles-ci. Ce qui m'amène au sujet du témoignage des enfants.

Il s'éclaircit la voix avant de continuer.

— Je pense que le témoignage de Madeleine suffirait, et nous n'aurions pas à faire appel aux deux plus jeunes.

— Je déteste les impliquer là-dedans, déplora Jon.

— Ils le sont déjà, remarqua Bunny.

— Le témoignage des enfants qui affirment qu'ils n'ont pas été kidnappés constitue une bonne partie de mon dossier jusqu'ici, dit Greengold. Je ne suis pas sûr du poids que la parole d'une enfant aura auprès de la juge, mais je pense qu'il serait stupide de rejeter cette possibilité. (Il regarda Jon.) Pensez-vous que Madeleine supporterait de répondre aux questions d'un juge ?

— Elle concourt dans des événements de gymnastique depuis qu'elle a sept ans. Elle a l'habitude de gérer des juges.

Greengold sourit.

— Bien, c'est très bien. Je ne veux pas trop vous préparer, vous ou Madeleine. Je ne veux pas que vos réponses aient l'air d'avoir été apprises. Maintenant, avez-vous des questions à me poser ?

— Si j'étais reconnu coupable, quelle serait la sentence ?

— Le minimum pour le kidnapping d'un mineur est de vingt ans.

— Mais vous n'êtes pas coupable, le rassura Bunny en posant une main sur l'épaule de Jon. Ça va aller.

— Quelle est la sentence maximum ? demanda Jon.

— J'ai peur que la peine maximum pour la séquestration soit la mort, dit Greengold. Mais ce sont les cas où la victime a été torturée ou tuée.

Jon grimaça.

— On n'en arrivera pas là, affirma Bunny. Nate est l'un des meilleurs avocats du pays.

Lorsqu'on frappa, les trois hommes se tournèrent pour regarder la porte. Un adjoint y passa la tête et dit :

— Quand vous serez prêts.

— Notre temps est écoulé pour aujourd'hui, dit Greengold. Mais nous nous verrons demain matin.

Il serra la main de Jon et se retourna pour rassembler ses affaires.

Bunny alla à la porte avec Jon et le serra rapidement dans ses bras avant que l'adjoint ne le prenne en charge.

— J'aimerais que nous ayons des nouvelles de Charles, dit Jon alors qu'on l'emmenait.

— Moi aussi, dit Bunny.

CHARLES souleva les mains et essuya son visage humide sur ses manches. Il ne faisait pas particulièrement chaud dans la pièce, mais ses efforts pour se libérer l'avaient fait transpirer. Il avait réussi à détendre un nœud, et dès qu'il eut retiré l'eau salée et piquante de ses yeux, il se remit au travail. Il rejeta l'abattement qui l'avait recouvert de son brouillard morne et lutta avec une assiduité résolue pour détendre ses liens. Il devait sortir d'ici. Il ne pouvait pas être sûr que les enfants n'étaient pas en danger, et il était déterminé à ce que rien ne leur arrive.

La peur immédiate et aiguë de les perdre lui avait fait comprendre qu'il tenait à eux. Les enfants n'étaient pas seulement une responsabilité qui lui avait été confiée. Avant qu'il ne tombe dans l'état apathique de l'ébriété contemplative, il avait commencé à voir Madeleine, Holland et Juliana en tant qu'individus, avec des personnalités uniques et étonnamment intéressantes. Et tout ça, c'était grâce à Jon qui l'avait métaphoriquement frappé à la tête et l'avait fait vraiment regarder les enfants.

Charles ralentit ses tentatives frénétiques de desserrer en tirant la corde qui le retenait. Il retourna au mordillement méthodique et aux petits coups secs qui avaient détendu le premier nœud. Il avait à nouveau un objectif, et il n'était pas du genre à échouer quand il avait un but clair devant lui.

Dès qu'il serait libre, il irait au chalet et s'assurerait que Jon et les enfants allaient bien. Ensuite, il téléphonerait aux autorités. Après ça, il dirait à Jon qu'il l'aimait.

Chaptire Six

L'AUDIENCE de Jon se tenait dans le cabinet de la Juge Evelyn Eschol dans le Palais de Justice du Comté de Pike. À huit heures quarante-cinq, un adjoint l'escorta dans une large salle divisée en un coin bureau et un salon dans d'agréables tons crème et vert menthe. Nathan Greengold se leva d'un fauteuil devant le large bureau et sourit à Jon d'un air encourageant. L'adjoint le remit à l'huissier de la Juge Eschol et alla se chercher un café.

— Comment vous sentez-vous ? demanda Greengold.

— J'ai un peu dormi, mais je n'ai pas pris de petit-déjeuner. La nourriture à la prison me rappelle les trucs que nous gardions dans un seau pour le donner à notre cochon.

— Vous pouvez vous asseoir, dit l'huissier.

Jon et Greengold s'exécutèrent à l'instant même où la porte se rouvrit. Ils se relevèrent alors que le Substitut du Procureur Bambi Giacinto et son assistante Tyrel Phipps entraient à grands pas. Le Substitut Giacinto regarda la pièce autour d'elle pendant que Phipps posait deux attachés-case entre deux fauteuils. Plusieurs secondes passèrent avant qu'elle ne se retourne vers Jon et Greengold, qui étaient encore debout.

— Je vois qu'elle s'est enfin débarrassée de cette peinture minable d'un cow-boy à moitié finie, dit Giacinto.

— C'est un Frederic Remington, et il est dehors pour être nettoyé.

La Juge Eschol était apparue par une porte dans le mur de gauche lorsque Giacinto eut fini de parler.

— Toujours un plaisir, M. Greengold, dit-elle en marchant vivement vers le bureau et en s'installant dans l'imposant fauteuil qui se trouvait derrière. Vous pouvez tous vous asseoir.

La Juge Eschol attrapa ses lunettes posées sur ses cheveux à la permanente couleur lavande pâle et les percha à mi-hauteur sur son nez. Elle jeta un coup d'œil aux papiers sur son bureau, mais elle les avait parcourus le soir précédent et les connaissait par cœur. Normalement, elle aurait été offensée qu'on lui assigne une audience aussi rapidement, mais les faits de l'affaire semblaient clairs et nets, et elle s'attendait à prendre une rapide décision pour un procès avec jury.

— Bonjour, M. Lamb, dit-elle.

— Bonjour, Votre Honneur.

— Je présume que M. Greengold vous a expliqué les accusations portées contre vous. Il est doué pour ça, dit-elle en souriant à Nathan. Vous menez toujours la noble bataille dans cette mauvaise ville ?

— Vous attendriez-vous à moins de ma part ? Et vous, prenez-vous plaisir à la vie à la campagne ?

— Oui. Le rythme me correspond mieux.

— Excusez-moi, Votre Honneur, interrompit Giacinto.

— Qu'y a-t-il ?

— Vous semblez connaître M. Greengold plutôt bien.

— J'ai entendu des arguments avancés par lui avant. Ça ne fait pas de mal de traiter les gens avec qui on travaille comme des êtres humains.

— Oui, madame. J'espère aussi que vous comprendrez pourquoi je pourrais m'inquiéter sur les prédispositions que vous pourriez avoir envers M. Greengold et par extension, son client.

— Mademoiselle Giacinto, je suis presque sûre que vous ne venez pas de m'accuser de montrer du favoritisme.

— Bien sûr que non, Votre Honneur.

— Puis-je continuer ?

— Dès que Votre Honneur sera prête.

Giacinto reprit place dans son fauteuil.

— Comme j'étais sur le point de le dire, j'ai peur que les faits que j'ai devant moi exigent un procès.

— Votre Honneur, j'espère que vous entendrez le témoignage de Madeleine Macquarrie avant de prendre une décision finale, dit Greengold.

— C'est à l'ordre du jour après avoir écouté Mademoiselle Giacinto.

— Je serai brève, Votre Honneur. Comme vous l'avez dit, les faits sont clairs. Jonathan Lamb a enlevé ces enfants, et il apparaît maintenant qu'il a extorqué trente millions de dollars. Il y a également la question d'un employeur disparu, mais le bureau du procureur est disposé à le faire juger pour kidnapping. Merci.

— C'était délicieusement bref en effet, dit la Juge Eschol en tournant le regard vers l'huissier. Je vais voir Mademoiselle Macquarrie maintenant.

L'huissier ouvrit la porte vers le couloir et fit signe aux personnes qui attendaient sur le banc. Bunny Langford se leva et offrit sa main à Madeleine. Charmée, elle la prit et il la serra d'une manière réconfortante avant de la lâcher.

— Tu gères, dit Bunny.

Holland leva le poing.

— Éclate-les.

Madeleine prit trois inspirations pour se calmer comme elle le faisait avant de présenter un enchaînement. Ça ne pouvait pas être plus difficile que de faire des acrobaties sur un morceau de bois de dix centimètres de large et à un mètre vingt du sol.

— Je suis prête, dit-elle avant de suivre l'huissier dans la salle.

Greengold vit Jon bouger du coin de son œil, et il lui posa une main sur le bras. Ce dernier réussit à rester dans son fauteuil lorsque Madeleine entra, mais ce lui fut pénible. Elle riva les yeux aux siens lorsqu'elle entra et ne les détourna pas. Il lui sourit et leva discrètement un pouce dans sa direction alors que l'huissier la conduisait à un fauteuil à côté du grand bureau.

— Bonjour, Mademoiselle Macquarrie, dit la Juge Eschol.

— Bonjour, Votre Honneur, dit Madeleine, arrachant son regard de Jon.

— J'ai cru comprendre que des choses inhabituelles se sont passées dans votre vie.

— Tout allait bien jusqu'à ce que la police se montre.

— Je vois. Donc vous étiez heureuse de vivre dans un coin sauvage avec M. Lamb ?

— Pas au début. C'était plutôt pourri jusqu'à ce que je m'y habitue.

— À quoi avez-vous dû vous habituer ?

— Ma corvée, c'est la lessive. Je dois m'occuper des vêtements, des draps et des serviettes de tout le monde. Je n'ai jamais eu de corvées avant, alors au début je ne voulais pas le faire.

La Juge Eschol réprima un sourire.

— La mienne, c'était la vaisselle, quand j'avais votre âge. C'est une bonne chose d'avoir une responsabilité.

— Oui, c'est ce que Jon a dit.

— Est-il votre professeur ?

— Non, madame. Nous ne sommes pas scolarisés à domicile. Jon est notre nounou.

— Dites-moi ce qu'un nounou fait. Faites comme si je n'en avais jamais entendu parler.

— Jon n'est pas comme la plupart des nounous, et je le sais, parce que j'en ai eu beaucoup.

— En quoi est-il différent ?

— Il se soucie vraiment de nous, pas seulement de ce qu'on mange ou de s'assurer qu'on se brosse les dents. Il se soucie de ce qu'on pense. Il ne nous fait pas manger de nourriture qu'on n'aime pas, mais on doit goûter avant de dire qu'on n'aime pas ça. Chaque matin, il se lève de bonne heure pour préparer nos déjeuners avant de préparer notre petit-déjeuner. Il est là quand on rentre de l'école, et il demande toujours si quelque chose de cool nous est arrivé. Puis il écoute pendant qu'on en parle. Il nous laisse l'aider à préparer le dîner, et il regarde nos films avec nous, même quand Juliana veut regarder Ponyo pour la millionième fois. Il a même regardé le film de One Direction avec moi.

Madeleine sourit à Jon.

— One Direction ? répéta la Juge Eschol.

— Un boys band, Votre Honneur, dit l'huissier.

— Merci, Harmon.

La juge haussa un sourcil dans sa direction.

— J'ai des filles, dit l'huissier.

— Bien sûr, dit la Juge Eschol en reportant son attention sur Madeleine. Il y a quelque chose qu'on appelle le syndrome de Stockholm.

— Je sais ce que c'est, mais Jon était mon ami avant que nous n'allions au chalet. On ne m'a pas lavé le cerveau et je ne fais pas de la lèche parce qu'il est le responsable.

— Vous savez qu'il a été accusé de vous avoir kidnappés de votre école.

— Comment peut-il nous kidnapper quand Cousin Charles lui a donné la permission de nous sortir de l'école ?

— Charles Macquarrie est votre tuteur légal, exact ?

— Oui, madame. Il a dit à Jon d'aller nous chercher à l'école, puis il nous a conduits au chalet.

— Alliez-vous en vacances ?

— C'est ce qu'il a dit au début, mais plus tard il a admis que nous nous cachions.

— De quoi vous cachiez-vous ?

Madeleine se pencha vers la juge.

— La Pègre, dit-elle dans un chuchotement audible.

— Pourquoi voulaient-ils vous trouver ?

— Je n'en suis pas sûre. Ça avait quelque chose à voir avec l'entreprise de Cousin Charles et beaucoup d'argent.

La Juge Eschol jeta un coup d'œil aux avocats.

— C'est la première fois que j'entends que le crime organisé pourrait être impliqué dans cette affaire.

— C'est nouveau pour moi, Votre Honneur, dit Giacinto.

— Votre Honneur, il y a une rumeur non corroborée selon laquelle l'assistant de direction de M. Macquarrie a effectué des transactions avec un usurier, dit Greengold. Je ne pensais pas que ça justifiait d'être inclus.

— Quel dommage, dit Giacinto. Mon enquêteur aurait aimé discuter avec cet assistant de direction. Juste par curiosité.

Greengold s'éclaircit la voix.

— Malheureusement, M. Anthony n'est pas disponible pour un interrogatoire.

— Ne me dites pas qu'il a disparu aussi, dit la juge.

— Apparemment, Votre Honneur, répondit Greengold.

— Je n'aime pas ça quand les avocats se précipitent à une audience. Trop d'opportunités pour que des choses passent entre les mailles du filet et soient écartées, dit la Juge Eschol en remontant ses lunettes sur son nez. J'ai accepté d'écouter cette affaire pour rendre service, mais je pense que les deux côtés auraient tiré profit s'ils avaient eu plus de temps pour se préparer.

Greengold s'éclaircit la voix.

— Votre Honneur, j'ai demandé cette audience dans l'espoir d'épargner au comté et à l'état le coût d'un procès. J'espérais également obtenir la libération de M. Lamb avec une caution. Je sens que le garder en prison serait une injustice.

— Pourtant, rien ne prouve qu'il n'a pas enlevé ces enfants.

— J'avais espéré que le témoignage de Madeleine vous influencerait.

La Juge Eschol se tourna pour faire face à Madeleine.

— Vous êtes une jeune demoiselle très éloquente et à l'évidence intelligente, mais l'esprit d'un enfant est une chose terriblement impressionnable. Je ne veux pas vous insulter, Mademoiselle Macquarrie, je ne fais qu'exprimer un fait.

— Je ne me considère pas comme une enfant, madame.

— Mais la loi si, jusqu'à que vous ayez dix-huit ans, dit la Juge Eschol en offrant un gentil sourire à Madeleine. Je peux voir que M. Lamb est davantage qu'un nounou pour vous, et je comprends que vous vouliez aider votre ami. Et c'est précisément pour ça que je dois évaluer votre témoignage avec précaution.

— Bien sûr que je veux l'aider, mais je ne mentirais pas.

— Pas intentionnellement, peut-être, mais quand des jeunes filles ont un béguin, elles se comportent parfois de manière différente par rapport aux circonstances normales.

Madeleine rougit jusqu'aux racines de ses cheveux.

— Je ne vois pas ce que ça a à voir là-dedans, Votre Honneur, dit-elle d'un ton glacial.

La Juge Eschol sourit à nouveau.

— Merci pour votre temps et votre franchise, Mademoiselle Macquarrie. Vous pouvez vous retirer, dit-elle en se tournant vers sa droite. Huissier, escortez Mademoiselle Macquarrie dans le couloir.

Alors que Madeleine suivait l'homme en uniforme hors de la salle d'audience, elle croisa le regard de Jon.

— Désolée, articula-t-elle.

Jon lui sourit, puis elle dépassa la table derrière laquelle il était assis avec son avocat. L'huissier ouvrit la porte pour elle. Bunny attendait de l'autre côté avec Holland et Juliana. Elle se tourna rapidement pour apercevoir Jon avant que la porte ne se referme derrière elle et sursauta quand Bunny posa la main sur son épaule.

— J'ai tout gâché, dit Madeleine.

— J'en doute.

— Qu'as-tu dit ? demanda Holland.

— J'ai dit la vérité.

— Alors ça ira, dit Holland.

Maladroitement, il tapota l'épaule de Madeleine.

Juliana lui prit la main.

— As-tu dit bonjour à Jon ?

— En quelque sorte. Je pense qu'il va bien. Il en avait l'air, en tout cas.

— Ne t'inquiète pas, dit Bunny. Je suis sûr que tu as été très bien.

— Mais la juge a dit qu'elle ne me croyait pas ! dit Madeleine, son indignation intensifiant sa voix. Elle a dit que je défendais Jon parce que j'ai le béguin pour lui !

— Hé ! dit Bunny. J'ai une poche pleine de monnaie. Qui veut aller voir ce qu'il y a au distributeur ?

— Non, merci, dit Holland. Je veux attendre ici jusqu'à ce que Jon sorte.

— Il ne sortira pas par cette porte, dit Bunny. L'huissier va le faire sortir par un autre côté.

— Allons attendre là-bas, dit Madeleine.

— Je ne suis pas sûr que ce soit autorisé.

— Pouvez-vous vous renseigner ? demanda Holland.

— S'il vous plaît ? dit Julianna.

— Bien sûr, dit Bunny. Retournons à l'accueil et demandons.

On les informa que les visiteurs n'étaient pas autorisés dans la zone de transfert des prisonniers pour des raisons évidentes. Même s'il était improbable que Bunny ait prévu de faire évader Jon avec trois enfants comme complices, l'officier de service répéta qu'en aucun cas ils ne devaient se trouver près de la porte où les prisonniers entraient et quittaient la salle d'audience. L'officier les regarda s'éloigner jusqu'à ce qu'ils soient hors de vue.

— Quel type suspicieux, dit Holland alors qu'ils se rasseyaient devant la salle d'audience.

— Ça fait partie du métier, je pense, dit Bunny.

— Ça tombe sous le sens, dit Holland en sortant son téléphone puis il se souvint qu'il ne pouvait pas l'allumer dans le bâtiment. Hé, les filles, vous voulez jouer à Vingt Questions ?

Madeleine secoua la tête.

— Tu choisis toujours des bestioles. C'est ennuyeux.

— Tu te souviens de la fois où tu as dit que tu t'ennuyais, et que Jon t'a affirmé que tu étais trop intelligente pour t'ennuyer ? demanda Holland.

— Oui, et ?

— Je pense qu'il avait tort.

— Tais-toi.

Holland se mit à rire.

— Quelle claque ! Je ne vais pas me remettre de celle-là.

— Tu ne devrais pas dire aux gens de se taire, intervint Bunny. Et ce flic nous regarde.

— Peut-être que nous ne sommes pas censés rire ici, commenta Holland.

— Probablement pas, répondit Bunny en baissant les yeux vers Juliana. Tu vas bien ?

Elle hocha la tête.

— Écoutez, les enfants, si vous êtes fatigués de traîner ici, nous pourrions attendre ailleurs.

— Où ? demanda Madeleine.

— Voilà une idée dont Nate et moi avons parlé. Le chalet est à environ quinze minutes d'ici. Nous pourrions récupérer certaines de vos affaires et revenir.

— Êtes-vous sûr que nous avons assez de temps ? demanda Madeleine.

— Si l'audience se termine, Nate m'appellera. Vous ne verrez pas Jon de toute façon, donc ne perdons pas de temps à rester assis.

— Vous avez raison, dit Holland. Je vote pour qu'on aille au chalet.

— Très bien, abdiqua Madeleine avec indifférence. Jule, est-ce que tu dois aller faire pipi ?

Juliana secoua la tête et Madeleine lui prit la main. Holland se leva et ils suivirent Bunny jusqu'à la Jeep Grand Cherokee qu'il avait louée. Tout le monde grimpa et mit sa ceinture, et ils sortirent de Milford.

— Je vais accélérer un peu, dit Bunny quand ils rejoignirent l'autoroute. Je sais que je donne le mauvais exemple avec des enfants dans la voiture, mais…

— Mais quoi ? demanda Holland. Vous pouvez nous donner une justification, mais le fait est que vous nous montrez qu'on peut violer la loi si on pense qu'on a une bonne raison.

— Tais-toi, dit Bunny. Qu'est-ce qui est si drôle ? ajouta-t-il quand Madeleine et Holland se mirent à rire.

— Rien, pouffa Madeleine en souriant à son frère par-dessus son épaule.

— Quel est votre vrai nom et comment avez-vous reçu le surnom de Bunny ? demanda Holland.

— Mon nom complet est Robert Allen Langford. Mes parents m'appelaient Bobby, mais ma sœur, qui avait deux ans quand je suis né, n'arrivait pas à bien le prononcer. Elle m'appelait Bunny et c'est resté, comme ces choses-là ont tendance à le faire.

— Est-ce que vos professeurs vous appelaient Bunny ? demanda Madeleine.

— Non, ils m'appelaient Bobby, mais mes amis et ma famille m'appellent tous Bunny.

— Comment s'appelle votre sœur ? demanda Juliana.

— Elle s'appelait Frieda, mais tout le monde l'appelait Freddie. Elle m'a appris à faire du vélo, et plus tard, elle m'a appris à jouer au tennis. Grâce à ses leçons de danse, j'étais très populaire avec les dames. Elle m'a défié de faire mon premier saut en parachute quand j'avais seize ans. Elle est la raison pour laquelle je grimpe encore sur n'importe quoi, saute de n'importe où et monte sur des engins qui vont très vite.

— Elle a l'air vraiment cool, dit Holland.

— Elle l'était, car elle est décédée quand elle était en terminale au lycée. Un anévrisme. Vous savez ce que c'est ?

— Moi non, dit Juliana.

— Une de ses veines a explosé, dit Holland. Complètement imprévisible.

— Enfin, c'était une conversation agréable, mais nous sommes arrivés, dit Bunny en prenant le virage à gauche dans la longue allée.

— **MERCI** de m'avoir obligé à attacher tous ces nœuds quand tu m'as appris à naviguer, Bunny, dit Charles lorsque le dernier nœud se défit suite à ses efforts acharnés.

Les mains enfin libres, il tâta les cordes autour de ses chevilles. Avant d'essayer de les desserrer, il vérifia ses poches. Son téléphone et son portefeuille avaient disparu, mais il lui restait encore une poignée de monnaie, une petite boîte de bonbons à la menthe et son couteau de poche. Sentant que sa chance était en train de tourner en sa faveur, il ouvrit le petit couteau et libéra rapidement ses jambes.

Tout le temps où il avait été retenu captif, il avait réfléchi à ce qu'il ferait s'il arrivait à se libérer. Il était reconnaissant d'avoir survécu, et il avait hâte de voir ses amis et sa famille, mais la première personne à laquelle il pensait, c'était Jon. Depuis leur première rencontre, il avait ressenti de l'attirance physique pour Jon, mais durant les quelques mois où Charles l'avait côtoyé, il en était venu à l'aimer. C'était arrivé si graduellement qu'il n'avait pas été conscient de ce qu'il ressentait, mais maintenant, il savait. La compétence discrète de Jon, sa croyance dans la bonté intrinsèque des gens, la rapidité avec laquelle il pardonnait – ces choses et un millier d'autres tout aussi éphémères avaient fait qu'il était tombé amoureux de lui.

Maintenant, Charles se rendait compte que ce qu'il avait ressenti pour Chrétien et quelques autres qu'il avait cru aimer n'était rien comparé à ce qu'il ressentait pour Jon. C'était stupéfiant le temps qu'il avait passé sans remarquer la personne incroyable qui se tenait si près de lui. Dans ces moments joyeux et animés où il se sentait reconnaissant d'avoir survécu, il se sentait saoul d'amour, idiot et exubérant. Il devait trouver Jon et tout lui dire.

Il tâtonna autour de lui et découvrit qu'il était sur un banc contre un mur. Il balança ses jambes par-dessus et baissa prudemment un pied à la recherche du sol. Il trouva une surface solide libre d'obstacles et glissa du banc. Il avança en traînant les pieds, les mains tendues devant lui jusqu'à trouver un mur. Il tâtonna jusqu'à trouver une fenêtre. Près du mince filet de lumière le long de l'encadrement, il vit que la vitre était couverte de papier d'aluminium. Rapidement, il le décolla et la lumière du soleil afflua. Charles tourna la tête pour éviter d'être aveuglé et vit une porte sur le mur d'en face. En cinq pas, il y fut et sa main se posa sur la poignée, mais il marqua une pause avant de l'ouvrir. Son instinct l'exhortait à le faire brusquement et à courir jusqu'à trouver de l'aide, mais il ne savait pas ce qui l'attendait de l'autre côté. Mieux valait d'abord regarder autour de lui et déterminer où il était avant de faire quoi que ce soit d'autre. Il tourna quand même la poignée. Elle était verrouillée.

Charles appuya sur la rangée d'interrupteurs près de la porte, et douze tubes fluorescents s'illuminèrent au-dessus de sa tête. Il était dans une grande remise faite de bois de construction avec un établi qui courait le long de deux murs. Des rouleaux de pare-neige orange vif étaient empilés contre un des petits murs, mais l'essentiel de l'espace était inutilisé. Chacune des trois fenêtres avait été couverte de papier d'aluminium et de ruban adhésif. Il les découvrit et regarda dehors, des arbres et encore plus d'arbres. Quand son regard revint à la porte, il vit la clé scotchée à côté du chambranle.

— Espèce de connard mystérieux, dit-il dans sa barbe en tendant la main vers la clé.

Avec prudence, Charles ouvrit doucement la porte et jeta un coup d'œil autour de lui. Au-delà d'un parvis d'espace dégagé se trouvait un chemin de terre entre les arbres. Il ne vit aucun signe de danger et sortit, fit une fois le tour de la remise, mais ne trouva rien pour lui indiquer où il se trouvait. Reconnaissant qu'on ne lui ait pas retiré ses vêtements, il avança sur la piste étroite.

En quelques minutes, il rejoignit la chaussée sous la forme d'un petit parking derrière un groupe de bâtiments d'un étage reconnaissable au style d'architecture des parcs nationaux. Il se rendit compte qu'il regardait l'arrière du Centre d'Accueil de Dingmans Falls et se précipita pour faire le tour. Le parking à l'avant était aussi vide que celui à l'arrière. Charles testa les portes mais elles étaient toutes fermées. Il scruta l'intérieur pour voir s'il y avait quoi que ce soit qui justifierait de briser une porte en verre, mais il lui apparut que, avec presque tout le reste, les téléphones avaient été retirés pour la rénovation.

Charles se détourna du bâtiment et marcha dans les bois. En une demi-heure ou moins, s'il ne traînait pas, il pourrait être de retour au chalet. Impatient de voir Jon et les enfants, il s'y dirigea aussi vite que le terrain le lui permettait.

MADELEINE fit glisser la fermeture éclair de sa valise et regarda Juliana.

— Tu dois prendre des vêtements, dit-elle. Tu ne peux pas remplir ta valise d'animaux en peluche et de livres.

— Elle vient de le faire, dit Holland sans lever les yeux de son téléphone.

— Est-ce que tu as tout emballé ? lui demanda Madeleine.

Holland tapota le sac sur lequel il était assis.

— Je suis prêt à partir.

— Ne faisons pas attendre Oncle Bunny, dit Madeleine en aidant Juliana à sortir la poignée de sa valise. Vas-y, Jule.

Celle-ci fit rouler sa valise Hello Kitty vers le salon, ravie par le bruit que les roues produisaient sur le sol en bois. Madeleine et Holland la suivirent. Bunny était assis devant le bureau dans le coin de la pièce, et il leva les yeux lorsque les enfants entrèrent.

— J'espérais pouvoir trouver un indice sur l'endroit où se trouve Charles, dit-il. Mais il n'y a rien. (Il jeta un coup d'œil aux bagages.) Vous avez tout ce dont vous avez besoin ?

— Impossible, dit Holland.

Madeleine lui lança un coup d'œil.

— Nous avons des vêtements propres, nos brosses à dents et quelques autres affaires. Nous avons fait nos valises comme si nous partions pour le week-end.

— Parfait, dit Bunny en se levant. Y a-t-il quoi que ce soit dans le frigo que nous devrions jeter ?

— Il faudrait y jeter un coup d'œil, dit Madeleine.

Dans la cuisine, les deux paniers qu'ils avaient confectionnés avec Jon se trouvaient sur la table. Madeleine passa les doigts sur les joncs entrelacés pendant que Bunny regardait dans le réfrigérateur.

— Pourquoi il a fallu que ça arrive ? demanda-t-elle. Au début, je détestais vivre dans ce chalet, mais maintenant, je veux rester ici pour toujours. Jon avait rendu ça amusant. J'aimais même faire la lessive.

— M. Greengold est un très bon avocat, dit Bunny. Il démontrera à la juge que Jon est innocent.

— Et s'il ne peut pas ? Cette juge n'est pas le genre de personne à vous croire sur parole.

— Alors je suis sûr qu'elle est suffisamment intelligente pour trouver la vérité. Je jette cette laitue.

— Je vais la mettre dans le tas de compost, annonça Holland.

— Donne-la à Jule, dit Madeleine. Tu peux sortir la poubelle de la cuisine, si ça ne te dérange pas.

Dès que Holland et Juliana furent sortis, Madeleine continua.

— Sérieusement, si Jon est reconnu coupable, que va-t-il se passer ? J'irai bien, quoi qu'il arrive, mais Jule est si petite, et Holland… c'est Holland. Allons-nous aller en famille d'accueil ?

— Non, dit Bunny en se détournant du minuscule garde-manger pour faire face à Madeleine. Le gouvernement accepte que vous restiez avec moi parce que Charles m'a nommé comme tuteur au cas où quelque chose lui arriverait. Si…

Bunny marqua une pause.

— Si Charles a disparu et que Jon va en prison, vous resterez avec moi.

Il marqua une nouvelle pause.

— Si ça vous va.

— Ça me va. Mais je ne sais pas ce que Holland et Juliana diront.

— Je vais croiser les doigts.

Bunny lui fit un sourire que Madeleine lui rendit.

— Je suppose que nous sommes prêts à partir, dit-il lorsque Holland et Juliana revinrent.

Ils mirent les valises dans l'espace de chargement de la Jeep et s'en allèrent. Bunny avait les yeux sur l'écureuil qui semblait décidé à se suicider en filant devant le SUV. Madeleine cherchait une bonne station de radio, et Holland montrait à Juliana un court cartoon sur son téléphone. Aucun d'eux ne vit l'homme qui émergea des bois derrière eux.

Chaptire Sept

CHARLES fixa la voiture inconnue qui s'éloignait du chalet. Alors que la Jeep accélérait, il était sûr d'avoir vu Holland sur le siège arrière. Sans y réfléchir, il se mit à courir. Il traversa la cour et se précipita derrière le véhicule, mais une fois qu'elle eut rejoint la route goudronnée, la Jeep prit rapidement de la vitesse et Charles fut bientôt distancé. Il courut plus vite, mais il était évident qu'il n'arriverait pas les rattraper. Lorsque le véhicule disparut dans un virage, Charles s'arrêta et tomba à genoux. Il était essoufflé, épuisé et regrettait profondément de s'être relâché dans ses exercices durant les six derniers mois. Après une pause et quelques haut-le-cœur, il se releva et retourna en marchant au chalet.

Charles sentit le vide de l'endroit avant d'ouvrir la porte. Il regarda autour de lui, mais comme il l'avait craint, il n'y avait personne. Les valises des enfants avaient disparu, mais celle de Jon était encore dans la chambre. Ce n'était pas bon signe.

Il fouilla le chalet à la recherche d'un téléphone, mais apparemment, tout le monde avait pris le sien. Il allait devoir marcher jusqu'à la ville, mais d'abord, il devait se préparer. Il prit une bouteille d'eau dans le frigo et la but avant de se débarbouiller et de changer de vêtements. Il troqua ses mocassins contre des baskets et quitta le chalet pour s'aventurer à nouveau dans les bois plutôt que de prendre la route. Ce chemin permettait de couper un grand virage sur la route de Dingmans et lui ferait gagner un temps précieux. Alors qu'il disparaissait entre les arbres, il ne vit pas la voiture de patrouille du shérif qui se gara dans la cour derrière lui, et aucun des officiers ne le vit.

Charles quitta les bois juste à l'endroit qui menait à la route principale vers Dingmans Falls. Il s'arrêta et regarda avec surprise. Garée sur le bas-côté sous un arbre, se trouvait sa voiture. Il traversa la route en courant et scruta à travers la fenêtre du côté conducteur. Les clés reposaient sur le siège, et quand il testa la portière, elle était déverrouillée.

— D'abord la clé de la remise, et maintenant ça. Je suppose que tu as une conscience, après tout, dit Charles en démarrant le SUV.

Utilisant l'InControl [8], Charles signala son enlèvement et la disparition de sa famille et informa l'agent qu'il était en chemin vers le poste de police de Milford. L'agent approuva sa décision. Alors que

8 *InControl* est une suite de services et d'applications qui connecte le conducteur à son véhicule.

Charles conduisait, l'agent se mit au travail, vérifiant les informations et alertant les autorités compétentes. Le temps qu'il rejoigne le poste du shérif, ils l'attendaient.

Le Shérif Berkqvist prit sa déposition dans son bureau.

— Vous ne le saviez probablement pas, mais il y a un avis de recherche vous concernant. Pourquoi ne me dites-vous pas ce qui s'est passé ?

— J'ai été drogué, enlevé et retenu captif au Centre d'Accueil de Dingmans Falls.

— Qu'est-ce que vous racontez ?!

— J'ai eu pratiquement la même réaction. Je n'aurais jamais cru que quelqu'un à qui je tiens autant me ferait une chose pareille.

— Les gens sont des drôles d'animaux. Vous voulez nous dire qui l'a fait ? Juste pour confirmer que nous avons mis la bonne personne en détention ?

— Il s'appelle Chrétien Giroux, même si je ne connaissais pas son nom de famille jusqu'à récemment.

— Pas Jonathan Lamb ?

— Jon ? Quoi ? Sûrement pas !

Charles marqua une pause.

— Pourquoi mentionnez-vous son nom ?

— C'est le suspect numéro un, c'est la raison pour laquelle nous sommes allés le chercher.

Charles fixa le shérif pendant plusieurs secondes.

— Êtes-vous en train de me dire que vous avez arrêté Jon ?

— Pas pour l'instant, même s'il est en détention. Il est au palais de justice pour une audience.

— Quoi ?

— Pour voir s'il y a assez de preuves pour le faire juger pour kidnapping.

— Quoi ? Attendez, dit Charles en levant une main. C'est ridicule. Revenons en arrière. En ce moment, je n'ai besoin de savoir que deux choses : où sont Madeleine, Holland et Juliana, et où est le palais de justice ?

— Le palais de justice est de l'autre côté de la rue, où il a toujours été. Et, si je ne me trompe pas, les enfants y sont aussi.

— Si vous voulez bien m'excuser…

Charles se leva.

— J'aimerais vous poser quelques autres questions, mais elles peuvent attendre un peu. Je peux comprendre ce que vous devez ressentir.

— Alors pouvez-vous me l'expliquer ? dit Charles. Il y a quelques mois, si quelqu'un m'avait dit que je serais fou d'inquiétude à cause de trois morpions et de Gary Poppins, je lui aurais dit qu'il était dingue.

— Vous avez vécu une expérience qui change la vie, M. Macquarrie. Ça m'est arrivé après qu'on m'a tiré dessus en 77… c'est pour ça que je travaille ici et pas en ville. Ce que vous ressentez, c'est un amour renouvelé de la vie. Pendant un moment, tout va vous sembler merveilleux. Si vous travaillez dur et que vous êtes chanceux, peut-être que vous pourrez conserver cette sensation.

Charles hocha la tête vers le shérif.

— Je m'en souviendrai, dit-il avant d'aller à la porte.

— Je vais envoyer un adjoint avec vous, dit Berkqvist.

— Il peut toujours essayer de me suivre.

Charles quitta le bureau, traversa directement la rue et entra dans le palais de justice. Après être passé par le contrôle de sécurité, il demanda où il devrait aller pour donner des informations à une audience.

BUNNY se mit à rire devant le cartoon de deux cannibales cuisinant un clown que Holland avait affiché sur son téléphone.

— C'est un bon, dit-il, faisant tourner sa tête avant de sentir une vertèbre craquer. Je me demande pourquoi c'est si long.

Madeleine arrêta de traîner sa chaussure contre le sol et jeta un coup d'œil à la porte du cabinet de la juge.

— Ils sont là-dedans depuis genre une éternité.

— Ça fait genre une heure, dit Holland. Une heure et sept minutes, pour être précis.

— Ça me semble être une éternité, dit Madeleine. Nous avons eu le temps d'aller au chalet et de revenir.

— C'était quarante minutes, max.

— Comment est-ce possible ? dit Madeleine en essayant d'attraper Juliana, qui avait glissé du banc. Jule ! Où vas-tu ? Reviens ici.

La petite fille n'écouta pas. Elle marcha plus vite et trottina vers l'homme qui arrivait dans le couloir.

— Cousin Char ! appela-t-elle.

Charles prit Juliana dans ses bras et la serra alors qu'elle gloussait. Madeleine et Holland l'avaient suivie avec un peu plus de prudence, mais ils étaient tout aussi heureux de le voir. Le sourire de Charles vacilla lorsqu'il s'agenouilla et tendit les bras. Madeleine laissa tomber tout semblant de self-control adulte et lança les bras autour de son cou, Holland en fit de même pour être inclus dans cette étreinte familiale. Les larmes brouillaient la vue de Charles quand il leva les yeux et vit Bunny.

— Bon retour, dit Bunny.

— Tu n'as pas idée à quel point ça fait du bien d'être de retour, dit Charles en souriant. Ce n'était que quelques heures, quand j'y repense, mais ça m'a semblé beaucoup plus long. Au risque d'avoir l'air cliché, j'ai vécu une expérience qui change la vie.

— Ça peut être bon pour toi. J'essaie d'en avoir au moins une par semaine.

— Tais-toi et viens par ici pour me donner un câlin, espèce de connard suffisant.

— Je le ferais, mais je suis allergique au mucus des mômes.

— Venez serrer Cousin Charles ou je lécherai l'écran de votre téléphone, dit Holland.

Bunny rejoignit l'étreinte et le serra avec force.

— Je suis content que tu ailles bien, dit-il.

— Merci de t'être occupé de tout. Je t'en dois une.

— Qu'étais-je censé faire ? Tu ne me dois rien, Pinky, dit Bunny avant de l'embrasser sur la joue. Ce n'est pas tout à fait vrai, mais les choses que tu me dois ne sont pas appropriées pour de jeunes oreilles.

— Je suis incroyablement content de tous vous voir, mais il y a une chose que je dois faire. Où est Jon ?

— Je m'en occupe, dit Bunny.

Il frappa à la porte du cabinet de la juge et parla à l'huissier.

— **QU'Y** a-t-il, Harmon ? demanda la Juge Eschol quand son huissier approcha de son bureau.

— Madame, dit Harmon discrètement, M. Charles Macquarrie est dehors et veut parler à l'audience.

— J'ai l'impression d'être dans un épisode de Perry Mason, dit-elle.

Harmon lui lança un regard perplexe.

— Votre Honneur ?

— Une série télé. De mon époque, pas de la vôtre. Faites entrer M. Macquarrie.

Pendant que l'huissier retournait à la porte, elle s'adressa aux avocats et à Jon.

— Avant que je ne vous donne ma décision, nous allons entendre une autre personne.

Quand Charles entra, tout le monde dans la salle faisait face à la porte, mais ce n'était pas la première fois qu'il était fixé par une foule.

— J'espère que vous excuserez cette interruption, dit-il. Je n'étais pas disponible quand cette audience a été programmée.

Il essaya de ne pas sourire, mais il n'y réussit pas.

— Vous semblez être de bonne humeur, monsieur, dit la Juge Eschol.

— Je suis désolé si je suis irrespectueux, mais je suis si heureux en ce moment que c'est difficile de me retenir.

— Essayez et prenez place par ici, dit la juge.

Charles s'assit dans le siège que Madeleine avait occupé.

— Bonjour, Votre Honneur, dit-il.

— Bonjour, M. Macquarrie. Pourquoi n'êtes-vous pas venu plus tôt ?

— J'étais pieds et poings liés. (Un faible sourire courba les lèvres de Charles.) Littéralement.

— Je veux vraiment entendre cette histoire, mais chaque chose en son temps. À votre connaissance, est-ce que Jonathan Lamb a kidnappé vos pupilles ?

— Non, Votre Honneur. J'ai demandé à Jon de les sortir de l'école, où il avait la permission signée de le faire. Je voulais les emmener avec moi en voyage.

— À votre connaissance, a-t-il détourné trente millions de dollars de votre société ?

— Je sais que non, parce que la personne qui l'a fait me l'a avoué. Un mandat pour son arrestation a été émis à New York, où le crime a eu lieu.

— Donc il semble que M. Lamb n'est pas coupable de grand-chose.

Enfin, Charles s'autorisa à regarder en direction de Jon. Il croisa son regard, et la joie qu'il ressentait ne put pas être contenue.

— Il n'a kidnappé personne et il n'a pas détourné d'argent, mais il a bien volé mon cœur.

— Je vous demande pardon ?

— Je suis désolé, Votre Honneur. Je promets d'observer les convenances, mais ça en valait la peine pour voir l'expression sur le visage de Jon.

—M. Macquarrie, dit la Juge Eschol. Je comprends que vous êtes un homme d'une richesse considérable qui a vécu une vie de privilèges depuis sa naissance et que vous êtes le propriétaire d'une entreprise internationale qui a l'habitude de faire ce qui lui plaît sans conséquence, cependant… aucun charme ne peut vous absoudre de prendre cette procédure à la légère puis de tenter de vous excuser avec une défense de « il faut que jeunesse se passe ».

— Vous avez raison, Votre Honneur. Je vous présente mes excuses.

— Bonne réponse, dit la juge en regardant vers les avocats. Je suis disposée à rejeter les accusations.

— À la lumière de…

Giacinto marqua une pause.

— Seigneur, je n'arrive pas à croire que je vais dire ça, mais à la lumière des récents développements, nous n'avons aucune objection à libérer M. Lamb.

— Qu'il en soit ainsi, dit la Juge Eschol. M. Lamb, vous êtes libre de partir.

— Merci, Votre Honneur, dit Jon, avant de se tourner vers Greengold. Merci, Nate.

Greengold lui sourit.

— Cela me rend toujours heureux quand les gentils gagnent.

— Suis-je libre ? demanda Charles à la juge.

— Oui, M. Macquarrie, mais pas pour longtemps, je pense.

La Juge Eschol lui lança un regard entendu.

Charles avait déjà traversé la moitié de la salle. Faisant preuve de grande retenue, il serra la main de Greengold, même si son regard ne cessait de s'égarer vers Jon.

— Merci, Nathan, dit Charles. Si un jour tu veux un travail peinard en tant qu'avocat personnel avec un salaire astronomique, appelle-moi.

— Je garderai ça à l'esprit. Maintenant, si vous voulez bien m'excuser, M. Langford me doit une faveur.

— Très bien, dit Charles. Mais attends-toi à un appel de ma part bientôt t'invitant à un dîner de célébration.

— J'attends ça avec impatience, dit Greengold en souriant à Jon. J'espère vous revoir bientôt.

— Moi aussi. Encore merci. Cette expérience aurait été bien pire sans Bunny et vous. J'essaierai de trouver un moyen de vous rembourser tous les deux.

— La bonne action est en soi une récompense. Au revoir.

Greengold alla parler un instant avec la Juge Eschol puis quitta la salle. Le substitut du procureur et son assistante étaient déjà partis, ce qui laissait Jon et Charles seuls avec la juge.

— Je suis si content que tu ailles bien, dit Jon, adoptant spontanément le tutoiement sous le coup de l'émotion.

— Tout ce temps, tout ce à quoi je pouvais penser, c'était retourner auprès de toi et des enfants. (Charles jeta un coup d'œil à la juge, vit qu'elle prenait des notes, et prit la main de Jon.) Ne recule pas, d'accord ? Je sais que j'ai foiré, mais…

— M. Macquarrie, M. Lamb, l'audience est terminée, dit la Juge Eschol, les regardant par-dessus ses lunettes. Vous pouvez partir maintenant.

— Oui, Votre Honneur, dirent-ils en chœur.

— Prépare-toi à être assailli, dit Charles à Jon. La meute entière est de l'autre côté de cette porte.

— J'ai hâte.

Jon ouvrit la porte et s'avança dans une bousculade d'étreintes, de baisers et de félicitations.

— Merci à tous, dit-il quand l'agitation se calma. Pouvons-nous aller manger de la glace ? J'ai beaucoup pensé à de la glace pendant que j'étais en prison.

— La glace ! hurla Juliana.

— Il est dix heures et demie du matin, dit Holland.

— Détends-toi, lui dit Bunny. Personne n'aime les chieurs.

Juliana gloussa.

— Chieur, répéta-t-elle en pointant du doigt Holland, qui roula des yeux.

— Tête de caca, répondit-il.

— Ça suffit, vous ne croyez pas ? dit Jon. Venez. J'ai besoin de glace.

ILS finirent au restaurant Delmonico à l'Hôtel Fauchere parce que Madeleine aimait le joli bâtiment du dix-neuvième siècle et que c'était accessible à pied. La cuisine complaisante leur servit des glaces sous le porche, et Charles raconta l'histoire de ses heures de disparition.

— Albert m'a envoyé par SMS un lieu et des instructions, et j'y suis allé pour le retrouver. C'était un endroit appelé le Grotto à la sortie de la 6. Un de ces bars-restaurants avec une luminosité vraiment basse et des box en cuir. Je ne voyais pas Albert, donc j'ai demandé une table comme il m'avait dit de le faire dans son SMS. Avant que la serveuse ne puisse venir vers moi, Chrétien s'est montré avec deux verres et a demandé s'il pouvait s'asseoir.

— Tu aurais dû lui dire directement d'aller se faire foutre, s'exclama Bunny, avant de jeter un coup d'œil aux enfants. Oups, désolé.

— Ils ont déjà entendu ce mot, j'en suis sûr, répliqua Jon. Du moment qu'ils ne commencent pas à l'utiliser avant quelques années, et n'en abusent pas, je ne pense pas qu'on va en faire une affaire.

— Euh, oui, je suis d'accord, dit Charles. Mais nous pourrions baisser le ton parce que c'est un bel endroit.

Jon se mit à rire.

— J'avais en quelque sorte oublié où j'étais.

— Je sais ce que c'est, dit Charles. Donc Chrétien s'est assis et a demandé si on pouvait parler. Je n'étais pas enthousiaste parce que je pensais qu'Albert allait se montrer à tout instant. Si j'avais pensé clairement, je me serais rendu compte que le seul moyen pour que

Chrétien puisse me trouver c'était en ayant parlé à
Albert. Mais à ce moment-là, j'avais bu la moitié du
verre. Il m'a dit plus tard qu'il l'avait drogué avec des
sédatifs.

— C'est quoi un sédatif ? demanda Juliana.

— C'est une pilule, dit Holland. Les gens les
utilisent pour assommer d'autres personnes.

— Pourquoi ?

— Pour pouvoir faire de mauvaises choses,
répondit-il.

— Quelles mauvaises choses ?

— Si nous écoutons l'histoire de Cousin Charles, il
répondra à tes questions, dit Madeleine.

— Il n'y a pas grand-chose de plus à dire. Chrétien
m'a mis dans la voiture et m'a conduit au centre
d'accueil. Il m'a attaché dans une remise à l'arrière et
avait prévu de me retenir suffisamment longtemps pour
que son bouc émissaire porte le chapeau. Je n'avais
aucune idée qu'il voulait parler de Jon. Je croyais qu'il
voulait parler d'Albert.

— Où est Albert ? demanda Jon.

— La police le recherche ainsi que Chrétien, dit
Charles. Il a insinué qu'Albert était son complice, mais
je ne veux pas le croire.

— Moi non plus, dit Jon. Albert était plutôt froid
avec moi, mais j'ai toujours pensé qu'il était d'une
intégrité sans faille. Honnêtement, je pensais qu'il avait
un petit coup de cœur pour toi.

— Il n'y a pas de doute là-dessus, dit Bunny. Mais
pourquoi est-ce que Chrétien a fait ça ? N'était-ce
vraiment que pour l'argent ?

— Non. Il blâmait ma famille d'avoir ruiné la
sienne. Son père, Étienne Giroux, travaillait pour le
mien en tant que pilote. Il prenait habituellement les

commandes de l'avion, mais le jour où mes parents sont morts, mon père a insisté pour le faire. L'enquête sur le crash a montré qu'il était saoul.

— Giroux aurait dû l'interdire de vol, dit Bunny.

— Il aurait été viré. Tu sais comment était mon père. Je suppose que Giroux a pensé qu'il pourrait prendre le relais si quelque chose se passait.

Bunny hocha la tête.

— Hé, est-ce que tout le monde a terminé sa glace ? demanda-t-il gaiement. Mon parcmètre va expirer dans environ cinq minutes.

Ils parcoururent tous la courte distance jusqu'au palais de justice. Bunny mit une pièce dans le parcmètre et acheta quinze autres minutes.

— Et maintenant quoi ? demanda-t-il.

— Je suppose qu'on rentre chez nous, dit Charles.

— Chez nous en ville ou chez nous au chalet ? demanda Madeleine.

— Je pense que la meilleure chose à faire est d'aller au chalet pour l'instant et de déterminer ce que nous voulons faire, répondit Charles. J'aimerais terminer une conversation avec Jon.

— Tu ne peux pas le virer ! geignit Madeleine. Il est le meilleur nounou du monde.

— Tu ne peux pas, Cousin Charles, dit Holland. Mads va nous faire une crise de nerfs.

Juliana enroula les bras autour de la jambe de Jon et la serra fort.

— Personne ne va virer Jon, les rassura Charles. Ressaisissez-vous, d'accord ? Vous êtes des Macquarrie. Agissez comme tels.

— Tu veux qu'ils soient arrogants, obsessionnels et émotionnellement distants ? demanda Jon d'un ton innocent.

Charles en resta bouche bée pendant plusieurs secondes, et Bunny s'engouffra alors dans la brèche.

— Quelle impertinence ! s'exclama Bunny. J'adore ça.

— C'est un côté de toi que je n'avais pas encore vu, dit Charles à Jon.

— Tu ne le verras pas souvent, lui répondit-il. Je n'ai jamais été très doué pour les commentaires narquois, mais tu m'as un peu offert celui-ci.

— Donc maintenant que les enfants ne vont pas me laisser te virer, tu vas répondre à ton patron ? dit Charles.

— Il est vraiment perspicace, n'est-ce pas ? commenta Jon en regardant Bunny, qui émit un petit rire.

— Je pense que vous vous en sortez très bien avec le sarcasme.

— Est-ce que vous venez au chalet ? demanda-t-il à Bunny.

— Je dois retourner en ville. J'ai mis quelques affaires en attente. Assurez-vous de me faire savoir quand vous organiserez ce dîner de célébration.

Charles s'avança vers Bunny et l'attira dans une étreinte. Celui-ci la lui rendit avec autant de chaleur. Aucun ne parla parce qu'ils n'en avaient pas besoin. Quand Charles le lâcha, Jon l'étreignit à son tour et Bunny se mit à rire quand il vit les enfants s'aligner derrière Jon pour le serrer dans leurs bras.

— Merci de vous être occupé de nous, dit Madeleine. C'était très gentil à vous.

Holland lui serra la main.

— Vous êtes un chic type, déclara-t-il d'un ton grave avant de s'écarter devant sa petite sœur.

Juliana lui tendit les bras et Bunny la souleva.

— Vous retournez à la ville ? demanda-t-elle.

Bunny hocha la tête.

— J'ai du travail qui m'attend.

— Regardez des deux côtés avant de traverser la rue, dit-elle d'un ton solennel.

Elle l'embrassa sur la joue, puis Bunny la reposa.

Les enfants récupérèrent leurs bagages dans la Jeep de location et les mirent à l'arrière de la Land Rover. Bunny recula hors de sa place de parking et s'éloigna. Tout le monde agita la main jusqu'à ce qu'il prenne un virage et soit hors de vue.

— Sommes-nous prêts à partir ? demanda Charles.

Alors qu'ils montaient dans le SUV, une voiture de patrouille du département du shérif s'arrêta sur le parking grillagé de l'autre côté de la rue. Les Shérif Adjoints Conner et Holloway descendirent et mirent leurs chapeaux. Holloway ouvrit la portière arrière et en sortit un prisonnier.

— Je n'y crois pas ! s'exclama Charles.

Sans un mot de plus, il se précipita de l'autre côté de la rue.

Après un instant d'hésitation, Jon indiqua à Madeleine de veiller sur ses frère et sœur et suivit Charles. Les deux officiers s'immobilisèrent et mirent les mains sur leurs crosses de pistolet alors qu'ils approchaient.

— Ne bougez pas, dit Conner. Cette zone est interdite au public.

— Je dois juste parler à votre prisonnier cinq minutes, dit Charles.

— Mon Dieu, ce sont les von Trapp [9], dit Chrétien entre les deux shérifs adjoints.

9 Référence aux personnages du film *La Mélodie du bonheur*.

— Je ne considère pas ça comme une insulte, répondit Jon.

— Non, évidemment, ricana Chrétien.

— Restons polis, le réprimanda Conner. Vous avez déjà assez de problèmes comme ça.

— Juste une question, intervint Charles. Sais-tu où est Albert ?

— Ben oui.

— Est-il vivant ?

Chrétien haussa les épaules.

— Je ne suis pas médium.

— Dis-moi où il est.

— Va te faire foutre.

— Ça suffit, gronda Conner. Rod, emmène-le et commence la procédure. J'arrive tout de suite.

— Tchao, Blanche Neige, s'écria Chrétien par-dessus son épaule. Profite de mes restes.

— Profite de la prison, Cruella, répliqua Jon.

— Vous devez quitter cette zone, dit Conner alors que Holloway s'éloignait avec Chrétien. Vous ne pouvez pas foncer comme ça vers des officiers qui ont un prisonnier. C'est dangereux.

— Vous avez raison, accorda Charles. Je m'excuse. J'étais juste tellement surpris quand je l'ai vu. Comment l'avez-vous trouvé aussi vite ?

— Apparemment, il n'a jamais quitté la région, dit Conner. Sara Longbaugher au Red Carpet Inn a appelé pour se plaindre d'un de ses clients. Quand elle l'a décrit, avec des détails très précis, j'ai su que c'était notre suspect. Donc Rod et moi y sommes allés et l'avons récupéré. (Il sourit.) Drôle de truc. Quand il a ouvert la porte de la chambre, il a dit quelque chose sur le fait qu'il était content que nous soyons là et il s'est lancé dans une diatribe sur Sara. Nous l'avons laissé continuer pendant un moment parce qu'il était tellement divertissant. Je ne crois pas avoir déjà entendu une femme être traitée de « truie scrofuleuse et sénescente » avant. Je ne sais même pas ce que ça veut dire, mais ça a vraiment l'air affreux.

— Je suppose qu'il n'était pas satisfait de son hébergement ? dit Charles.

— Nullement.

Charles sourit.

— Quelle était la plainte de Mlle Longbaugher à son sujet ?

Conner esquissa un rictus sarcastique.

— Elle n'appréciait pas ses manières tyranniques ou la longueur de ses cheveux, et elle était sûre que c'était une chochotte… ses mots, pas les miens. Je lui ai demandé de le décrire, et comme je l'ai dit, j'ai su alors que c'était notre homme.

— Merci pour votre remarquable travail, dit Charles.

— Ça vaut doublement pour moi, intervint Jon.

Conner s'éclaircit la voix.

— M. Lamb, j'espère que vous comprenez qu'au moment de votre arrestation…

— C'est bon, le rassura Jon. Je comprends que vous faisiez votre travail. Je n'étais pas content de certains des commentaires de votre partenaire, mais il semble vous écouter, donc j'espère que vous déteindrez sur lui.

— Ne vous inquiétez pas. Je remettrai le chiot à sa place quand il en aura besoin.

— Si je pouvais vous demander un service, est-ce que quelqu'un pourrait me prévenir si Albert… si M. Albert Anthony est retrouvé ?

— Je le dirai au shérif. Profitez du reste de votre journée.

— C'est bizarre, dit Jon alors que lui et Charles retraversaient la rue. Pourquoi est-ce que Chrétien est resté dans les parages ?

— Qui sait ce qu'il pensait. Peut-être qu'il a présumé que personne ne songerait à le chercher là. Je ne l'aurais certainement pas fait. Peut-être qu'il voulait s'assurer que tu resterais en prison. Je croyais le connaître, au moins un peu, mais il jouait un rôle depuis le début.

— Je ne le connaissais pas bien, mais il m'a donné l'impression de quelqu'un qui est doué pour faire semblant.

Jon sourit lorsqu'ils rejoignirent les enfants.

— Je sais que nous venons juste de manger une glace, dit-il. Mais je pensais que nous devrions prendre quelque chose pour le dîner pendant que nous sommes là. Nous pourrons le réchauffer plus tard.

— Je comprends parfaitement que tu n'aies pas envie de cuisiner, répondit Charles.

— Il n'y a pas que ça, Madeleine m'a dit que Bunny et elle avaient vidé le frigo.

— Quelle bande de porcs, plaisanta Charles.

— C'est pas drôle, bougonna Madeleine en montant sur le siège arrière de la Land Rover.

— C'est pas drôle, répéta Juliana avec exactement les mêmes ton et inflexion.

Elle grimpa par-dessus Madeleine pour s'asseoir au milieu.

— Je pense que c'était drôle, dit Holland en aidant Juliana à s'attacher.

— Tu sais que ton Cousin Charles ne te traiterait jamais sérieusement de porc, Mads, remarqua Jon.

— Non, c'est vrai. D'un autre côté, Bunny est un parfait exemple de chasseur de truffes, dit Charles en se mêlant à l'autoroute 6.

Il fit un clin d'œil à Madeleine dans le rétroviseur.

Holland pouffa de rire.

— Chasseur de truffes.

— Oh mon Dieu, dit Madeleine. Maintenant, il va traiter tout le monde de chasseur de truffes.

— Ça pourrait être pire, lui fit remarquer Jon. Hé, au lieu d'aller chercher de la nourriture au restaurant, allons chez *Martin* et prenons plein de différentes choses au traiteur.

Comme personne n'émit d'objections, Charles continua à rouler et se gara sur le parking. D'un consentement mutuel et tacite, tout le monde sortit du véhicule et s'engouffra dans le magasin. Aucun d'eux ne voulait quitter les autres des yeux une seule minute. Lorsque Jon entra, Jake l'appela.

— Vous feriez bien de vous diriger tout droit à l'arrière pour que Maman voie que vous allez bien, l'interpella Jake.

Il sourit à Charles et aux enfants lorsqu'ils le dépassèrent.

— Dieu soit loué, soupira Miriam quand elle vit Jon. Nous avons entendu toutes sortes de rumeurs. Tout ce qu'on savait vraiment, c'était que vous aviez été arrêté.

— C'était une erreur, leur expliqua Jon. La police a reçu de fausses informations sur moi. Une fois que ça a été éclairci, ils m'ont relâché.

— Je suis si contente de l'entendre.

Miriam tourna son regard vers les enfants.

— J'avais vraiment hâte de vous rencontrer. Bonjour, Madeleine, Holland et Jule. Je m'appelle

Miriam. Voudriez-vous venir derrière le comptoir et choisir ce qui vous ferait plaisir ?

— Allez-y, dit Charles aux enfants. Choisissez ce que vous voulez. (Il sourit à Jon.) La réserve d'argent n'est pas infinie, mais on doit faire des folies une fois de temps en temps.

— Nous pourrions nous arrêter à la boutique d'alcools et prendre du vin.

— Tu as tant foi en moi.

— Oui. Je sais que tu es assez intelligent pour voir que les mauvaises choses qui se sont passées ont empiré à cause de l'alcool. Je pense également que tu es capable de prendre un verre de vin sans ouvrir deux autres bouteilles. Je crois en toi.

Charles détourna le regard pendant qu'il clignait des yeux pour en repousser les larmes. Il jeta un coup d'œil sur ce que Miriam empilait sur le comptoir.

— Qu'est-ce qui va avec une salade de pommes de terre ? demanda-t-il. Du rouge ou du blanc ?

— Allons, dit Jon. Prenons des légumes pour une salade.

Quand ils retournèrent au comptoir du traiteur, les enfants attendaient. Chacun avait un sac rempli de boîtes et avait l'air tout à fait à l'aise avec Miriam.

— Jon, dit-elle quand il s'approcha, promettez-moi de revenir avec ces petites personnes. Je n'ai pas autant ri depuis longtemps.

— Je vous le promets, dit Jon.

— Comment avancent les paniers, si je puis me permettre ?

— La prison m'a mis un peu en retard, répondit Jon. Mais je pourrais les avoir terminés dans deux jours.

— Merveilleux. Prenez soin de vous maintenant. Vous aussi, M. Macquarrie.

— Charles, dit-il.

— Appelez-moi Miriam, ou Mimi, ou même Maman si vous voulez. Je réponds aux trois. Jon, je suis si heureuse que vous alliez bien.

— Pourrons-nous revenir ? demanda Holland lorsqu'ils quittèrent le magasin.

— Bien sûr, dit Jon. Vous êtes tous les bienvenus pour venir faire des courses avec moi quand vous voulez. Miriam est géniale, n'est-ce pas ?

— Oui, vraiment, confirma Madeleine. Mais elle pourrait kidnapper Jule.

Jon jeta un coup d'œil à Charles et lui fit un clin d'œil.

— C'est son problème, dit-il.

Madeleine et Holland éclatèrent de rire en montant dans la Range Rover.

— Elle devra nous payer pour qu'on la lui reprenne, sourit Holland. Je plaisante, Jule.

— À la maison ? demanda Charles lorsqu'ils attachèrent leurs ceintures.

— À moins que tu ne veuilles faire un arrêt, j'en ai terminé, confirma Jon.

— Non, c'est bon, je veux être complètement sobre ce soir.

Jon lui lança un regard inquisiteur, mais Charles se contenta de sourire et garda les yeux sur la route.

Chaptire Huit

LE dîner fut un carrousel de différents plats servis dans du plastique de traiteur robuste. Juliana distribua des assiettes jetables et tout le monde défila autour de la table chargée jusqu'à ce qu'ils se soient servis dans chaque boîte. Ils s'assirent dans l'herbe du jardin et regardèrent les lucioles sortir alors que le soleil se couchait. Après avoir mangé, Holland persuada les filles d'en attraper avec lui et ils détalèrent pour aller chercher des bocaux en verre dans le garde-manger. Jon et Charles restèrent où ils étaient et regardèrent les enfants filer aux abords de la forêt.

— À quoi est-ce que tu penses ? demanda Jon.

— J'espère qu'Albert va bien. Je ne sais toujours pas à quel point il était impliqué, mais je ne veux pas qu'il lui arrive quoi que ce soit, soupira-t-il. J'y ai beaucoup réfléchi, comme tu peux l'imaginer. Tel que je vois ça, Chrétien n'a pas pu faire tout ça sans l'aide d'Albert. Il avait besoin des numéros de comptes bancaires et des mots de passe, entre autres choses.

— Tu gardes ces informations sur ton ordinateur portable. Chrétien y a eu accès plein de fois. Il était seul dans ton bureau au moins deux fois, de ce que j'en sais. Et il n'est pas idiot.

— Non. Il est bien des choses, mais stupide n'est pas l'une d'elles.

— Il est également acerbe.

Charles écarquilla les yeux sous la surprise.

— Waouh, c'est un mot plutôt fort.

— Je l'ai choisi avec soin.

— Attends. Est-ce qu'il t'a dit... fait quelque chose ?

— Ça n'a plus d'importance maintenant, mais il était désagréable avec moi quand tu n'étais pas là.

— Tu aurais dû me le dire.

— Je sais que j'aurais pu, mais après y avoir réfléchi, j'ai décidé que ça n'en valait pas la peine.

— Pourquoi ? Je ne tolère pas qu'on maltraite mes employés.

— Réfléchis. Si j'étais venu à toi et t'avais dit que Chrétien était odieux avec moi, nous serions passés par tout ce processus où tu ne m'aurais pas cru au début et aurais fini par m'en vouloir d'avoir brisé tes illusions.

— Où as-tu obtenu ton diplôme de psychologie ?

— Je n'en ai pas. Mais j'ai étudié la sociologie.

Jon marqua une pause.

— Je n'ai pas de licence, mais j'ai plusieurs certificats en puériculture. Ces cours étaient vraiment complets.

— On dirait, dit Charles en jetant un coup d'œil aux enfants. Ils m'ont fait voir que quelque chose n'était pas tout à fait net chez Chrétien, mais je ne me serais jamais imaginé qu'il complotait une vengeance contre ma famille. Je ne connaissais pas son père. Je ne connaissais son nom que parce que j'ai entendu tellement de fois les détails du crash. C'est bizarre comme, quand je me souviens de ce jour-là, il n'avait rien de différent.

Il marqua une pause.

— J'étais sorti de l'université, je travaillais au siège social et vivais à la maison. Quand j'ai descendu les escaliers ce jour-là, il y avait des petites valises près de la porte d'entrée. Je suis allé à la cuisine chercher du café, et Maman et Papa terminaient à peine leur petit-déjeuner. Ils ont dit qu'ils devaient se dépêcher pour ne pas rater leur fenêtre de décollage, puis Papa m'a fait son habituel discours à propos des affaires familiales, de m'en occuper si quelque chose lui arrivait. Le chauffeur a klaxonné et ils se sont précipités. Maman m'a embrassé en chemin. Papa a terminé son Bloody Mary et ils sont partis. Quelques heures plus tard, on m'a annoncé la nouvelle. L'avion s'était écrasé contre le flanc d'une montagne.

— Je suis désolé, dit Jon en posant la main sur celle de Charles. Je n'ai jamais connu mes parents, mais ils me manquent quand même. Je ne peux pas m'imaginer comment ça a dû être pour toi.

— Je suis allé en thérapie jusqu'à pouvoir gérer ça tout seul. Et maintenant, je ne suis pas sûr de savoir comment je vais gérer le fait que Chrétien me détestait tout le temps où nous étions ensemble. Savoir qu'il avait tout prévu en commençant par obtenir un travail à Macquarrie jusqu'à me séduire le jour où nous nous sommes rencontrés puis sortir avec moi jusqu'à ce qu'il soit prêt à me ruiner. Il ira en prison, mais je pourrais ne jamais récupérer l'argent. Ma société est virtuellement en faillite.

— Ne t'inquiète pas, le rassura Jon. Je vais être le milliardaire du panier fourre-tout.

Charles émit un petit rire.

— Merci, dit-il. Merci d'avoir allégé l'ambiance. (Il retourna sa main et enlaça les doigts de Jon.) Merci de prendre soin des enfants. Merci d'avoir pris soin de moi quand j'en avais besoin. Merci d'avoir donné un cœur à cette famille et de m'avoir montré qu'il n'y avait rien qui puisse nous faire peur. Surtout, je veux te remercier de nous avoir soutenus.

— C'est ce qu'on fait quand on aime quelqu'un.

Charles sourit.

— Nous avons de la chance que tu nous aimes, Jonathan Lamb.

— Merci. Nous avons de la chance de t'avoir, nous aussi.

— Tu plaisantes ? J'ai laissé tomber tout le monde. Je croyais avoir été testé auparavant, mais j'avais tort. Quand la vraie épreuve est arrivée, j'ai échoué. J'ai laissé mes problèmes m'envoyer dans une dépression qui m'a paralysé.

— Tu as trébuché, mais tu t'es relevé et tu as continué. C'est comme ça que je le vois.

— Mais j'ai fait la même chose pour laquelle je détestais mon père. Je me suis noyé dans une bouteille.

— Je te le rappellerais si tu récidives. Je ferai ce que je peux pour t'aider à rester fort. Je te le dirai si je pense que tu as besoin de plus de thérapie, mais je ne te blâmerai jamais.

— Encore merci. Merci de ne pas m'avoir abandonné. Tu es une bien meilleure personne que moi.

— De rien, et je ne suis pas meilleur que toi, je prête juste davantage d'attention que toi.

— Donne-moi un exemple.

— OK. Quel est le parfum de glace préféré de Jule ?

— Vanille.

— Son préféré c'est la glace banane-pudding. Seule une société la fabrique, et un seul magasin à Manhattan la vend.

— Je ne m'en suis pas assez soucié pour remarquer ces trucs, je suppose.

— Et voilà. Prête juste un peu plus d'attention et montre que tu t'en soucies.

— Je m'en soucie. Pendant que j'étais attaché et qu'il semblait y avoir une réelle possibilité que je puisse mourir, j'avais deux grands regrets. L'un d'eux était d'avoir ignoré les enfants. L'autre était que je ne saurais jamais comment ce serait de t'aimer.

— Je t'aiderai à travailler sur ces deux choses.

— Ça ne peut pas être aussi facile.

— Qu'est-ce qui ne peut pas être facile ?

— Tu comprends ce que je disais, pas vrai ? Je te veux dans ma vie, et pas seulement comme nounou.

— Ça me convient.

— Est-ce que ça veut dire… ?

Jon se déplaça sur l'herbe jusqu'à faire face à Charles.

— Ça signifie que je veux faire partie de cette famille pour le reste de ma vie.

— J'ai l'impression qu'on devrait s'embrasser maintenant.

— Ça semblerait bien être la bonne chose à faire, n'est-ce pas ?

Charles et Jon se penchèrent l'un vers l'autre, leurs souffles se mêlant alors que leurs lèvres se rapprochaient. Charles quitta sa bouche des yeux pour les plonger dans ceux de Jon. En silence, il promit de toujours faire de son mieux pour mériter cette famille, et Jon promit de faire de même. Ce fut un moment qui les toucha tous les deux jusqu'au fond de leur être et les attira mutuellement comme un aimant et de l'acier.

— Est-ce que vous vous embrassez ? dit Holland.

Charles et Jon levèrent les yeux pour voir les enfants à quelques pas d'eux.

— On allait le faire, confirma Jon. Qu'en pensez-vous ?

— Continuez, dit Holland en se dirigeant vers la porte à l'arrière du chalet.

— Je n'arrive pas à le croire, s'écria Madeleine. Est-ce que vous allez être, genre, des petits amis à partir de maintenant ?

— On y réfléchit, dit Charles.

— Pensez-vous que vous allez vous marier ? Beaucoup de personnes gay se marient maintenant.

— Nous ne savons pas encore, répondit Jon. Je viens juste de décider que c'était une bonne idée de l'embrasser.

— D'accord ! s'exclama Madeleine en se plaquant la main sur le visage de manière théâtrale. Eh bien, si vous le faites, je veux être demoiselle d'honneur. Et je veux choisir ma robe moi-même.

— Accordé, dit Charles. Et toi, Jule ? Que penses-tu de tout ça ?

Juliana lui lança un regard anxieux.

— Qu'y a-t-il ? demanda Charles.

— Je dois faire pipi tout de suite.

— Vas-y, dit Jon. Bonne nuit, Mads.

— Est-ce que ce sera toujours comme ça ? demanda Charles quand les enfants furent partis.

— Oui, mais juste une partie du temps.

— Je peux gérer ça, dit Charles en souriant. Je peux même m'en amuser.

— Tu es si mignon quand tu souris comme ça. Tu as vraiment l'air d'un vilain écolier.

— Waouh, s'exclama Charles en caressant la joue de Jon. Il est encore un peu tôt pour parler de fantasmes sexuels.

— Petit con, rétorqua Jon avec un léger rire. Rien que pour ça, je ne t'avouerai jamais mes fantasmes.

— Alors, je devrai tout essayer jusqu'à les trouver.

Charles referma l'espace entre eux et pressa ses lèvres contre celles de Jon. Ce dernier répondit avec ardeur à la gentille pression et aux mouvements subtils, et le baiser gagna en chaleur alors que les secondes passaient. Leurs langues s'effleurèrent, et la chaleur s'intensifia à des niveaux volcaniques. Jon avait l'impression de fondre et de fusionner avec Charles, et il voulait ressentir cela pour toujours. Brusquement, ce fut trop. Il avait la tête qui tournait et se sentait étourdi. Avec un hoquet, il brisa le baiser et se coucha dans l'herbe.

— Est-ce que j'ai fait quelque chose de mal ? demanda Charles.

— Non, dit Jon en détournant le regard des étoiles vers le visage de Charles. Tu as été parfait. Je dois juste prendre quelques inspirations profondes et…

Ses paroles furent coupées quand Charles l'embrassa à nouveau. Jon roula pour l'enfourcher et baissa les yeux vers lui. Charles se mit à sourire alors que Jon se penchait et l'embrassait.

— Est-ce que vous allez vous peloter toute la nuit ? lança Madeleine depuis la porte de derrière. Jule est prête pour aller au lit, et vous savez ce que ça veut dire. C'est l'heure de l'histoire.

— J'arrive, on a fini.

Jon se leva et offrit sa main à Charles.

— Non, on n'a pas fini. Mais ça pourrait s'arranger.

Il marqua une pause.

— Si les mômes nous donnaient deux minutes de paix.

— Deux minutes ? C'est tout ?

— Façon de parler, rectifia Charles alors qu'ils marchaient vers le chalet. Je suppose qu'il va falloir que je m'habitue aux interruptions.

— Vois ça comme ça. Tu sais, c'est comme lorsque tu as vraiment faim, et que tu as passé toute la journée sans avoir rien pu te mettre sous la dent, c'est là que tu apprécies la nourriture.

— Point de vue intéressant.

— Et penses-y, j'attends depuis des années.

— Pour quoi Jule a besoin de toi exactement, quelqu'un d'autre ne peut pas le faire ?

— Elle aime me lire une histoire avant de dormir.

— Habituellement, ce n'est pas l'inverse ?

— Il n'y a rien d'habituel avec ces enfants. Tu t'amuseras à apprendre à les connaître. Je te le promets.

— Je ne m'inquiète pas de ça. J'espère juste qu'ils m'apprécieront.

— Ils t'apprécient déjà. Tu dois juste les laisser faire, dit Jon en souriant. C'est vraiment aussi facile que ça.

— Est-ce que c'est Sœur Grace qui t'a dit ça ?

— Oui. Elle avait l'habitude de dire que la plupart des gens t'apprécieront si tu les laisses faire.

— Je vais laisser Jule te faire la lecture, mais je veux finir ce que nous avons commencé.

— Baisse le feu pour laisser mijoter, et je reviens vite.

— J'aime ta version des mots cochons.

Jon secoua la tête en s'éloignant.

QUAND Jon revint au salon vingt minutes plus tard, Charles était assis au bureau.

— Je prépare du café, dit Jon. Tu en veux ?

— Oui. Je viens avec toi.

Charles le suivit à la cuisine et s'appuya contre le plan de travail. Pendant qu'il attendait, il remarqua le panier sur la table.

— Je suppose que tu as trouvé quelqu'un à qui vendre ces paniers ? demanda-t-il.

— Une dame qui tient une boutique de souvenirs m'en a commandé six, les a vendus, et donc m'en a recommandé d'autres.

Jon termina de remplir la machine à café et se tourna vers Charles.

— J'en ai déjà vu. Maman en utilisait dans l'annexe comme corbeille à serviettes.

— Oui, beaucoup de gens en fabriquent et les vendent. Je ne pensais pas devenir riche, j'essayais seulement de rendre service.

— Attends. J'ai dit que j'avais déjà vu ce genre de paniers, sauf qu'ils étaient plus grands et qu'ils n'avaient pas ce motif. Ce genre de motif en damier autour du bord, c'est ce qui le rend si chouette.

— C'est mon tissage signature.

— Peux-tu en faire des plus grands ?

— Oui. Pourquoi ?

— Je réfléchis à haute voix. Pour l'avenir. Je pourrais en fait être le petit ami du milliardaire du panier fourre-tout.

Jon sentit des papillons dans son bas-ventre et dut se concentrer pour ne pas renverser le café qu'il versait.

— Ne sois pas bête.

— Je suis sérieux. Le panier est élégant, pratique et durable. S'il était un peu plus grand, ce serait un excellent ajout dans n'importe quelle pièce comme fourre-tout. On pourrait l'utiliser pour des serviettes sales, comme ma mère, ou on pourrait l'utiliser pour des parapluies, les jouets des enfants, des outils de jardinage, des maillets de croquet…

— Des maillets de croquet ? demanda Jon en tendant une tasse à Charles.

— Tu n'aimes pas le croquet ?

— Je n'y ai jamais joué.

— Ça viendra. Et tu aimeras ça. Je te le promets. Mais revenons à l'idée du panier. Voilà ce que je pense qu'on devrait faire. Nous allons en confectionner une douzaine environ puis nous les enverrons à quelques investisseurs que je connais. Je suis sûr que l'un d'eux mordra à l'hameçon.

— Tu veux vraiment faire ça ?

— Je pense qu'il va se passer un bon moment avant que Macquarrie International ne fasse à nouveau des affaires. Je vais avoir besoin de quelque chose pour m'occuper.

— Tu ne penses pas que je peux t'occuper ?

Charles plissa les yeux en regardant Jon fixement.

— On aurait presque dit du flirt.

— Oui, je suis plutôt choqué.

— Donc, est-ce que j'ai réussi à corrompre un bon garçon catholique ?

— Désolé de briser tes illusions, mais je voulais coucher avec quelqu'un longtemps avant de te rencontrer. Je n'ai pas eu beaucoup d'opportunités, juste quelques-unes.

Jon marqua une pause avant de continuer.

— Ce ne fut que deux branlettes quand j'étais gamin. Juste deux orphelins morts de trouille à l'idée de se faire surprendre.

Il marqua une nouvelle pause.

— Je ne suis pas exactement vierge, je suppose, mais je suis… inexpérimenté.

— Je gérerai ça.

Jon émit un petit rire.

— Devrais-je prendre un rendez-vous ?

Charles posa son café. Brusquement, il ne put attendre une seconde de plus pour embrasser à nouveau Jon.

— Le docteur va vous recevoir maintenant, dit-il en l'attirant dans ses bras.

QUAND Holland entra dans la cuisine pour le petit-déjeuner, il huma l'odeur délicieuse des pancakes qui doraient.

— Nous n'avons des pancakes que lors des occasions spéciales, dit-il. Alors, qu'est-ce que j'ai manqué ?

— Est-ce que tu veux des pancakes ou pas ? demanda Jon sans se détourner de la cuisinière. Si oui, attrape une assiette. Sinon, continue à parler.

Holland jeta un coup d'œil au reste de sa famille, qui mangeait joyeusement des pancakes dégoulinants de beurre et de sirop. Du bacon brillait dans des flaques d'érable. Il saisit une assiette et se précipita.

Jon glissa deux pancakes de la plaque de cuisson sur son assiette. Il en mit deux sur sa propre assiette et ajouta du bacon aux deux. Les deux pancakes restants allèrent dans le four pour rester au chaud. Holland et Jon s'attablèrent et chacun leur tour ajoutèrent un filet de sirop d'érable sur leur nourriture. Jon était sur le point de prendre une bouchée quand quelqu'un frappa à la porte.

— Ah oui, les informa Holland. Il y avait une voiture de police dehors quand je me suis levé.

— Je vais voir ce qu'ils veulent, dit Charles en se levant.

— Mangez, ordonna Jon aux enfants. Je suis tout aussi curieux que vous, mais les pancakes froids, c'est dégoûtant. J'ai raison ?

— Tu as raison, confirma Holland en continuant de manger.

Madeleine fixa nerveusement la porte pendant quelques secondes avant de reprendre sa fourchette. Juliana utilisait son bacon pour faire des visages sur son pancake. Après quelques minutes, Jon se leva et alla dans le salon. Charles et le Shérif Berkqvist se retournèrent pour le regarder entrer.

— Désolé de vous interrompre, mais est-ce que quelqu'un voudrait du café ? demanda Jon.

— Non, merci, dit Berkqvist. J'ai bu tellement de café aujourd'hui que mes dents du fond flottent encore dedans.

— Et il n'est que neuf heures, sourit Jon. Vous avez dû avoir une sacrée matinée.

— Ils ont trouvé Albert, l'informa Charles.

À son ton, Jon comprit qu'il s'était passé quelque chose.

— Les enfants, restez dans la cuisine, lança-t-il. Vous pourrez faire la vaisselle ou aller dehors quand vous aurez fini de manger.

Il s'installa sur le canapé face à la cheminée.

— Ce matin, alors que le soleil se levait, le Shérif Adjoint Holloway était en chemin pour aller travailler quand il a vu de la lumière se refléter sur quelque chose dans les arbres près de la jonction de Mollineaux et de Johnny Bee Road. Ça l'a rendu suffisamment curieux pour qu'il s'arrête et descende jeter un coup d'œil. Il a trouvé une voiture – une Mercedes noire CLA250, pour être exact.

— La même voiture qu'Albert conduisait, intervint Charles.

— Holloway a vu le conducteur à l'intérieur et a immédiatement appelé le Dispatch. Il a demandé des urgentistes et des infos sur la plaque d'immatriculation. Je ne peux pas imaginer à quel point il a dû être ravi d'entendre qu'il avait trouvé la pièce manquante de l'affaire du kidnapping. Entre nous, il est le pire officier de mon département, mais il a réussi à trouver les deux suspects par pure chance. Les voies du Seigneur sont vraiment impénétrables, n'est-ce pas ?

— Ce n'est pas moi qui vous contredirez, indiqua Charles. Est-ce qu'Albert va s'en sortir ?

— M. Anthony souffre de déshydratation et de quelques vilaines brûlures dues à la corde qui l'attachait, mais il récupéra très bien, avec du temps. Je voulais vous annoncer moi-même la nouvelle parce que vous avez dit que c'était un ami. Je serais venu plus tôt, mais je viens juste de quitter la scène de crime.

— Y a-t-il une chance que je puisse lui parler ? demanda Charles. Il y a quelques questions auxquelles j'aimerais des réponses, s'il va suffisamment bien.

— Je ne peux pas vous dire ça maintenant. Je dois parler avec le bureau du procureur et voir de quoi, le cas échéant, ils veulent inculper M. Anthony. Pour l'instant, en ce qui me concerne, c'est le gars qui était attaché à un siège de voiture et poussé hors de la route. S'il va en prison, il aura le droit d'avoir des visiteurs. Quoi qu'il arrive, je vous le ferai savoir.

— Merci. J'apprécie vraiment, dit Charles en serrant la main du shérif.

— Vous êtes sûr que vous ne voulez pas manger quelque chose ? demanda Jon. Nous avons des pancakes et du bacon.

— Non, merci. Je vais rentrer chez moi et dormir, répondit Berkqvist. Je vous tiens au courant.

— Dieu merci, ils ont trouvé Albert, murmura Jon après le départ du shérif.

Charles était déjà au téléphone.

— Désolé si je t'ai réveillé. Écoute, Bunny, peux-tu agiter ton joli cul vers Nathan Greengold et m'obtenir un service ?

— Ça devrait être facile, puisqu'il est juste à côté de moi, dit Bunny en riant. Et entend chaque mot.

— Je ne voulais pas t'offenser.

— Pas de mal, dit Greengold. Je fréquente Bunny depuis assez longtemps pour savoir comment vous vous parlez, et je suis persuadé qu'un jour, vous laisserez derrière vous ce comportement de lycéens. De quoi as-tu besoin ?

— La police a trouvé Albert. J'ai le pressentiment qu'il pourrait avoir besoin d'un bon avocat.

— J'en serais heureux. Nous avions prévu un voyage à Dingmans Falls de toute façon. Bunny a promis de m'emmener camper près d'une chute d'eau.

— J'espère que ça ne te dérange pas d'être mouillé.

— Pas pour l'instant, répliqua Bunny.

— Laisse-moi passer quelques coups de fil, enchaîna Greengold. Je reviendrai vers toi dans quelques heures.

— Merci.

— Ce n'est rien. Bunny doit agiter ses fesses, donc je te dis au revoir.

Charles raccrocha.

— Greengold va passer des coups de fil.

— Alors, il faudra que nous nous rendions à une nouvelle audience avant d'avoir eu le temps de dire ouf. Peut-être que nous devrions faire une sieste pour être reposés.

— Si nous allons au lit ensemble, tu ne vas pas te reposer.

— À la fin, si.

— Comment ça ?

— Je t'épuiserai comme hier soir.

— Ça m'a l'air d'un défi.

— Que se passe-t-il par ici ? demanda Madeleine depuis la porte de la cuisine. Nous avons terminé la vaisselle, et on se demandait si on pouvait faire un autre panier.

— Ça me semble être une super idée, répondit Jon. Seulement cette fois, nous allons en faire un plus grand.

— Je vais faire une liste, dit Charles. Mais je passerai pour voir vos progrès.

— Tu ne seras pas déçu, se vanta Madeleine. Viens, Jon. Commençons.

Pendant les jours suivants, le monde fut, si ce n'est tranquille, au moins quelque peu normal. Au chalet, une routine agréable s'était installée. Jon et les enfants confectionnaient des paniers, Charles leur donnait occasionnellement un coup de main. Dès que trois paniers furent terminés, il les expédia. Ils profitèrent des longues journées pour faire des randonnées dans les bois et dans la soirée, quand il faisait plus frais, ils dînaient autour d'un feu de camp. Nathan Greengold était en contact constant, et cinq jours après qu'Albert eut été retrouvé, il obtint l'audience qu'il avait demandée. Le matin suivant, Jon et Charles laissèrent les enfants avec Bunny et roulèrent jusqu'au Palais de justice du Comté de Pike.

— Pourquoi est-ce que ça me semble si familier ? plaisanta Jon en serrant la main de Nathan Greengold devant le cabinet de la juge.

— Pour renforcer l'impression de déjà-vu, dit Greengold, le Substitut du Procureur Giacinto est là, et la Juge Eschol écoutera nos arguments.

— Ça va être détendu, dit Charles. Tu sais, je pense qu'elle m'a apprécié.

— Elle m'a dit que tu étais un m'as-tu-vu porté sur la chose.

— Elle n'a pas dit ça !

— Quelque chose dans ce genre-là, dit Greengold. Il est presque l'heure d'entrer. Es-tu prêt ?

— Plus que prêt, dit Charles. Je ne peux pas te dire à quel point je suis impatient de voir Albert.

— Souviens-toi, tu ne peux pas lui parler directement à moins que la juge ne le permette.

L'huissier ouvrit la porte du cabinet et regarda dans le couloir.

— La juge vous attend.

— Messieurs, dit la Juge Eschol lorsqu'ils entrèrent. Je peux honnêtement dire que c'est un plaisir de vous revoir. Veuillez vous asseoir.

— Ravi de vous revoir, Votre Honneur, dit Greengold en s'asseyant. Je n'avais aucune idée que ce serait aussi vite.

— Personnellement, je suis contente que le bureau du procureur ait choisi de garder cette affaire ouverte dans le lieu où le crime le plus sérieux s'est produit.

— Moi aussi, dit Greengold en hochant la tête vers Giacinto. Madame.

Celle-ci hocha la tête en retour.

— Huissier, vous pouvez amener les prisonniers, dit Eschol.

L'officier passa par une porte latérale et revint avec Chrétien et Albert qui marchaient devant lui. Ils portaient des combinaisons orange et étaient menottés aux chevilles et aux poignets. Albert était plus mince que d'habitude, mais avait l'air relativement en bonne santé pour un homme qui avait passé plusieurs jours piégé dans une voiture sans eau ni nourriture. Chrétien portait sa combinaison comme si elle avait été conçue pour lui et s'assit comme s'il assistait à la fashion week à Paris.

— J'ai lu tous les documents soumis par les deux parties, dit Eschol. J'ai quelques questions pour M. Giroux et M. Anthony, puis je vous donnerai ma décision. Je vais commencer avec vous, M. Giroux.

— Je m'appelle Chrétien.

— J'ai lu vos aveux signés, donc il n'y a aucun doute que vous passerez en jugement. Notre attention aujourd'hui est sur le degré d'implication de M. Anthony dans ces délits.

— Allez-vous continuer à énoncer des évidences, ou y a-t-il une question quelque part là-dedans ? dit Chrétien. Votre Honneur.

— J'aurais cru que vous seriez disposé à faire traîner ça. Quand ce sera terminé, vous retournerez dans votre cellule. Maintenant, Chrétien, veuillez m'informer du rôle de M. Anthony dans le détournement.

— Votre Honneur, personne me connaissant ne penserait jamais que je m'associerais avec un type ennuyeux comme Albert Anthony, si à cheval sur le règlement.

— Vous dites qu'il n'a pas été impliqué ?

— Lisez sur mes lèvres parfaitement dessinées. Albert manque d'imagination nécessaire pour organiser une chose pareille. Il est intelligent, mais c'est un bûcheur. Il me laissait seul dans le bureau de Charles tout le temps. Ça a été facile pour moi de voler les numéros de comptes bancaires et les codes d'accès. Je savais qu'il me mènerait éventuellement à Charles, et il l'a fait. Il a été surpris de me voir en panne au bord de la route, et il a été encore plus surpris quand je l'ai gazé et étouffé. Il m'a fallu un peu d'effort pour pousser la voiture, mais une fois qu'elle avait dépassé le bas-côté, il y avait une pente. J'étais stupéfait de la distance parcourue avant qu'elle ne heurte un arbre. J'ai attendu un moment, mais elle n'a pas explosé, donc j'ai utilisé le téléphone d'Albert pour envoyer un SMS à Charles pour qu'il me retrouve.

— Dans vos aveux, vous déclarez que votre mobile, c'était la vengeance. Pensez-vous maintenant que votre temps aurait pu être mieux utilisé ?

— Pas du tout. J'ai fait ce que je projetais. J'ai ruiné Charles Macquarrie.

— À peine, interrompit Albert. Tu n'as même pas fait une entaille.

Eschol jeta un coup d'œil à Charles et à Jon assis à côté de lui.

— Je ne connais pas très bien M. Macquarrie, mais je me risquerais à dire qu'il n'a pas le visage d'un homme ruiné.

Elle attendit quelques instants pour que ses paroles soient comprises.

— Est-ce que j'ai le droit de dire quelque chose à Charles maintenant ?

Chrétien regarda vers lui.

— Non, dit-elle. Je n'ai pas besoin d'en entendre davantage. M. Anthony, vous êtes libre de partir. M. Giroux, vous devriez passer une partie de votre abondant temps libre à prier pour que je ne sois pas tirée dans la loterie des juges quand vous passerez en jugement.

— Je me souviendrai que vous avez dit ça quand mon avocat intentera une action pour vous faire récuser.

— Huissier, emmenez celui-là, dit Eschol.

— J'anticipe une affaire bouclée dans mon futur, dit Giacinto quand Chrétien fut parti. En supposant que je le poursuivrai.

— Chrétien a toujours été son pire ennemi, dit Charles.

— Je sais qu'il mérite d'être puni, mais quand je pense à lui en prison, je me sens un peu attristé pour lui, dit Jon.

— Il a essayé de vous faire envoyer en prison, signala Greengold.

— Oui, je m'en souviens, c'était il y a deux semaines. J'ai passé un bon moment à imaginer ce que ce serait, et j'avais peur.

— Je doute que Chrétien ait peur, dit Charles.

— Dans quelques mois, il dirigera la prison, confirma Albert en se frottant les poignets. Ça fait du bien de ne plus avoir ces trucs. Cette combinaison sera la suivante.

— Je trouve qu'elle te va bien, rétorqua Charles. L'orange est ta couleur.

— Tu es tellement…

La voix d'Albert s'étouffa lorsque Charles l'étreignit.

— Tout ira bien.

— Non. J'ai foiré dans les grandes largeurs.

— Hé, lança la juge. Les enfants, sortez de mon cabinet.

— Oui, Votre Honneur. Merci, Votre Honneur, dit Greengold alors qu'ils allaient vers la porte.

— Je suis désolé, Charles, s'excusa Albert quand ils furent dans le couloir. J'ai été idiot. Chrétien m'avait convaincu qu'il était trop frivole pour être dangereux.

— Frivole ? répéta Charles.

— Eh bien, ce mec était un peu à voile et à vapeur, si tu vois ce que je veux dire. Qui aurait deviné qu'il était aussi rusé ?

— Il y a beaucoup de choses comme ça qui circulent, dit Charles. Tu vas devoir t'y habituer ou partir, donc tu ferais aussi bien de savoir tout de suite que je suis amoureux de Jon.

Albert se frappa le front.

— Je t'ai dit de ne pas coucher avec les employés.

— Oui, tu l'as fait, mais tu avais tort. Je n'aime pas les femmes, Albert. Je veux dire, je les aime bien, mais je ne veux pas coucher avec elles, d'accord ?

— Non, pas vraiment, mais donne-moi un peu de temps pour m'adapter. Je viens juste de m'échapper de taule.

— Pas de blague sur le fait d'être « en cavale », s'il vous plaît, dit Jon.

Albert lui jeta un coup d'œil alors qu'ils sortaient du palais de justice.

— J'essaie de m'y faire. Vous devrez me pardonner si je fais une remarque blessante ou deux.

— Bien sûr que je vous pardonnerai, dit Jon. Mais je n'oublierai jamais.

Charles se mit à rire devant l'expression d'Albert.

— Est-ce que tu commences à comprendre pourquoi il me plaît ?

— Oui, mais je ne vois toujours pas pourquoi tu veux coucher avec lui.

— Sur ce, les interrompit Greengold, je dois me rendre à un autre rendez-vous. C'était agréable de vous revoir. N'oubliez pas de m'inviter à la fête.

— Nous n'oublierons pas, acquiesça Jon.

Greengold monta dans sa voiture et s'éloigna. Charles et Jon menèrent Albert dans la leur.

— Est-ce la même Range Rover avec laquelle tu as quitté la ville ? demanda Albert. Je croyais t'avoir dit de t'en débarrasser.

— C'est vrai. À cause des gangsters sur nos traces.

Albert rougit.

— Les malfrats ont récupéré leur argent et n'ont aucune raison de vous poursuivre.

— Comment as-tu réussi ça ?

— J'ai vendu les actions que tu m'as données.

— J'aurais aimé que tu trouves autre chose, mais je suis content que ce soit réglé.

— J'aurais aimé y avoir pensé avant, dit Albert en soupirant. Je suis désolé pour Chrétien aussi. C'est à cause de moi si ça lui a été facile de voler l'argent, et quand j'ai découvert qu'il avait disparu, j'étais déterminé à arranger ça moi-même.

— C'est bon. Tu n'as rien fait d'illégal. Tu as fait preuve de mauvais jugement, mais tout le monde a droit à une erreur de temps en temps.

— Merci, patron. La bonne nouvelle, c'est que Chrétien est en détention, et qu'il est prêt à rendre l'argent pour obtenir une sentence réduite. (Il s'éclaircit la voix.) De plus, j'ai parlé avec le chef du comité d'entreprise. Grâce à tes politiques en faveur du personnel au cours des années, les employés de Macquarrie International ont promis de te soutenir comme tu les as soutenus. Je cite.

— Et toi qui ne cessais de me dire que j'étais stupide de faire ça.

— Tu l'es. C'est un de ces coups de chance réconfortants et improbables qui m'agacent dans les films.

— Conneries, dit Jon, prenant Albert par surprise. On récolte ce que l'on sème. Charles a été bon envers ces gens, et maintenant, ils le sont envers lui.

— Vous êtes tellement naïf.

Albert secoua la tête.

— Peut-être, mais je n'échangerai pas ma foi dans la bonté basique de l'être humain moyen pour votre cynisme.

— Je préfère penser que je suis réaliste.

— J'en suis sûr, dit Jon.

Albert se mit à rire.

— Touché.

— Je ne me bats pas verbalement avec vous. Je pourrais probablement vous suivre pendant un moment, mais je n'apprécie pas d'échanger des piques, comme dirait Sœur Grace. Je préférerais dire quelque chose de manière à ce que quelqu'un puisse se sentir mieux, mais je suis content de débattre avec vous.

Charles grogna.

— Tuez-moi maintenant.

— Qu'est-ce que tu peux bien vouloir dire par là ? demanda Jon.

— C'est juste une expression, dit Charles. J'attends en fait avec impatience les années où Albert et toi vous lancerez dans des débats insensés.

Jon émit un petit rire.

— Étrangement, moi aussi. Maintenant, emmenons Albert manger une glace.

— Je ne veux pas de glace.

— Dommage, dit Charles en prenant Albert par le bras. C'est une tradition.

ALBERT passa une nuit au chalet avant de retourner à New York par le moyen le plus rapide possible, ce qui, en l'occurrence, fut un hélicoptère loué. Il prétendit qu'il voulait approcher les employés et arranger quelques réunions, mais il était évident qu'il n'était pas à son aise dans la vie rustique de la campagne. Durant la semaine suivant son retour en ville, il acquit une nouvelle voiture, remit l'appartement de Charles en ordre pour l'arrivée de la famille et s'arrangea pour que Charles rencontre les représentants des employés. Presque après coup, il contacta quelques-unes de ses sources dans le business du design intérieur pour les informer qu'ils devaient s'attendre à recevoir des échantillons d'une nouvelle ligne de produits Macquarrie.

Charles, Jon et les enfants profitèrent d'une semaine qu'ils considéreraient par la suite comme idyllique. Cependant, toutes les bonnes choses ont une fin, et un matin, ils se réveillèrent de bonne heure et s'éloignèrent du chalet dans la voiture qu'ils avaient chargée la veille. Des larmes furent versées, mais Jon s'assura que les enfants voient le voyage comme le début d'une nouvelle aventure, pas juste la fin d'une autre. Le temps que le trajet soit terminé, ils attendaient tous avec impatience de revoir leurs amis et de prendre part aux activités estivales. Ce qu'ils n'attendaient pas avec impatience, c'était de rattraper le travail qu'ils avaient raté, mais l'acceptaient comme une fatalité.

— Dieu merci, le gouvernement n'a pas saisi cet appartement, dit Jon en posant ses sacs dans le vestibule. Peut-être que tu devrais l'acheter.

— En fait, je possède tout l'immeuble.

— Ça alors !

Charles se mit à rire.

— Ça alors ?

— Ça m'a échappé, dit Jon en souriant. J'avais l'habitude de le dire quand j'étais enfant. Grand fan de Scooby-Doo.

— Qui n'aime pas Scooby-Doo ? demanda Holland en passant près d'eux pour entrer dans l'appartement. Au fait, vous bloquez la porte.

— Bougez-vous avant de commencer à vous peloter ou de faire autre chose, ajouta Madeleine.

— Bien, dit Charles en s'écartant pour laisser entrer les filles.

Il se tourna vers Jon.

— Pouvons-nous échanger ces enfants contre d'autres qui ne seraient pas des petits malins ?

— Tu peux parler. C'est dans leur gênes.

— En tout cas, dit Holland, je préfère être un petit malin qu'un petit crétin.

— J'en suis sûre, dit Madeleine par-dessus son épaule alors qu'elle menait Juliana dans le couloir.

— Suis-je le seul à avoir entendu cet échange de coups ? demanda Jon, avant de passer une main sur les cheveux de Holland. Et personne ne pense que tu es un crétin.

Holland haussa les épaules.

— Je sais que je ne suis pas un crétin.

— Alors ce que les autres pensent n'a pas d'importance, n'est-ce pas ? répondit Jon.

— Sans déc'.

Holland se détourna et suivit Madeleine et Juliana.

— Ils sont vraiment plutôt incroyables, dit Charles alors que Jon et lui regardaient les enfants se diriger dans leur suite.

— Je te l'avais dit.

— Oui, c'est vrai. Tu n'es pas seulement superbe, tu es également plus intelligent qu'Einstein et plus intuitif que le Professeur Xavier, et le plus important, c'est que tu n'as jamais tort.

Charles sourit.

— Tu as tort, dit Jon en secouant la tête. Personne n'est plus intuitif que le Professeur Xavier.

— J'ai peut-être exagéré un petit peu.

— Juste un petit peu.

Jon sourit en ramassant ses sacs.

— Je te verrai après avoir défait mes valises, dit-il en se dirigeant dans le couloir.

— Où vas-tu ?

— Dans ma suite.

— Pourquoi ?

— Parce que c'est là que je dors.

— Plus maintenant.

Jon resta silencieux pendant quelques instants avant de répondre.

— Viens avec moi pour qu'on puisse parler.

Charles laissa ses sacs où ils étaient et le suivit. Il s'assit sur le sofa dans la salle de séjour de la suite de Jon pendant que ce dernier mettait ses sacs dans la chambre. Quand il revint, il s'installa à côté de Charles.

— Pourquoi tu ne veux pas emménager avec moi ? demanda Charles.

— J'avais le pressentiment que tu verrais ça comme ça, dit Jon en croisant le regard de Charles. Je ne te rejette pas. J'ai bien l'intention de continuer à coucher avec toi. Mais j'aimerais aussi qu'on se fréquente pendant un moment avant d'emménager ensemble. (Il sourit.) C'est plutôt drôle, étant donné qu'on vit dans le même appartement.

— OK, on fera à ta façon pour l'instant.

— C'est tout ce que je demande. Je veux vivre avec toi un jour. Je ne veux simplement pas me précipiter pour plusieurs raisons. L'une d'elles est que je ne veux pas que les enfants pensent que c'est comme ça que ça marche.

— Bien vu, dit Charles. Ça vient juste de me frapper que j'élève deux filles qui vont sortir avec des garçons un jour.

— Ou elles pourraient vouloir sortir avec des filles.

Charles fixa Jon pendant une seconde puis se mit à rire.

— Elles pourraient, en effet.

— OK, dit Jon en se levant. Je veux déballer mes affaires et me doucher, puis je veux appeler Sœur Grace et lui dire que je suis amoureux. Donc oust.

— Je « oust », dit Charles en se mettant sur pieds. Dès que je t'aurai embrassé.

Il prit le visage de Jon entre ses mains et se pencha pour rapprocher leurs lèvres. Sa bouche se déplaça contre celle de Jon alors qu'il caressait de ses pouces les cheveux soyeux le long de ses tempes.

Jon passa quant à lui ses bras autour de Charles et le serra étroitement. Ses mains descendirent le long de son dos jusqu'à ses fesses et massa ses muscles fermes. Utilisant le bout de sa langue, il lui taquina la commissure des lèvres avec de petits effleurements.

Charles glissa sa langue le long de celle de Jon pour la goûter avant de la retirer.

— Tu as bon goût, dit-il après avoir reculé.

Jon lui lança un sourire sous ses yeux plissés.

— Tu veux passer la nuit ici ce soir ?

— La réponse à cette question ne sera jamais non.

Jon embrassa à nouveau Charles puis le poussa vers la porte. Ce n'était pas trop difficile d'être séparés brièvement. Ils se retrouveraient dans un petit moment. Avec un sourire de contentement, Jon alla déballer ses affaires. Son futur était peut-être incertain, mais d'un autre côté, est-ce que le futur de qui que ce soit était certain ? Il était amoureux et avait une famille, et c'était plus que suffisant pour le présent.

Épilogue

NATHAN Greengold conduisait prudemment sa Jaguar classique sur la route non goudronnée vers le chalet Macquarrie. Il poussa un soupir de soulagement quand il put s'arrêter et se garer sur l'herbe près de trois autres automobiles haut de gamme. Il sortit de sa voiture et agita la main vers Jon. Celui-ci lui répondit et continua à disposer de la nourriture sur les longues tables sous les arbres dans la cour latérale. Madeleine et Juliana mettaient des bouquets de fougères et de fleurs sauvages dessus pendant que Holland et Charles accrochaient des rangs de minuscules lumières blanches dans les arbres.

Nathan serra la main de Charles puis celle de Holland et alla étreindre Jon.

— Je croyais que vous n'alliez jamais nous inviter à ce dîner de célébration, dit-il.

— Eh bien, maintenant c'est un dîner d'anniversaire en plus d'un dîner de célébration.

— Difficile de croire que ça fait un an.

— Ça ne semble pas possible, n'est-ce pas ?

— Dis-moi ce qui s'est passé depuis que je t'ai vu à la fête d'anniversaire de Bunny.

— Tu l'auras voulu. Les faits marquants des sept derniers mois. Madeleine est allée à son premier bal d'école et a porté sa première robe de soirée. Elle ressemblait à une princesse.

— C'est vrai, dit Nathan et il émit un petit rire devant l'expression de Jon. Tu as envoyé des photos par e-mail. Je les ai vues sur l'ordinateur portable de Bunny.

— Oh, c'est vrai. Eh bien, voyons voir ce qui s'est passé d'autre. Holland s'occupe d'une chaîne en ligne qui s'appelle « C'est Comme Ça qu'On Fait ». Il réalise des démonstrations de choses comme des tours de magie, ou comment faire un cerf-volant à partir de rien, ce que vous voulez. Des milliers de gens la regardent. Juliana a créé son propre livre avec des illustrations aux crayons de couleur et des découpes de papier de construction. Elle a écrit l'histoire avec des marqueurs de différentes couleurs et l'a emmené partout avec elle. Une des mères du cours de ballet m'a dit que je devrais me pencher sur l'idée de le faire publier. Donc je l'ai fait, et il sort en septembre chez HarperCollins.

— Waouh, dit Nathan en souriant. Je m'attendais à ce que tu me dises si le commerce de paniers se passait bien ou quelque chose comme ça.

— Le commerce de paniers va très bien, mais je préfère parler des choses importantes.

Bunny arriva au coin de la maison avec Albert, une bouteille de champagne et plusieurs verres. Il sourit quand il vit Nathan et vint les rejoindre pendant qu'Albert allait stabiliser l'échelle alors que Charles en descendait. Ils laissèrent à Holland la responsabilité de ramener l'échelle dans la remise et allèrent retrouver leurs amis. Bunny distribua les verres et déboucha le champagne. Il remplit chaque verre avec le vin pétillant et souleva le sien pour porter un toast, mais il marqua une pause.

— Venez par ici, les mômes, et amenez des verres, lança-t-il.

Les enfants arrivèrent avec des verres en plastique transparent et Bunny versa un peu de champagne dans chacun.

— OK, dit-il en levant à nouveau son verre. Aux fins heureuses, dit-il avant de prendre une gorgée.

— C'est tout ? s'exclama Charles. C'est ça, ton toast ?

— J'aime bien, sourit Jon. Et ce champagne est vraiment bon.

— Il peut l'être. C'est une bouteille à mille dollars, fit remarquer Nathan.

Jon aspergea l'avocat avec une gorgée de champagne. Nathan se mit à rire et utilisa la serviette que Madeleine lui tendit pour tamponner sa veste. Quand Jon cessa de tousser, il se tourna vers Bunny.

— Une bouteille à mille dollars ? s'écria-t-il, incrédule.

— C'est une célébration, dit Bunny. Et quand j'ai demandé ce que je pouvais apporter à la fête, je me rappelle distinctement quelqu'un me dire qu'une bouteille de vin serait agréable.

— Je ne m'habituerai jamais à la manière dont vous dépensez votre argent, dit Jon.

— C'est à ça que ça sert, dit Bunny. Ça me fait penser. Sœur Grace t'envoie ses amitiés.

— Quand l'as-tu vue ?

— Je t'ai dit que j'ai convaincu l'association sportive de sponsoriser l'orphelinat.

Jon hocha la tête.

— C'est une chose merveilleuse. La dernière fois que je leur ai rendu visite, les enfants n'arrêtaient pas de parler de l'équipement de foot que vous leur aviez acheté.

— C'est de l'histoire ancienne. Samedi dernier, nous avons emmené tous les enfants en bus à un festival de montgolfières. Tous ceux qui le souhaitaient sont allés voler. Y compris Sœur Grace. C'est vraiment quelque chose, cette femme.

— Je sais, dit Charles en passant le bras autour de Jon. Elle a élevé celui-là.

— Pourquoi on ne s'assoit pas maintenant ? dit Madeleine. Hols, occupe-toi des lumières.

Alors que la luminosité du soleil diminuait, les lumières scintillantes dans les arbres et les lanternes sur la table fournirent un doux éclairage. Le groupe se mit à table, fit passer les plats et parla des récents événements.

— Mets-nous au courant pour Chrétien, dit Charles à Nathan alors que Bunny remplissait à nouveau les verres de tout le monde.

— Il a demandé un autre appel.

Nathan prit une gorgée du nouveau millésime et eut un visage appréciateur.

— Est-ce qu'il a une chance ? demanda Jon.

— Pas à moins que tu ne pries pour lui, dit Nathan. Crois-moi, tu n'auras plus jamais à t'inquiéter de lui.

— Bien, dit Jon. Et je prie pour lui.

— Tu es un meilleur homme que moi, remarqua Charles.

— Et si on changeait de sujet ? proposa Nathan. Comment vont les affaires ?

— Les employés m'ont gardé comme PDG de Macquarrie. La société est dirigée essentiellement de la façon qu'elle l'a toujours été avec quelques différences. Bien sûr, les employés ont leur mot à dire dans la manière dont les choses sont faites, ce qui prend la tête d'Albert, mais je pense que ce sera une bonne chose sur le long terme. La diversité nous rend plus fort, pas vrai ?

— C'est ce que Kathryn ne cesse de me dire, marmonna Albert.

— Kathryn MacMurray est la cheffe du personnel, expliqua Charles. Albert a un petit faible pour elle.

— Notre relation est purement physique, rectifia Albert. C'est de l'autodéfense. (Il jeta un coup d'œil à Jon et Charles.) Je suis à proximité de ces deux-là presque toute la journée, et l'air est saturé de phéromones gay. Je dois faire quelque chose pour neutraliser…

— Est-ce que tu t'inquiètes de rejoindre l'autre équipe ? demanda Bunny.

— Tais-toi, Bunny, cingla Albert.

— Albert, intervint Jon d'un ton sévère.

— Désolé. J'ai oublié. Ce que je voulais dire, c'était : « Bunny, voudrais-tu s'il te plaît arrêter d'être aussi odieux et fermer ta bouche ridicule » ?

— Ce n'est pas beaucoup mieux, mais au moins ça n'a pas l'air aussi impoli.

Albert se tourna vers les enfants.

—Vous savez que je ne faisais que plaisanter avec votre Oncle Bunny, pas vrai ?

— Pas de problème, dit Madeleine. C'est Jon qui est très à cheval sur la politesse.

— Avoir l'air civilisé est un grand avantage dans la vie, précisa Charles pour soutenir Jon.

— J'ai treize ans, répliqua Madeleine. Je peux choisir moi-même comment parler.

— Et voilà, ça commence, se lamenta Charles. Ensuite, ce sera les voitures, les garçons et Dieu sait quoi d'autre.

— On vit à Manhattan. C'est bourré de taxis, remarqua Madeleine. Qui a besoin d'une voiture ?

— Je t'apprendrai à conduire, lui promit Bunny.

— Non ! s'exclamèrent Jon et Charles en chœur.

— Waouh, Pinky, dit Bunny. Je n'aurais jamais cru que je verrais un spécimen vivant de Charlus domesticus, mais te voilà.

— Charlesaurus rex a à peu près disparu, répondit Charles. Mais il ne me manque pas tant que ça. Il a eu son temps et c'était amusant, mais cette époque est terminée.

— Les barmen du monde entier vont pleurer ouvertement à cette annonce, railla Bunny.

— Sans parler de quelques-uns des services d'escorte les plus chics, ajouta Albert.

— Oui, ils m'adoraient, soupira Charles. Je payais le prix fort et ne m'attendais pas à ce qu'elles couchent avec moi. Tout ce qu'elles avaient à faire, c'était prétendre l'avoir fait.

— Elles m'ont bien berné, admit Albert. Et laisse-moi te dire, j'étais contre au début, mais j'admets que Jon est parfait pour toi, Charles. Vous êtes devenus une vraie famille.

Il leva son verre vers Jon avant de boire.

— Allons, dit Jon. Vous donnez l'impression que j'ai attrapé un étalon sauvage au lasso et l'ai débourré entièrement seul.

— Laisse-moi ajouter qu'il te mange dans la main, dit Albert, ce qui fit rire tout le monde.

Jon continua à défendre Charles.

— Il n'était pas terrible à ce point quand je l'ai rencontré.

— Bébé, répliqua Charles, laisse tomber. Ils me connaissaient à ce moment-là. Tu ne les convaincras jamais que j'étais autre chose qu'un bourreau de travail arrogant, insensible et émotionnellement indisponible.

— Waouh, dit Bunny. Jon a raison. Tu n'étais pas terrible à ce point. C'est vrai, tu étais un bourreau de travail. Tu t'investissais aussi intensément pour jouer que pour faire des affaires. Tout était organisé. Je me souviens vous avoir regardés, Albert et toi, prévoir ton calendrier social six mois à l'avance, prévoyant des dates pour des galeries, des comédies musicales et des bals de charité. La manière dont tu discutais des mérites des femmes qu'Albert considérait convenables... (La voix de Bunny s'interrompit sur un sourire tendre.) D'un autre côté, peut-être que tu étais terrible à ce point, en fait.

— C'est tellement bizarre, je voulais être l'opposé de mon père, mais en même temps, je voulais qu'il soit fier de moi.

— Félicitations, dit Bunny. Tu es un bon père. Tu peux t'amuser sans être enivré. Et tu te souviens de prendre un jour de repos de temps en temps.

Charles déglutit péniblement, et il lui fallut un instant avant qu'il ne puisse faire confiance à sa voix pour ne pas se briser.

— Merci. Ça représente beaucoup pour moi.

Jon passa son bras autour de Charles et se serra contre lui.

— Et tu es un bon amant, dit-il doucement.

— Je sais que le sexe prénuptial est plus sexy et tout ça, dit Bunny. Mais vous ne pensez pas tous les deux qu'il serait temps de vous marier ?

Charles sourit.

— Je suis sûr que quand il sera temps de se marier, Jon me le dira. Cela ne fait pas si longtemps que je l'ai convaincu de rester dans mon lit jusqu'au matin.

— La, la, la, chanta Holland en enfonçant ses doigts dans ses oreilles.

Madeleine renifla.

— Vraiment mature.

— Je plaisante, dit Holland. Tout le monde le sait. Purée.

Madeleine prenait une inspiration pour répondre, mais Jon parla en premier.

— Vous voulez apporter le dessert ? demanda-t-il.

— Pas de problème, répondit Madeleine. Venez, Hols et Jule.

— Elle commence vraiment à me faire penser à toi, dit Bunny à Jon. Et je le dis comme un compliment.

— L'autre jour, Mads et moi sommes allés déjeuner, commença Charles. Sur le chemin du retour, elle s'est arrêtée et a crié sur des gars de l'autre côté de la rue qui harcelaient un sans-abri. Quand je leur ai donné l'impression que j'allais approcher, ils se sont fait la malle. (Il sourit.) Je ne pense que ça ait eu quelque chose à voir avec le flic qui arrivait au coin de la rue en même temps.

— Notre petite activiste… Je suis vraiment fier d'elle, dit Jon.

Charles posa la main sur celle de Jon.

— Moi aussi.

Les enfants revinrent avec de la glace et le jubilé de cerises que Holland avait préparé. En grande pompe et avec une gravité solennelle, il versa le brandy et utilisa un briquet à barbecue pour l'enflammer. Une lumière dorée projeta sa splendeur sur le cercle des visages souriants, et des rires s'élevèrent pour se mélanger au chant du vent dans les cimes d'arbres dentelés.

Comme toutes les bonnes choses le doivent, la fête prit fin. Tout le monde aida à nettoyer. Des plans furent préparés pour de futures rencontres. Des au revoir furent prononcés. Des étreintes furent échangées. Le bruit de moteurs puissants fit taire la forêt pendant quelques instants, puis les phares éclatants pivotèrent vers la route et les invités furent partis. Les enfants demandèrent la permission d'aller chercher quelques cierges magiques faits maison de Holland.

Charles passa un bras autour des épaules de Jon pendant qu'ils regardaient leurs enfants courir dans tous les sens en agitant des baguettes qui déversaient des étincelles de lumière éblouissante. Jon tourna la tête pour embrasser Charles et faire savoir à son amant à quel point son cœur était comblé. Charles lui rendit le baiser avec une passion identique. Ils se regardèrent au fond des yeux pendant un long moment de communion avant de se mettre à sourire.

Main dans la main, ils rentrèrent dans le chalet où ils avaient trouvé le véritable amour.